ANTOLOGÍA POÉTICA

Federico García Lorca

Del verso hondo al amor oscuro
23 poemas comentados

Edición, guía y notas:
Jesucristo Riquelme
Carlos R. Talamás

Fichas didácticas: Juan A. Olmedo

Micomicona ediciones

Coordinación editorial: Pedro de la Horra

Diseño y maquetación: A Cuevas

ISBN: 978-84-122229-2-0
Depósito legal: V-1637-2020

Impreso en España - Printed in Spain

Micomicona ediciones

C/ Ribesalbes 1-7
46940 MANISES (Valencia)

Índice

Estudio literario EBAU

Del siglo XIX a la guerra civil española: La edad de plata (hasta 1939)

Los precedentes de la literatura del siglo XX se encuentran ya en las consecuencias de la revolución Gloriosa (1868) que derrocó a Isabel II (1843-1868) e instauró un régimen político que condujo a la I República (1873-1874): intentos de modernización de España, regida por un pensamiento liberal y reformista similar al que se vivió, *mutatis mutandis*, durante la Ilustración del siglo XVIII. Las grandes novelas del Realismo –Clarín (*La regenta*, 1885) y Galdós (*Fortunata y Jacinta*, 1887)– repercuten en las nuevas maneras de enfocar la realidad histórica y la nueva literatura. El hito poético que da inicio a la nueva posición estética lo marca el Modernismo: *Azul* (1888) del nicaragüense Rubén Darío.

La Literatura contemporánea en español se puede dividir en tres grandes períodos, de unos cuarenta años cada uno, que acompasan los avatares históricos.

Etapas de la literatura contemporánea en español (siglos XX-XXI)		
I. Edad de plata	De las fluctuaciones ideológicas de principios de siglo XX (crisis de la Restauración borbónica (1886, 1902-1931) –bipartidismo entre conservadores de Cánovas del Castillo y liberales de Sagasta, y dictaduras de Primo de Rivera (1923) y *dictablanda* de Berenguer (1930-1931)– hasta el final de la guerra civil (1936-1939): declive del imperio español	**Federico García Lorca**
II. Literatura con censura dictatorial	El régimen del general Franco (1939-1975): estancamiento nacional y autarquía	***Historia de una escalera***
III. Literatura aperturista y libre	Recuperación de la democracia (1975-actualidad): desarrollo y estado del bienestar, crisis económica y social (2008...)	***Entre visillos***

Hitos históricos: avances y sucesos en Europa y Norteamérica
Hacia una nueva sociedad: · Segunda revolución industrial · Auge del capitalismo
· Inventos: Teléfono (1876), bombilla eléctrica (1878), ferrocarril (1879), automóvil (1886), telegrafía... · Auge e influencia de los periódicos (y las telecomunicaciones básicas)
· Crecimiento económico mundial: los grandes *trust* norteamericanos: Rockefeller (y la Standar Oil, 1882)... · Las metrópolis desmesuradas y deshumanizadas: París, Nueva York... · Movimientos de dinero en la nueva estructura social: gran burguesía · Surgimiento de una sociedad de masas por primera vez: las *muchedumbres* de las que habla Federico García Lorca

Frente a la España de 1900, estancada y pobre, que continúa por décadas:

- Universidades ineficaces de modernizar España: se consideraba aún que la investigación y la propensión al progreso no eran asuntos de incumbencia universal o gubernamental; Unamuno gritará polémica y sarcásticamente: *¡Que inventen ellos!* (1906)
- Iglesia prepotente, cobijada en el poder político reaccionario: poco solidaria
- Pésima situación de las clases populares (sobremanera, la campesina, con una población rural del 66% -latifundios y tierras yermas–): paro y salarios bajos, mano de obra de menores de edad; migraciones a las ciudades.
- Analfabetismo (> 50% en 1900)
- Inflación económica y déficit acuciantes
- Deficiencia democrática: nula representación de amplios grupos sociales
- Represión política y auge de nacionalismos (vasco y catalán)

Los sucesos de finales del siglo XIX, especialmente los acontecimientos históricos de la guerra de Cuba (1895-1898) y sus consecuencias ideológicas, sociales y políticas para la decadente España, dan pie a las actitudes estéticas de los *modernos* que pretenden deshacerse y distanciarse de los decimonónicos o anticuados. Se trata de los pioneros «modernistas», y, de inmediato, de los reflexivos y críticos de la generación del 98.

Regeneración, educación y modernidad son las claves del período hasta la dictadura franquista. Las ideas difundidas por la Institución Libre de Enseñanza (ILE), Unamuno, Ortega y Gasset o las misiones pedagógicas... constituyeron un propósito de reforma progresista truncado por la derrota de los republicanos en la Guerra Civil (1939).

José Ortega y Gasset (Madrid, 1883-1955), el filósofo más influyente del siglo XX en España

La **Edad de Plata** se subdivide en tres momentos generacionales separados entre sí por unos tres lustros:

La Edad de Plata (...1896-1939)			
1. Modernismo y grupo del 98	Guerra de Cuba (1895) y Tratado de París (1898)	Sensualismo estético moderno, con posterior sentido crítico y existencialista que contrarresta y condensa la tradición cultural clásica	Sirve de puente para lo venidero: de lo decimonónico –siglo XIX– a lo moderno (> *modernismo* y 98). El filósofo Ortega y Gasset reflexiona sobre la falta de cohesión nacional en el ensayo *España invertebrada* (1914)
2. Novecentismo o generación del 14	I Guerra Mundial (1914-1919)	Sistematización del saber, divulgación de la cultura a todas las clases sociales por medio de periódicos y ensayos, defensa de los valores intelectuales y la formulación estética de vanguardia	Supera el planteamiento de la Ilustración dieciochesca. Ortega y Gasset lo analiza en un ensayo inmediato: *La deshumanización del arte* (1925)
3. Generación del 27	Precursores y II República española (...1931) y Guerra Civil (1936-1939)	Integración de las masas en la cultura crítica; manifestación de una dualidad en liza: lo tradicional, popular y progresista, por un lado; lo minoritario, culto y elitista, por otro	La guerra y la posterior dictadura supusieron un portazo a la expansión cultural en ciernes. Ortega y Gasset lo recoge en su: *La rebelión de las masas* (1930)

García Lorca

«En cuestiones de cultura y de saber,
solo se pierde lo que se guarda;
solo se gana lo que se da».
(ANTONIO MACHADO)

La crisis finisecular del XIX. La reforma educativa como solución: la ILE

En el último cuarto de siglo XIX, los reformistas más concienciados de la extrema situación de decadencia de España ven un único modo de conjurar el peligro de debilitamiento letal: para *desafricanizar* y *europeizar* España es imprescindible actualizar y mejorar el sistema de enseñanza. Se hereda y revitaliza un lema que procede de la Ilustración: «Solo con Educación y Cultura se logrará el progreso de los pueblos».

Francisco Giner de los Ríos propone la creación de una institución educativa laica, independiente y algo más moderna que la red de escuelas y colegios religiosos que, como única opción, existían en la España del XIX. Se trata de un esbozo de ligera modernización del sistema para favorecer el crecimiento del país: la **Institución Libre de Enseñanza (ILE)** se crea en 1876 y perdura hasta que estalla la Guerra Civil. Pero su espíritu, *mutatis murandis*, se prolonga durante el franquismo; así lo vemos como trasfondo en la novela *Entre visillos* (1955-1957), de Carmen Martín Gaite.

Aulas rurales y de la ILE (finales de siglo XIX)

La ILE forja sus cimientos filosóficos de las teorías idealistas del alemán Karl Krause (1781-1832). El krausismo, pensamiento liberal emparentado con los erasmistas del siglo XVI y los ilustrados del XVIII, pretende reformar la educación y la convivencia. Aunque influye directamente ya en la generación del 98, su influjo alcanza a la situación represora del nacional-catolicismo durante los años del franquismo.

La primera vez que se reconoció en España el sufragio femenino fue en la Constitución de 1931 de la Segunda República Española, aunque en las elecciones a Cortes Constituyentes de junio de 1931 que se realizaron por sufragio universal masculino, a las mujeres se les reconoció el derecho al **sufragio pasivo**, por lo que pudieron presentarse como candidatas. Aunque solo tres mujeres resultaron elegidas (Margarita Nelken en las listas del Partido Socialista Obrero Español, Clara Campoamor en las del Partido Republicano Radical y Victoria Kent en las del Partido Republicano Radical Socialista).

He aquí los términos en que se planteó un famoso debate que mantuvieron las diputadas Victoria Kent y Clara Campoamor el 1 de octubre de 1931, en el Congreso de diputados español (II República), sobre el derecho de voto de las mujeres. Kent tomó la palabra:

«Que creo que el voto femenino debe aplazarse. Que creo que no es el momento de otorgar el voto a la mujer española. Lo dice una mujer que, en el momento crítico de decirlo, renuncia a un ideal. [...] Lo pido porque no es que con ello merme en lo más mínimo la capacidad de la mujer; no, señores diputados, no es cuestión de capacidad; es cuestión de oportunidad para la República. [...] Cuando la mujer española se dé cuenta de que solo en la República están garantizados los derechos de ciudadanía de sus hijos, de que solo la República ha traído a su hogar el pan que la monarquía no les había dejado, entonces, Sres. diputados, la mujer será la más ferviente, la más ardiente defensora de la República; pero, en estos momentos, cuando acaba de recibir el señor presidente firmas de mujeres españolas que, con buena fe, creen en los instantes actuales que los ideales de España deben ir por otro camino, cuando yo deseaba fervorosamente unos millares de firmas de mujeres españolas de adhesión a la República [...], he de confesar humildemente que no la he visto. [...] Por hoy, Sres. diputados, es peligroso conceder el voto a la mujer».

Victoria Kent

Clara Campoamor

Replicó Campoamor y, sometida a votación la propuesta de la Comisión, quedó aprobada ese mismo día por 161 votos contra 121. Se redactó así en la ley electoral: «Artículo 36. Los ciudadanos de uno y otro sexo, mayores de veintitrés años, tendrán los mismos derechos electorales conforme determinen las leyes».

¿Por qué Victoria Kent tiene esa posición? Muy sencillo: porque, entonces, el voto mayoritario de la mujer española era conservador, tradicionalista y católico; por ello ¡lo progresista era no conceder el derecho a más votantes que iban a apoyar el estancamiento!

El krausismo

La doctrina de Krause impregna a algunos intelectuales en España, porque sustentaba el desarrollo íntegro del hombre en la educación y gozaba de un fondo ético: se pretendía despertar el espíritu crítico del alumno lejos de la política y la religión y agudizar la sensibilidad moral con respecto a la vida del pensamiento y a toda función pública, es decir, ser honestos para ser libres. Su introductor fue Julián Sanz del Río (1814-1869), cuyo ensayo *El ideal de la humanidad para la vida* (1865) pasó enseguida al Índice de libros prohibidos. Solo a partir de la revolución Gloriosa (1868) las ideas de Krause fueron difundidas en la Universidad española (1868-1876) por F. Giner de los Ríos, Gumersindo de Azcárate y Nicolás Salmerón, a quienes se encargó una regulación educativa progresista. No olvidemos que son los años que dan pie a la I República española (1873-1874). Los tres profesores fueron expulsados de sus cátedras con la restauración monárquica de los Borbones (Alfonso XII, 1876) por no ajustarse a las exigencias religiosas en sus propuestas docentes.

Los postulados del krausismo, adaptados por la nueva pedagogía de una escuela no dogmática por la ILE, bastante vigentes todavía, son los siguientes:

- Libertad de enseñanza: libertad de cátedra e investigación, libertad de textos
- Independencia Iglesia-Estado
- Todos los hombres son iguales: igualdad de varones y mujeres
- Racionalismo: interrelación entre Ciencias y Humanidades
- Supresión del criterio memorístico para evaluar
- Relevancia de la naturaleza: participación y vida; sentimiento y estilo de vida natural y armónico del mundo: el paisaje se convierte en un símbolo, de ahí las descripciones en la literatura y el estudio científico; Antonio Machado llama *amigo* al monte de Guadarrama. Crece la sensibilidad por la belleza natural y artística de la vida: armonía en la poesía y armonía en la existencia moral.

Proyecciones de cine, cantos, lectura... en Las misiones pedagógicas (1931-1936)

Ante las escasísimas y mal dotadas escuelas públicas, el **movimiento *institucionalista*** derivado de la ILE pone en marcha varias iniciativas de extensión cultural con un trasfondo muy humanista:

- 1910. La residencia de estudiantes (Madrid): el gran centro de intercambio cultural de postgrado universitario donde se entablan las relaciones de las más avanzadas ciencias. Dirigida por Alberto Jiménez Fraud, en *La residencia* convivieron los más destacados veinteañeros de las artes: García Lorca, Dalí, Buñuel...; fueron visitantes los ilustres de la época: Unamuno. Juan Ramón Jiménez, Alfonso Reyes, Eugenio D'Ors, Alberti...; y recibieron la visita de los más egregios ponentes extranjeros: el físico A. Einstein, la física y química Madame Curie, el economista J. M. Keynes, el filósofo H. Bergson, el arquitecto Le Corbusier...
- 1915. La residencia de mujeres (Madrid), dirigida por María de Maeztu, con profesoras como la filósofa María Zambrano y la pintora Maruja Mallo, y estudiantes como la abogada y política Victoria Kent.
- 1931. Las misiones pedagógicas. Acercamiento de todas las manifestaciones culturales a las poblaciones rurales más pequeñas y aisladas de la geografía española. Intervienen Manuel B. Cossío, Luis Cernuda, Alejandro Casona... y, ocasionalmente, Miguel Hernández.
- 1932. La Barraca. Un teatro universitario dirigido por F. García Lorca y por Eduardo Ugarte, que en montajes itinerantes lleva a ciudades mayores el teatro clásico español.

Manuel Bartolomé Cossío (1908), promotor de Las misiones pedagógicas, pintado por Sorolla

La generación del 27

El escritor granadino Federico García Lorca (1898-1936) es el máximo representante del grupo o generación del 27.

Un selecto grupo amigos, casi todos universitarios –algunos de ellos, profesores de Literatura–, irrumpe en el panorama artístico con ansias de novedad y creatividad: en la poesía, en la pintura, en el cine –el séptimo arte, todavía mudo–. Algunos se han conocido en la Residencia de Estudiantes: Dalí, Buñuel, García Lorca... Viven de manera acomodada.

Literariamente, parten de la tradición culta española, que han leído con avidez y profundidad: desde el Siglo de Oro (San Juan de la Cruz, Quevedo, Calderón, Lope y Góngora) hasta las voces líricas más recientes (el romántico Bécquer, el modernista Rubén, el purista J. R. Jiménez). Pero también son asiduos de la literatura tradicional popular, que recopilan y cantan. Los poemas populares que memorizan son delicadezas que acarician o amarguras que muerden el corazón de los siglos. Federico García Lorca es el maestro en la recreación culta de la metáfora y de los símiles populares («Solo la metáfora puede dar una suerte de eternidad al estilo [porque] el poema que no está vestido no es poema, como el mármol que no está labrado no es estatua»):

Ante el cuerpo femenino desnudo, dice Lorca, en «La casada infiel», de *Romancero gitano*: *Ni nardos ni caracolas* *tienen el cutis tan fino,* *ni los cristales con luna* *relumbran con ese brillo.*	Es un refinísimo piropo: la suavidad de la piel de la amante sobrepasa la de las aromáticas flores blancas de los nardos y la del nacarado de las caracolas, y su luminosidad es superior a la de los cristales bañados por la luz nocturna de la luna
La naturaleza siente y contagia o "empatiza", como en el «Romance sonámbulo», asimismo del *Romancero gitano*): *La higuera frota su viento* *con la lija de sus ramas,* *y el monte, gato garduño,* *eriza sus pitas agrias.*	He aquí la sensación de pánico que experimenta la naturaleza toda, ante trágicos acontecimientos inminentes, en un lenguaje irracional pleno de connotaciones y ambivalencias: el viento, al sacudir las ramas de la higuera, se hace áspero y duro como éstas; y el monte, como un gato aterrorizado, eriza sus más espinosas plantas, las pitas.

¡Un torero! paga el viaje fundacional del «grupo del 27» al Ateneo de Sevilla, donde se inaugura el homenaje a Góngora en 1927.

El torero Ignacio Sánchez Mejías, aficionado a la poesía y al teatro, gran amigo de escritores, y hasta presidente de Betis Balompié, sufraga el viaje a Sevilla de Alberti, Lorca (a la izquierda), Jorge Guillén, José Bergamín, Dámaso Alonso y Gerardo Diego (a la derecha). Cernuda estaba entre el público.

Origen de la generación del 27: y evolución

La actividad poética de la generación transcurre, *lato sensu*, durante la dictadura de Primo de Rivera (1923-1930), la *dictablanda* de Berenguer (1930-1931) y la II República (1931-1939). Después de la guerra, de estos poetas afloró la poesía desarraigada (Dámaso Alonso, V. Aleixandre) y se enfrentaron a la poesía arraigada de principios del franquismo.

La organización de dos homenajes con motivo de las efemérides conmemorativas del III centenario de la muerte de dos escritores del siglo de Oro explica la evolución de la nueva generación de poetas:

- Góngora (1927). Jorge Guillén y Dámaso Alonso han «descubierto» la poesía del barroco culterano Luis de Góngora: la han conseguido explicar y se han enamorado de su arte arcano. Aunque muy distinta, como manifestación del arte por el arte, se relaciona con la poesía pura que preconizaba J. R. Jiménez, que también resultaba hermética. Son los felices años 20 de las fiestas elegantes de ricos ambientes.
- Lope de Vega (1935): conmemoración del III centenario de su muerte (1935). El teatro de Lope es interpretado como un teatro social: los déspotas terratenientes de la II República se ven reflejados en los comendadores clásicos: *Fuenteovejuna o el comendador de Ocaña* será el drama por excelencia. La poesía de hace social puesto que ha habido una *rebelión de las masas*. Tiempos de revolución: son los trágicos años 30 del derrumbe económico mundial, de las imposiciones fascistas y de las anteguerras (en España y en Europa).

Ahora bien, sin duda, todos los miembros del grupo conocen las corrientes vanguardistas que deambulan por Europa, sobremanera el surrealismo.

La nómina de poetas del 27

El listado de los más relevantes escritores de la generación del 27 –«¡Qué diferentes!», puntualizaba J. Guillén– puede presentarse así:[1]

Características generales de la generación del 27

Los rasgos generales del grupo poético que conforma la generación del 27, aunque evolucionan de manera diversa, en sus orígenes coinciden en el uso de los siguientes rasgos literarios:

a) Sincretismo de tradición popular y culta
b) Uso de tradición y vanguardia (ismos)
c) Evolución y equilibrio entre poesía intelectualizada y supuesta espontaneidad pasional
d) Predominio del lirismo (con una lengua muy actual, pero selecta): irrupción posterior de la vehemencia épica (como mensaje para las masas, con un registro llano y claro)

[1] Dámaso Alonso llamó al poeta Miguel Hernández *genial epígono* de la generación del 27. A pesar de su genialidad, y de sus concomitancias, hoy lo estudiamos como representante más bien de la generación del 36 –generación de la guerra, generación de la II República o generación rota–, junto a los poetas Germán Bleiberg (Madrid, 1915-1990), Leopoldo [Urrutia] de Luis (Córdoba, 1918-2005), Rafael Morales (Talavera de la Reina, 1919-2005)...

e) Usos métricos de hogaño y antaño:

- Versículo y verso libre de la vanguardia: ritmo logrado por repetición o progresión de ideas, paralelismos, gradaciones...
- Estrofas y medidas tradicionales: octavas, décimas, sonetos, romances; versos endecasílabos, octosílabos.

f) Temática: los grandes temas universales

- El amor: el amor da sentido a la vida en plenitud y eleva la dignidad de los amantes; duro lamento cuando se tropieza con impedimentos: una sociedad represora o mojigata que no tolera la libertad en el amor
- Inquietudes íntimas: deseos y frustraciones por lo inalcanzado, angustia existencial
- Preocupaciones sociales: sobre la miseria y la injusticia en las sociedades llamadas desarrolladas, anhelo de paz

El viaje lírico truncado del 27

1. Arte deshumanizado: aristocratizante y elitista; ni vulgar ni popular

Poesía pura (y exaltación de la vida): el arte por el arte

Poesía lúdica:
- poesía vanguardista (ismos)
- poesía neogongorina

YO lírico:
Cántico (J. Guillen)

2. Arte rehumanizado: sentimientos y emociones comunes; arte de masas

Poesía tradicional y popular

Poesía impura (y recursos surrealistas):
- compromiso social
- compromiso político

NOSOTROS épico:
Romancero gitano, Poeta en Nueva York (Lorca)

María Teresa León, Lorca y Vicente Aleixandre (Madrid, 1936)

Poetas y poetisas de la generación del 27

• Poetas del 27

Gerardo Diego (Santander, 1896-1987) cultivó la poesía tradicional y la vanguardista. Se inició en el ultraísmo-creacionismo (arte deshumanizado: *Imagen*, 1918-1921) y emuló el estilo gongorino (*Fábula de Equis y Zeda*, 1926-192832), pero pronto giró a la temática sentimental e íntima (*Versos humanos*, 1924; *Alondra de verdad*, 1941) e, incluso, editó un libro religioso (*Viacrucis*, 1931). A diferencia de casi todos los compañeros de grupo, tomó partido por el bando sublevado: durante el franquismo fue profesor de instituto en Madrid. Los poemas tradicionales presentan formas clasicistas: cultivó con éxito décimas, romances y sonetos, y también letrillas y glosas. «El ciprés de Silos» está reconocido como uno de los sonetos más perfectos de nuestra literatura.

Vicente Aleixandre (Sevilla, 1998-1984), premio Nobel 1977, realizó estudios superiores (Comercio y Derecho), pero una enfermedad crónica le privó de sus actividades profesionales. Pudo vivir de rentas y dedicar su vida a la poesía. Es el ejemplo por antonomasia de escritor del «exilio interior»: permaneció en España sin alterar su desaprobación de la dictadura. *Espadas como labios* (1933) y, sobre todo, *La destrucción o el amor* (1934) lo condujeron al premio Nacional de Literatura. Después del magisterio de J. R. Jiménez, cuando ya vivía Juan Ramón en Puerto Rico, desempeñó la función de gran patriarca y guía de la poesía española de postguerra, hasta su muerte –esto es, unos 40 años–: prácticamente todos los poetas –en su etapa iniciática, inéditos o ya reconocidos– pasaron por su madrileña casa de Velintonia, 3, junto a Moncloa: desde Miguel Hernández hasta Guillermo Carnero, Pere Gimferrer, Luis Alberto de Cuenca o Luis Antonio de Villena.

Jorge Guillén (Valladolid, 1893-1984**) f**ue un influyente profesor de Literatura en universidades españolas (Murcia, Sevilla) y extranjeras. Se había doctorado con una tesis sobre Góngora (1924) y fue el máximo representante de la poesía pura en España. Si podemos afirmar, en líneas generales, que Aleixandre es el poeta del pesimismo cósmico, Guillén lo es del optimismo y de la serenidad, de la alegría: «El mundo está bien hecho», proclama en *Cántico*: su poesía es un "cántico" porque goza entusiastamente de la existencia y del mundo, en cuyo centro se siente el poeta; trasciende las cosas que ve ya que cada instante contiene la eternidad y cada objeto es expresión sintetizada de la realidad toda. Sin embargo, ante la perplejidad de los poetas sociales, corrige y concede en *Clamor* (1957-1965): «El mundo de los hombres está mal hecho».

Pedro Salinas (Madrid, 1891-1951) fue un eminente catedrático de Literatura en la Universidad de Sevilla y en otras extranjeras tras su exilio en Estados Unidos. Realizó su tesis doctoral sobre las ilustraciones de *Don Quijote*. Trabajó en la ILE, fue organizador y secretario general de la Universidad de Verano, en Santander –la actual UIMP– hasta la Guerra Civil. En la capital cántabra, en el verano de 1932, conoció a la estudiante estadounidense Katherine R. Whitmore: ella sería la musa que ocultaría el poeta bajo el pronombre *tú* de sus poemarios *La voz a ti debida*, *Razón de amor* y *Largo tormento*. La joven retornó a su país, pero, aunque Salinas estaba casado, mantuvieron relación epistolar unos quince años.

Luis Cernuda (Sevilla, 1902-1963) fue discípulo de Pedro Salinas en la Universidad de Sevilla. Se licenció en Derecho, aunque jamás ejerció la abogacía. Fue profesor de español. A pesar de que nunca negó su homosexualidad, se sintió rechazado y vulnerable, aislado e inútil «como naipe cuya baraja se ha perdido». Cernuda desarrolló una personalidad hipersensible: por un lado, un carácter tan solitario como vehemente e irritable, por otro, una creatividad tierna y románticamente dolorida. Todo ello hizo que el eje vertebrador de su poesía fuera la soledad y su temas recurrentes (profundamente humanos), el ansia de belleza y amor –aunque el amor fuera vetado como improcedente–, la lucha entre la realidad represiva y el deseo de realizarse. Superada su etapa inicial de poeta puro (*Perfil del aire*, 1924-1927) y clasicista (en la línea del «dolorido sentir» de Garcilaso), rehusando el lenguaje alambicado de Góngora), se sumerge en el surrealismo, más apropiado para expresar su malestar. En esta órbita inscribe su aventura amorosa: el amor insatisfecho de su amigo gallego inspirará *Los placeres prohibidos* (1931) y *Donde habite el olvido* (1932-1933). Durante la II República trabaja en las Misiones pedagógicas. Y ya en 1936 recopila su producción completa en un tomo orgánico titulado precisamente *La realidad y el deseo*: el nexo de sus poemas es la rebeldía y la frustración por no poder gozar libremente de la armonía del amor. En 1938 se exilia y se dedicará a impartir clases en Inglaterra, EE. UU. y México.

Rafael Alberti (Puerto de Santa María, Cádiz, 1902-1999). Abandona pronto los estudios sin completar el bachillerato. Empezó siendo pintor, pero, al poco de morir su padre, en 1920, comienza a escribir siguiendo las modas de la época: tradición popular en su primer libro (*Marinero en tierra*, 1924), sobre la nostalgia de su tierra natal y el mar, y cancioncillas breves de poesía pura en *La amante* (1925) y *Alba del alhelí* (1926). A continuación en la oleada de los tributos a Góngora y del futurismo edita *Cal y canto* (1927) y, dedicado a los actores del cine mudo, *Yo era un tonto y lo que he visto me ha hecho dos tontos*. Una crisis vital y espiritual, iniciada en torno a 1925, le hace perder la fe (en la religión y en el hombre) y fuerzas oscuras y pasionales, a las que llama «ángeles», pueblan el antiguo paraíso de la inocencia infantil. Ahora impregna su perturbación de surrealismo (*Sobre los ángeles*, 1927-1928): le inunda la angustia y el caos interior que libra en versículos; para el teatro produce una especie de antiauto sacramental tenebrista: *El hombre deshabitado* (1930). En los umbrales de la II República, recién casado con M.ª Teresa León, se afilia al PCE y comienza una etapa de agitación social por medio de la poesía; abraza la poesía *impura* enarbolada por Neruda: funda la revista revolucionaria *Octubre* (1934), con su mujer, y pasa a escribir una poesía populista de lengua llana que llega a traspasar la línea del panfleto (*El poeta en la calle*, 1936; *De un momento a otro*, 1938). Durante la guerra, con otros artistas funda la Alianza de Intelectuales Antifascistas. Se exilia en los últimos días de la Guerra Civil: va a Argentina, donde sufre un segundo exilio que lo lleva a Roma. *Las coplas de Juan Panadero* (1940) mantienen su compromiso de poesía civil.

Dámaso Alonso (Madrid, 1898-1990) estudió Derecho y Filosofía y Letras. Fue un eminentísimo profesor e investigador de la Literatura española. Reivindicó el culteranismo de Góngora, con su edición de *Soledades* (1927) donde explica y «traduce» las octavas del escritor barroco. Ostentó el cargo de director de la RAE. Su libro más importante, superada la época generacional de veinteañero con *Poemas puros* (1921), fue *Hijos de la ira* (1944): redactado durante la II Guerra Mundial, este poemario existencialista presenta una visión desgarrada de la condición humana; marca el inicio de la poesía desarraigada de la postguerra española. Recurre a largos versículos y a una lengua violenta que no repara en un léxico vulgar y ofensivo.

• Poetisas de la generación del 27

Escritoras, artistas e intelectuales de la generación del 27: de las del *14 a las *sinsombrero*			
M.ª Teresa León			
Margarita Nelken	**Josefina de la Torre**	**Rosa Chacel**	**Ernestina de Champourcín**
***Victoria Kent**	***Clara Campoamor**	***Carmen de Burgos**	
Maruja Mallo	**Concha Méndez**	**M.ª Zambrano**	

Carmen Conde (Cartagena, 1907-1996), maestra de profesión, cultivo la poesía, el teatro y el ensayo. Fue la primera académica de número de la RAE (1979). En 1931, fundó, junto a Antonio Oliver, su marido, la primera Universidad Popular (en Cartagena) que contaba con biblioteca de adultos, biblioteca infantil, cine educativo y en donde se celebraban conferencias y exposiciones; ese mismo año publicó el ensayo pedagógico *Por la escuela renovada*. En 1933, auxiliados por el Patronato de Misiones Pedagógicas, fundaron la revista *Presencia*. Sus dos primeras obras fueron poemas en prosa (Brocal, 1929, y *Júbilos*, 1934, prologado por la chilena Gabriela Mistral, premio Nobel en 1945). Sus mejores poemarios llegarán más tarde: *Ansia de la Gracia* (1945), de marcado signo erótico, *Mujer sin Edén* (1947), *Mientras los hombres mueren* (1952)...

Concha Méndez (Madrid, 1898-1986), de familia acomodada, estudió en un liceo francés y viajó mucho por el mundo en lo que se han llamado sus «varios exilios»: Argentina, Inglaterra, Cuba, Uruguay, México... Casada con Manuel Altolaguirre fundaron unas gráficas en las que editaron a los más importantes escritores del momento (hasta el final de la Guerra Civil). Los libros de su primera etapa -*Inquietu des* (1926), *Surtidor* (1928), *Canciones de mar y tierra* (1930)- recurren a una poesía neopopularista que incorpora la modernidad de la época: el deporte, el cine, los automóviles; poemas de corte ultraísta y muy visuales. Una segunda etapa se inicia con una voz más personal (autobiográfica) y madura: *Vida a vida* (1932) y *Niño y sombras* (1936), elegía a su primer hijo, nonato. El desarraigo de la guerra y del exilio se manifiestan en *Lluvias enlazadas* (1939) y *Sombras y sueños* (1944), con predominancia de la poesía desarraigada: soledad y dolor, resistencia, abandono, nostalgia de la separación, de su tierra natal, de su compañero y de su madre, recientemente fallecida.

Ernestina de Champourcín (Vitoria, 1905-1999) recibió una esmerada educación, católica y tradicionalista: hablaba francés e inglés. Casó con el escritor Juan José Domenchina. Coqueteó con las vanguardias. Antes de la Guerra Civil publicó poemarios en los trata el amor con enfoques románticos y modernistas que culminan en una poesía pura muy próxima a la de Juan Ramón: *En silencio* (1926), *Ahora* (1928), *La voz en el viento* (1931) y *Cántico inútil* (1936). En su exilio mexicano, se centró en poemarios más bien de amor divino.

Ernestina de Champourcín

Concha Méndez

Federico García Lorca

(Fuentevaqueros, Granada, 1898-1936)

De familia acomodada, a los once años pasó a vivir a Granada, donde estudia música y piano. Cursó estudios de Filosofía y Letras, y acabó la carrera de Derecho, aunque no ejerció nunca. De sus primeros viajes por España, organizados por la Universidad para estudiar el arte peninsular, surge su vocación literaria (*Impresiones y paisajes*, prosas poéticas de 1918). De 1919 a 1928 vivió en la madrileña Residencia de Estudiantes, donde conoció a los más ilustres intelectuales y comenzó su amistad con artistas del máximo relieve: Dalí, Buñuel..., J. R. Jiménez... Su primer estreno teatral fue un fracaso (*El maleficio de la mariposa*, 1920), pero le sirvió de acicate para mejorar su propuesta dramática. Conoció a Falla en Granada, que lo animó a profundizar en la música; antes había conocido a Machado, en Baeza, y apreció el valor del folklore y de la canción tradicional que tanto se recuperó en la casa sevillana de los Machado; Dalí, en la *Resi*, le instará a que se inicie también en el dibujo y la pintura. Lorca tocaba el piano y componía, y nos dejó una buena colección de sugerentes dibujos.

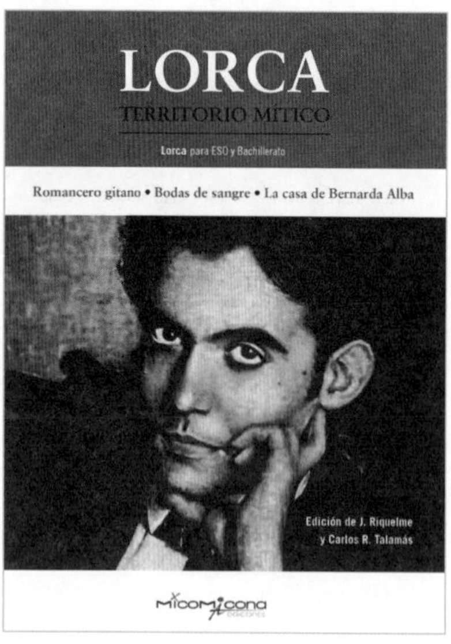

Su primer gran éxito le llega en 1928, con *Romancero gitano*, aunque el poeta se queja de que lo quieren encasillar: «Me va molestando un poco mi mito de gitanería», confiesa en carta a Jorge Guillén.

En 1929, tras su ruptura afectiva con el escultor Emilio Aladrén, y el malestar producido por los desprecios artísticos de los otrora amigos Dalí y Buñuel en relación con su supuesto folklorismo de *Romancero gitano*, viaja a Nueva York, con Fernando de los Ríos, futuro ministro de Instrucción Pública y Bellas Artes en la II República. Se abren sus horizontes y escribe el poemario surrealista *Poeta en Nueva York* (1929-1930), con textos de adhesión a la raza negra, de denuncias de una civilización que le exaspera: canta con sensibilidad social en pleno *crash* económico de 1929; con este libro se moderniza la escritura poética contemporánea universal.

A su regreso, Lorca ofrece conferencias-recitales de sus obras: las explica. Y esto lo hizo tanto con *Romancero gitano* como con *Poeta en Nueva York*: ninguno de los dos libros era sencillo de comprender en su profundo calado humano y literario, y necesitan de la exégesis del autor.

Con el éxito poético garantizado, el granadino dirige el interés de su mirada hacia el teatro: en el marco de la ILE, funda el grupo de teatro universitario ambulante La Barraca (1932), con el que lleva obras clásicas de nuestros siglos de Oro (Lope de Rueda, Cervantes, Lope de Vega, Calderón) a pueblos y capitales de provincia. Pronto obtiene el reconocimiento general con su teatro poético: se trata de su primera tragedia rural, *Bodas de sangre* (1933-1934), que, por fin, le proporciona la independencia económica de su padre (¡a los 35 años!). El fervor se incrementa durante su segundo viaje a América: esta vez a Sudamérica –Argentina y Uruguay–, donde representará también su segunda tragedia rural: *Yerma*. Regresa a España, y comienza a escribir sus últimas obras: en poesía, *Diván del Tamarit*[2] y, por la muerte del torero Sánchez Mejías, su famosa elegía *Llanto por Ignacio Sánchez Mejías* (1934: el amigo torero había sido corneado letalmente por un toro en la plaza de Manzanares (Ciudad Real en el verano de 1934).

La muerte de Lorca

La Guerra Civil «estalló» el 18 de julio de 1936. Lorca tenía muchos detractores, envidiosos de su fama y de su popularidad, que no toleraban su manera progresista de ser, de opinar, de crear y de vivir. Un grupo de nacionales golpistas –*incontrolados*, se decía–, lo detuvo en casa de la familia del poeta Luis Rosales, familia falangista que lo había protegido, y lo fusiló el 18 de agosto de 1936, en el camino de Víznar a Alfacar (Granada), al mes de haberse declarado el *alzamiento nacional* de Franco. «Político no lo seré nunca, ¡nunca!», acabada de declarar a su amigo Dámaso Alonso. Sus restos no han sido recuperados todavía y han suscitado una de las polémicas más recurrentes en torno a la *Memoria histórica*. Había dejado escritos dos libros póstumos, dos de sus mejores obras: el poemario *Sonetos del amor oscuro* y el drama socio-rural de mujeres *La casa de Bernarda Alba*.

Contexto creativo de Lorca

El contexto lorquiano que explica su producción literaria (de 1916 a 1936) se cimienta en dos circunstancias:

- la circunstancia histórica e ideológica
- la circunstancia artística y cosmovisionaria

—La precariedad de España abocará, en el primer tercio de siglo XX, a la renovación de una sociedad poco consolidada, aunque con una burguesía en ciernes y

[2] *Diván* quiere decir conjunto de poemas, en las tradiciones árabe y persa; *Tamarit* era el nombre de uno de los huertos familiares de los Lorca en Granada. La referencia al jardín de la infancia es obvia.

un poder represor de la pobreza; hoy llamaríamos a esto, lucha contra la marginalidad, contra la vulneración del desprotegido y contra la aporofobia[3].

—La estética ilusionante será la de la búsqueda del valor eterno de la expresión artística, esto es, un valor infinito y universal; este valor de la esencia profunda de los cánones tradicionales y modernos conduce a la reelaboración de la tragedia y el mito, que vale tanto como decir que estamos en plenitud ante la literatura de la trascendencia.

El espacio y el tiempo –la España (o la Andalucía, para Lorca) del primer tercio de siglo XX– se erigen en mito trascendente para toda la humanidad.

Lorca es, por un lado, un post-romántico y un post-simbolista, traspasa las vías modernistas y los senderos vanguardistas, y, por otro lado, alcanza a la sociedad y a los lectores del siglo XXI. Sus héroes, opuestos a las normas caducas del *establishment*, rezuman *romanticismo lorquiano*: el gitano, el negro, las heroínas de la libertad..., y huelen a postromanticismo los espacios simbólicos –no del pasado, sino del presente–: Andalucía, Granada, Nueva York...; y salpican pugnas entre personajes y escenarios que son trágicos no porque su desenlace es deplorable o mortal, sino, sobre todo, porque palpita un destino fatal, que somete al héroe a unos impulsos o deseos que le llevarán inexorablemente a la muerte.

Trayectoria poética: evolución del Lorca, poeta

Podemos señalar, *grosso modo*, **cuatro etapas** en la producción poética de García Lorca, con algunos vaivenes en su expresión artística:

1) Neopopularismo y cierto costumbrismo decadente (1917-1926): influjos populares (hasta 1926), que van de *Libro de poemas* y *Canciones* a *Suites*. Abunda la poesía relativa al mundo doméstico e infantil, en la que destacan la naturaleza y el concepto de pueblo como tradición.[4] El poeta se mueve en una atmósfera de ilusión e inocencia. [Antología 1-4 (*Canciones*)]
2) Neotradicionalismo del flamenco y otros palos: del culto a lo popular pasa el poeta a lo popular de lo culto, del ámbito de la casa se transporta a Andalucía. Creación del territorio mítico (hasta 1928), que va del *Cante jondo* al *Romancero gitano*. La *pena negra* es el síntoma de la frustración vital y de una pizca de nihilismo.[5] [Antología 5-6 (Cante jondo), 7-11 (*Romancero gitano*)]
3) Surrealismo *sub specie* lorquiana: influencias vanguardistas (surrealismo, ultraísmo), en torno, sobre todo, a *Poeta en Nueva York* (1929-1930).[6] El poeta sale de Andalucía (y de España) y viaja a América (EE. UU. y Cuba).

[3] *Aporofobia*, neologismo ideado por la filósofa Adela Cortina, con el sentido de aversión a la pobreza (y a los pobres), fue elegida por Fundéu como palabra del año en 2017.

[4] En el teatro, Lorca trabaja, asimismo el teatro de formato infantil de marionetas y guiñoles: A *El maleficio de las mariposas* (1920) suceden
Los títeres de cachiporra y *Tragicomedia de don Crístóbal*...

[5] Para la escena Lorca escribe una obra histórica sobre un mito femenino: *Mariana Pineda* (1927)

[6] Para la escena ideó dos obras complejas de atmósfera surrealista: *El público* y *Así que pasen cinco años*.

Se encuentra con la opresión de la metrópoli norteamericana, un mundo hostil al que responde estéticamente con el abandono de lo popular y de lo tradicional, y con un desesperanzado abrazo vanguardista para expresar el vacío y la desolación humana –imágenes visionarias, versolibrismo...– porque *los negros penan*. [Véase la información básica sobre la Vanguardia en las dos páginas siguientes]. [Antología 12-14 (*Poeta en Nueva York*)

4) Clasicismo de tradición culta: después de un largo paréntesis de casi un lustro (1935-1936) y tras cosechar sus grandes éxitos teatrales[7], Lorca retorna a la tradición y culminación lírica de metros clásicos, desde la elegía (*Llanto a Ignacio Sánchez Mejías*) a las formas arábigo-andaluzas (gacelas y casidas de su poemario *Diván del Tamarit*) y los sonetos (los póstumos (*Sonetos del amor oscuro*). El intimismo refleja la pérdida de la infancia como tema literario de la personalidad del poeta –*Diván*–, el tema de muerte solo superada por la obra de arte –*Llanto*– y el tema del ocultamiento del amor homoerótico (*Sonetos*).[8] [Antología 15-16 (*Diván*), 17-20 (*Llanto*), 21-23 (*Sonetos*)]

Apréciese el viaje literario o vuelo artístico que recoge la aventura de Lorca hasta que cercenaron su vida:

1) Casa / jardín: inocencia y felicidad de la infancia
2) Andalucía / mito: la *pena negra*
3) EE. UU. / inconformismo contra la opresión
4) Retorno al intimismo de la infancia –la infancia perdida– y del amor –el oculto amor oscuro: represión personal y amarga.

Con Lorca damos un paseo emocional profundo que va del ello (casa y naturaleza) al nosotros (con las alegorías de la gitanería, la negritud) y al yo del amor inconfesable y, por tanto, desdichado.

Las vanguardias: los *-ismos*

Frente a los modernos –los *modernistas*– y los del 98, en la primera y segunda décadas del siglo XX, surgen postulados ideológicos y artísticos que invitan al cambio: se rechaza todo lo que huela a siglo XIX: «Lejos sean arrojadas también capa y eminente chistera», reclama Eugenio d'Ors en una de sus glosas (*c.* 1915). Se abren dos caminos para diferenciarse de lo anterior:

- ▶ uno, convencional: regeneración optimista (Novecentismo o generación del 14)
- ▶ otro, rupturista, el Arte Nuevo de la Vanguardia (que dará pie al grupo del 27)

[7] Los grandes éxitos de su dramaturgia llegan con dos tragedias rurales –*Bodas de sangre* (1933) y *Yerma* (1934)– y un drama de publicación póstuma: *La casa de Bernarda Alba* (1936).

[8] Llámase homoerótico al deseo sexual dirigido a una persona del mismo sexo: es el bautizado por Lorca como *amor oscuro*.

Entre 1910 y 1929 (crisis bursátil en EE. UU. y *crash* económico mundial) surgen movimientos que buscan la renovación radical de las formas artísticas: es la vanguardia estética. Los artistas, no solo los literatos, toman una postura rupturista, que en absoluto es uniforme: las corrientes vanguardistas son diversas –en ocasiones, contradictorias– y bastante efímeras. Ahora bien, coinciden en que siempre son lúdicas: juegos tipográficos, juegos de asociaciones libres, rupturas del sistema y de lo esperado, humor, etc. Se ha perdido la seriedad y la trascendencia del 98, su compromiso social y político. Por ello a las propuestas elitistas de una poesía pura se abalanzará durante la II República la poesía impura, encabezada por el chileno Pablo Neruda, con Miguel Hernández como máximo representante: mas esto ocurrirá a mediados de la década de los 30.

Características generales de la Vanguardia

- Ruptura artística. Hostilidad contra la tradición: se niega el valor del pasado artístico; el arte es el futuro, lo nuevo; provocación consciente de nuevas materias y contenidos artísticos (geometrismo, avances técnicos). Predominancia del arte plástico
- Huida de la realidad: deformación e invención de lo que no hay (cubismo, abstractismo...). Reivindicación del genio individual y de la creación personal (y subjetiva)
- Entidad propia del arte. Ortega recogió las consignas: «La vida es una cosa, el arte es otra. No las mezclemos», «El poeta empieza donde el hombre acaba». Tendencia al arte por el arte: a) diversión, juego; b) el arte puro, la poesía pura
- Desapego a la representación fiel del realismo: deformación, borrosidad o ausencia de lo figurativo y de las relaciones lógicas (por influencia de las teorías de inconsciente de Freud). Ya el impresionismo desfiguraba los límites de las formas humanas en la pintura para no competir con la fotografía. La imagen surrealista entronca con la visión o la imagen visionaria, en la literatura, y el abandono de la metáfora tradicional
- Deshumanización del arte: el esteticismo y el formalismo conducen a alejarse de todo lo que es corriente o del gusto vulgar o de la masa; es un arte de sensibilidades superiores, de «aristocracia instintiva», privado de patetismo o emoción, pero no anula al hombre pues preserva su intelectualidad: por ello se es contrario al sentimentalismo y al romanticismo, al arte chabacano o convencional, y a la propensión de trascendentalismo
- Defensa de un arte sin compromiso social o político, salvo el surrealismo de Breton. Cultivo del ideal de la obra perfecta: preocupación por el lenguaje y el estilo pulcro, sin adornos superfluos (contra lo modernista) y sin vulgaridad o procacidad (contra lo realista-naturalista). El ejemplo de la *poesía pura*, en España, será Juan Ramón Jiménez, escritor elitista y de minorías («A la minoría, siempre»), pues solo se dirige a quien le pueda entender: la gente común no entiende el arte y se irrita; provocación y desprecio del gran público, sin evitar lo escandaloso, pues el no avezado no entiende el arte nuevo: aversión de convencionalismos éticos y estéticos del pasado; riesgo de hermetismo y cripticismo

Las Vanguardias en España

Literatura vanguardista en España
1. Cubismo (Ultraísmo, Creacionismo)
2. Futurismo
3. Expresionismo
4. Dadaísmo
5. Surrealismo

Algunos de los poetas de la generación del 27, en su primera etapa, se sometieron a los ismos, junto a los recursos de la tradición histórica de la literatura y de la oratura (literatura popular oral).

Las expresiones vanguardistas más florecientes con incidencia en la literatura en español fueron las siguientes:

- **Cubismo** («Las señoritas de Aviñón», de Picasso, 1907), con sus plasmaciones literarias en el **creacionismo** (Vicente Huidobro, 1916) y en el **ultraísmo** (caligramas de Guillermo de Torre, 1918)
- **Futurismo** (Filippo Marinetti, 1909), con ejemplos en Pedro Salinas y Rafael Alberti
- **Expresionismo** (desde, al menos, 1910), con Valle Inclán como representante en sus *Sonatas* y en sus esperpentos (*Luces de bohemia*)
- **Dadaísmo** (Tristán Tzara, 1916), con parodias de P. Salinas
- **Surrealismo** (André Breton, 1924), con muestras en **García Lorca**, Aleixandre...

El **surrealismo** es la cima del ilogicismo: la exaltación de la libertad individual y artística. De una manera casi automática se transcribe la expresión emanada del subconsciente (o de lo onírico, esto es, de lo soñado), una vez liberado el pensamiento del hombre de toda atadura racional y de cualquier represión cultural o moral. Se pretende sustituir una realidad caduca por otra superior y profunda, que está "por encima" –una superrealidad: superrealismo < surrealismo < *sur-réalisme*–. Recibió influencias determinantes del psicoanálisis. Su creador (1924), el francés André Breton asoció políticamente el surrealismo al comunismo: liberación, pues, de los impulsos reprimidos (Freud, *La interpretación de los sueños*) y de las trabas impuestas por la sociedad burguesa (Marx). La libertad imaginativa permite la asociación inesperada de palabras (o de objetos) con el propósito de estimular en los receptores

El gran masturbador, *Salvador Dalí (1929)*

reacciones asimismo subconscientes. Léautreamont definió el surrealismo como «el encuentro fortuito de un paraguas y un huevo frito en la mesa de un quirófano». Aflora la temática prohibida: los placeres y las relaciones sexuales (el amor loco < *l'amour fou),* las represiones homosexuales. Dalí pinta *El gran masturbador* (1929); Cernuda edita *Los placeres prohibidos* (1931). El metro de los versos se alarga y se libera: es época de versolibrismo.

Características de la obra poética de García Lorca

Lorca significa la cima de la poesía española del siglo XX y el esplendor del teatro de su época. Aunque la dictadura asestó un funesto golpe a la cultura, la voz del granadino no pudo ser acallada.

Convergen en Lorca dos caminos: el de la gracia (inspiración o *duende*[9]) y el la elaborada y rigurosa creación. Una vez escritos sus textos como borradores, los revisaba y corregía y no los editaba hasta no estar satisfecho: en algún caso, como el de *El poema del cante jondo*, tardó diez años en publicar. Lorca prefería mantener vivas sus composiciones, por medio de la representación en lecturas; su poesía es **eminentemente oral**, para ser declamada. Con ironía y donaire, escribió a Jorge Guillén en 1927: «A mí no me interesa ver muertos definitivamente mis poemas..., quiero decir publicados».

Por todo ello, las constantes que se convierten en las características del estilo lorquiano, que, en líneas generales, configuran los rasgos que hemos adelantado en la poesía de la generación del 27, son las siguientes:

— Fusión de tradición popular y tradición culta

- La tradición popular se ciñe al folklore andaluz y a la poesía cancioneril de los siglos XV y XVI (y a la arábigo-andaluza de los siglos anteriores): es lo que llamamos neopopularismo. El ritmo de la lírica tradicional popular hace de muchos de sus poemas, obras de música y canto (especialmente, los romances); pero también innova en sus formas métricas (versolibrismo) aunque retome el soneto en su postrera obra[10]
- La tradición culta ofrece tres vertientes: la clásica (Góngora y, sobre todo, Lope de Vega), la moderna (desde el romanticismo de Bécquer[11] y Rosalía de Castro hasta el modernismo de Darío[12], y los patriarcas españoles del

[9] El duende no se aprende, nace con el artista: el duende es «la cultura de la sangre»; surge de una fuerza desconocida.

[10] Uno de los recursos rítmicos más frecuente es el paralelismo tanto gramatical como léxico, y el uso del estribillo y del retorno con ligeras variaciones de palabras sumamente significativas. Lorca era consciente de que, ante un público mayoritariamente analfabeto, debía dirigirse a él, no con letras, sino con palabras que se oían: de ahí sus canciones y sus romances, y de ahí que no tuviera tanta preocupación en publicar.

[11] Saboréese la impronta becqueriana comparando «Mi vida es un erial: / flor que toco se deshoja» con la «Canción menor» de Lorca: «Y veo secarse los lirios / al contacto de mi voz».

[12] Rubén Darío, «el jefe del idioma», en palabras de Lorca.

simbolismo, Antonio Machado y el purista Juan Ramón Jiménez) y la contemporánea o vanguardista (destellos surrealistas y ultraístas)[13]

—**Oralidad**: la poesía (como, por definición, el teatro) es oral; Lorca citaba y recitaba: es el bardo predecesor del vate de la imprenta: para él publicar (*en voz alta*) solo es *re-citar*[14]; publicar (*en letra impresa*) es encerrar entre tapas

— **Conceptismo expresivo**: densidad semántica y polisemia léxica, elipsis y reducción de la anécdota

— **Símbolos renovados y metáforas asombrosas**: efectistas relaciones (opuestos, sinestesia) entre los términos reales y los imaginarios, con un vocabulario exquisito, mas nunca extraño. Los motivos simbólicos -luna, sangre, navajas y cuchillos, caballos, fecundidad, muerte...- imponen sentimientos y reacciones de fuerzas anteriores a la contemporaneidad. La antropomorfización y la animalización es muestra del panteísmo y de la conjunción de los estados de ánimos de los personajes poemáticos con la naturaleza

— **Poeta de mitos**, más allá de las ideas: Lorca, aunque superficial o anecdóticamente anclado en sucesos cotidianos, excava para extraer del mundo de la razón huellas de un trasfondo irracional y de creencias que nos transportan a un mundo primitivo y elemental; en ese mundo no tiene cabida el psicologismo humano civilizado

Ni siquiera en la etapa de poesía popular se puede afirmar hoy que Lorca es un poeta de claridad invasora: **el granadino es un poeta profundo y, por ende, complejo**. Sin embargo, el ritmo y la base anecdótica y popular de sus textos, fundamentados en lo consabido y lo consentido por la tradición, solo muestran una aparente sencillez. No hace falta llegar a la poesía de lustres surrealistas para comprender, en la actualidad, que Lorca es un poeta intenso y enigmático. **Opta por el misterio a riesgo de resultar insondable**. Así lo vamos a comprobar en la interpretación que proponemos de *Romancero gitano*. «No importa la incoherencia real [o racional] de esos enlaces: los ve la imaginación y los retiene la emoción que en ellos se encauza»[15].

---

[13] Algunos de los versos del *Romancero gitano* son, sucesivamente, recreaciones del culteranismo de Góngora: «Los densos bueyes del agua / embisten a los muchachos / que se bañan en las lunas / de sus cuernos ondulados» («Romance del Emplazado»), de las greguerías de Ramón Gómez de la Serna: «la media luna soñaba / un éxtasis de cigüeña» («Romance de la Guardia Civil española»), de ingenio surrealista: «Dejadme subir!, dejadme / hasta las verdes barandas. / Barandales de luna / por donde retumba el agua» («Romance sonámbulo»).

[14] A Lorca no le gustaba tanto publicar (dar a los ojos de la imprenta) como recitar (dar a los oídos de las gentes). Lorca busca más al oyente que al lector. Esto es similar al proceso público del cante jondo: el cante flamenco puro, en general, rehúye el tablado multitudinario y se confina en la intimidad de la *juerga poética*. Federico era juglar y escenario íntimo, al unísono. Recordaba Jorge Guillén que, al leer Lorca –él solo y en voz alta– *Bodas de sangre* quedó exhausto, porque recitó y representó con brío increíble la tragedia. En *Romancero gitano*, aún dominando **lo narrativo**, se incluyen en trece de los romances algún **diálogo**, esto es, el estilo directo; el modo de contar también recurre a las técnicas tradicionales del **comienzo *in media res* o del final truncado**: así los romances «Reyerta», «Muerte de Antoñito el Camborio»; eficaz es el comienzo con una conjunción ilativa: «Y que yo me la llevé al río...» (de «La casada infiel»).

[15] Elogio de Jorge Guillén en su prólogo a las *Obras completas* del granadino, en 1954.

Soledad de mis pesares,
caballo que se desboca,
al fin encuentra la mar
y se lo tragan las olas.
(F. García Lorca)

En la tradición hasta el siglo XX, la metáfora estaba conectada con términos fácilmente reconocibles: la similitud entre la imagen y el referente era habitualmente perceptible; si decíamos *Es una tortuga caminando*, asociamos el caminar de la tortuga a lentitud, parsimonia. En las visiones del siglo XX, la imagen visionaria se relaciona por los sentimientos comunes que despiertan el término poético y su referente: son sentimientos subjetivos e inmateriales. Lorca domina la ambigüedad entre *Soledad* como nombre de Soledad Montoya –la gitana que espera enamorada sin que llegue el amado– y el concepto abstracto de soledad (= "pena gitana"); sobre la metáfora nítida del *caballo*, se yergue el símbolo o la visión de una pasión amorosa desenfrenada y fatal que conduce trágicamente a la nada, a la muerte, después de ofrecer (*al fin*) el espejismo de grandiosidad del mar.

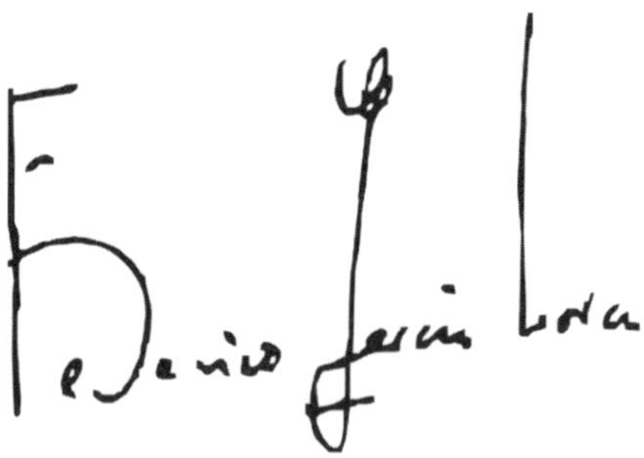

Símbolos en la obra lorquiana

De manera didáctica, simplificamos los significados de algunos de los símbolos de García Lorca:

Algunos de los símbolos de García Lorca	
Agua	Si fluye, vitalidad (vida), asociada tanto a lo erótico -personificación de Venus: amor espiritual y atracción sexual- como a lo fértil o reproductivo; si se estanca, el agua representa la muerte, pero el agua también asfixia o ahoga -en ocasiones, se retoma el sentido bíblico de 'muchedumbre': *herido por el agua*, 'herido por la muchedumbre'-. El agua es asimismo característica de la ciudad de Granada (rumor del agua); ahora bien, el flujo del agua puede ser subterráneo: lo que no se ve, lo que se oculta, y da vida. *Sed*: deseo sexual. *Río*: libertad y erotismo; *Pozo*: estancamiento y muerte
Luna	La muerte, y la amenaza de tragedia. La luna, al contrario que el sol, crece y decrece, desaparece: su vida está sujeta a la ley universal del devenir, del nacimiento y de la muerte; su decrepitud, como la del hombre, desemboca en la muerte. Predomina la luna de la fatalidad, diosa o reina de los deseos prohibidos en tantas civilizaciones antiguas. Pero también la luna es signo erótico, de maternidad (fecundidad) e incluso belleza (luna-mujer); como ser hermoso, es una bailadora [de la vida y de la muerte], mágica e himnotizadora
Sol	Vida, alegría
Viento	Erotismo masculino, agresor sexual
Sangre	Riego de vida: fecundidad, incluso con resonancia sexual; si es producto de la herida, simboliza la muerte
Toro	Bravura, vitalismo. Pero también es destino de muerte
Caballo	La fuerza del destino y el instinto, el deseo apasionado de erotismo y la atracción sexual; el caballo desbocado es presagio de muerte, mensajero de la muerte
Verde	Naturaleza; esperanza de lo que reverdece (vida). Virilidad y aspecto caló. Estigma gitano de tragedia y fatalismo: el deseo prohibido que aboca a la frustración; y, por ello, también a la rebeldía y a la ausencia de vida: muerte. En «Verde que te quiero verde», como en la «Casida del herido por el agua», estamos ante la aceptación dramática de la naturaleza trágica de la pasión y vida del propio sujeto lírico: se trata del patético deseo de no olvidar -con la experiencia punzante a lomo-: como si el poeta descendiera a los infiernos (*pozo*), a ver a ese ser (chica o niño) hasta identificarse o fundirse en su desgracia y, sin duda, en la necesidad de vivir

En el drama de *Doña Rosita la soltera o El lenguaje de las flores*, Lorca despliega el significado básico que otorga a algunas flores. Habla, en el acto II, la Solterona 3.ª (en el piano), las Solteronas 2.ª y 1.ª y la Tía, respectivamente:

Solo en ti pongo mis ojos
–el heliotropo expresaba– [...]
Soy tímida, la violeta.
Soy fría, la rosa blanca.
Dice el jazmín: *Seré fiel*.
Y el clavel: *¡Apasionada!*
El jacinto es la amargura;
el dolor, la pasionaria.

El jaramago es desprecio,
y los lirios, la esperanza.
Dice el nardo: *Soy tu amigo*;
Creo en ti, la pasionaria.
La madreselva te mece,
la siempreviva te mata.

La temática lorquiana

García Lorca aúna inspiración tradicional popular e influencias cultas, convierte el rito social en lucha mítica, reivindica con trascendencia ética grupos marginados en la época, dignifica el sentimiento de frustración –el amor o la maternidad imposibles– y sublima la muerte cuando ésta es consecuencia de la lucha noble por defender una cultura silenciada y reprimida; es una forma de ver el mundo, con el respeto de sus costumbres y el nacimiento de derechos de etnias y razas vulnerables (gitanos, negros) y de sectores sociales deprimidos (mujeres y, tácitamente, homosexuales).

- El tema general de su obra es el **choque entre el principio de autoridad establecido y el principio de libertad**, el destino trágico de «pena negra», el que impide las querencias del hombre y provoca la angustia y la muerte
- Con insistencia, los asuntos tratados en su obra de poeta y de dramaturgo giran en torno al conflicto de la vida del hombre (varón y hembra, aunque con tendencia contextual a una perspectiva androcéntrica) que queda **frustrado por intentar afirmar su individualidad** frente a las cargas sociales y los prejuicios descalificadores de igualdad y libertad
- Profundidad en las constantes de los subtemas tradicionales: pasión y desgarro amoroso, arrojo noble y valentía, dignidad humana ante la muerte y ante la opresión:

    - El **amor es una mítica fuerza irracional que arrastra al hombre** (al varón y, sobre todo, a la mujer): deseo irrefrenable –amor y sexo son inextricables–, cuya energía aboca a la tragedia, a la violencia y a la muerte –asesinato, suicidio

- El fruto del amor y el sentido del matrimonio es, tradicionalmente (y en la esfera del catolicismo del «creced y multiplicaos»), la descendencia; por ello, **la frustración se encarna en la despreciada soltería** (*Doña Rosita la soltera*, que lo es sin quererlo) **y en la esterilidad** (*Yerma*, que se debate en otros frustrantes códigos limitadores de la libertad individual como los del honor y la honradez y la tradición); son maldiciones míticas de la naturaleza y la sociedad[16]
- La **solidaridad con los sectores vulnerables y marginados** de la sociedad, con los que sufren persecución a causa de la injusticia: gitanos, negros, mujeres, homosexuales, pobres...[17]
- El **deleite de la infancia y su recuerdo**: los años felices de la infancia son un reducto de la frustración, puesto que no hay, en el imaginario lorquiano, sufrimiento sino dicha. El momento en que el ser humano (varón o mujer) es consciente de que existe represión o fatalismo de violencia, tragedia o muerte comienza la evanescencia del ser como individuo satisfecho o bienaventurado; ello puede conducir, en el territorio mítico lorquiano, a anulación o muerte

Recreación de La Barraca (Zafarraya, Murcia, 2015)

[16] La homosexualidad, en aquella época, connotaba marginalidad y secretismo: no se podía manifestar, no se podía desempeñar las funciones de maternidad o paternidad.

[17] El gitano, en su concepción mítica, representa el conflicto entre instinto y sociedad, entre primitivismo y civilización; es el personaje que no se adapta a la sociedad moderna y sucumbe al *fatum* o destino trágico, como analizaremos en *Romancero gitano*.

OBRA LITERARIA DE GARCÍA LORCA		
Fecha de redacción (aproximada)	Poesía (Fecha de publicación) [*Publicación póstuma]	Teatro (Fecha de estreno)
1916-1917	*Impresiones y paisajes* (1918)	
1918-1919		*El maleficio de la mariposa* (1920)
1918-1920	*Libro de poemas* (1921)	
1920-1926	*Suites** (1967)	
1921-1922		*Los títeres de cachiporra* *Tragicomedia de don Cristóbal y la señá Rosita** (1937)
1922		*La niña que riega la albahaca y el príncipe preguntón* (1923)
1921-1924	*Canciones* (1927)	
1921-1926	*Poema de cante jondo* (1931)	
1922-1927	*Romancero gitano* (1928)	
1925		*Diálogos** (1 y 2, en 1928) (*5 Lorcas 5*, en 1986)
1925-1926		*Mariana Pineda* (1927)
1925	*Oda a Salvador Dalí* (1926) *Soledad (a Fray Luis)* *Oda al Santísimo Sacramento*	
1928		*Amor de don Perlimplín con Belisa en el jardín* (1933)
1929-1930	*Poeta en Nueva York* *(1940)	
1930		*La zapatera prodigiosa* (1930)
1930		*El público** (1984)
1931		*Así que pasen cinco años** (1945)
1931-1934		*Retablillo de don Cristóbal* (1934)
1932-1933		*Bodas de sangre* (1933)
1933-1934		*Yerma* (1934)
1934-1935	*Llanto por I. S. Mejías* (1935)	*Doña Rosita la soltera o el lenguaje de las flores* (1935)
1935	*Seis poemas galegos* (1935)	
1935-1936	*Diván del Tamarit** (1940)	*La casa de Bernarda Alba** (1945)
1936	*Sonetos del amor oscuro** (1983)	

OBRA LITERARIA DE GARCÍA LORCA
Observaciones
Prosa poética
Alegoría modernista. Fracaso teatral
Ampliado entre 1921-1923
Farsas guiñolescas (de muñecos)
Marionetas (cuento andaluz)
Recopilación de *Primeras canciones* (1936)
Hito poético. Aclamación popular y gran fama de poeta
1. La doncella, el marino y el estudiante; 2. El paseo de Buster Keaton; *3. Quimera; 4. Diálogo mudo de los cartujos;* *5. Diálogo de los dos caracoles*
Romance popular. Pieza granadina
Estancias en Cadaqués (1925 y 1927) invitado por Dalí
Aleluya erótica. Farsa de hombres (no de muñecos). Estreno prohibido en 1929 por *pornográfica*
Publicado en revistas y transmisión oral en vida del autor
Farsa violenta de hombres (no de muñecos). Ampliada en 1933
Drama: «pieza irrepresentable»
Leyenda del tiempo: «pieza irrepresentable»
Farsa para títeres o guiñol
Hito teatral. Tragedia andaluza. Éxito de crítica y de público. El teatro proporciona independencia económica
Poema trágico: tragedia andaluza
Llanto: elegía antológica. *Doña Rosita*: pieza o poema granadino «del novecientos»
Teatro póstumo: drama andaluz
1983, ed. clandestina francesa; 1984, en *Abc*, Madrid

Nuestra edición

Tomamos en consideración la fijación de textos ofrecida en *Obras completas*, edición de Miguel García Posada (1997). Ahora bien, consultamos otras muchas ediciones y los textos más fiables de la producción original de Federico García Lorca. Todo ello es convenientemente citado a pie de página cuando resulta adecuado. Para los textos seleccionados de *Diván del Tamarit*, hemos atendido y ampliado las recomendaciones de Pepa Merlo en su tesis doctoral «Para una edición del *Diván del Tamarit*, de FGL», Universidad de Granada, Facultad de Filosofía y Letras, Departamento de Literatura, 2015.

Respecto a *Romancero gitano*, de modo muy especial, hemos partido para la fijación del texto de la *editio princeps* de la Revista de Occidente (Madrid, 1928). El poemario fue elaborado entre 1924 y 1927. Tenemos en cuenta las publicaciones anteriores e, incluso, los manuscritos de los poemas enviados epistolarmente por Federico García Lorca a sus amigos. Aplicamos correcciones que justifica Arturo del Hoyo para la edición de las *Obras completas* (Madrid, Aguilar, 1954), en la que, a pesar de todo, hay errores y lapsus que intentamos subsanar; el propio A. del Hoyo amplió y propuso interesantes modificaciones en la decimoctava edición, en 1974, que es la edición de *OC* que citamos de no decir lo contrario. Asimismo tomamos en consideración las orientaciones de la edición de esta obra realizada por Allen Josephs y Juan Caballero en Cátedra (Madrid, 1983).

En general, actualizamos la puntuación, especialmente, para resaltar el sentido declamatorio de la poesía lorquiana. Cuando procede, para aclarar las voces de los personajes, utilizamos la raya del diálogo y letras cursivas. Eliminamos las dedicatorias insertas en cada uno de los poemas por no ser consustanciales con su significado. Hemos aclarado, pues, el texto y lo hemos fijado con rigor y respeto, queriendo evitar que Lorca nos pudiera escribir una misiva tan exaltado y encendida como ésta que dirigió a Jorge Guillén en enero de 1927 (FGL, *Obras completas*, III. Prosa, pp. 940-942):

> Habrás recibido Litoral. Una preciosidad, ¿verdad? Pero ¿has visto qué horror mis Romances?
> Tenían más de *¡diez!* enormes erratas, y estaban completamente deshechos. Sobre todo, el de Antoñito Camborio. ¡Qué dolor tan grande me ha producido, querido Jorge, verlos rotos, maltrechos, sin esa *dureza* y esa *gracia* de pedernal que a mí me parece que tienen! Emilio [Prados] quedó en mandarme pruebas y no lo hizo. La mañana que recibí la revista estuve llorando, así como suena, *llorando* de lástima. Puse un telegrama a Prados y éste se ha disgustado, y echa la culpa a mis originales imposibles, etc., etc. Pero él, que me conoce, debía saber esto. Hoy mismo recibo todos mis originales con una *lacónica* carta rogándome los *corrija* y ponga en limpio..., pero lo curioso del caso es que están copiados a máquina. Esto casi equivale a decirme que no quiere publicarlos. No sé si se le pasará el *ataque*.

Las anotaciones a pie de página, prolijas, son comentarios que pretenden aclarar y orientar sobre el significado y los posibles sentidos que tienen y pueden tener los versos de Federico García Lorca. Es la nuestra una labor de mero glosador o escoliasta. El lector sabrá imponer el criterio de su imaginación creativa como modesto leedor, como osado intérprete o como avezado exégeta, porque la poesía exige un lector libre de prejuicios.

Consejo para leer esta antología. Aconsejamos hacer tres lecturas para comprender y disfrutar la poesía de Lorca. Una primera lectura, de tirón, del poema completo tal cual lo escribió el granadino. Una segunda lectura, lenta y concentrada, consultando pormenorizadamente todas las anotaciones a pie de página que proporcionan claves posibles que nos atrevemos a someter al juicio y criterio de la sensibilidad y del conocimiento del lector. Y, finalmente, una última lectura del poema, rítmica, cadenciosa, deleitándonos de todo lo que nos sugiere, evoca, emociona y ya sabemos de dicho poema.

Del verso hondo al amor oscuro
23 poemas comentados

Etapa 1
Canciones (1921-1924)
[1] *El lagarto está llorando*
[2] Canción del jinete. 1860
[3] Despedida
[4] Suicidio
Poemas del cante jondo (1921-1926 / 1931)
[5] Baladilla de los tres ríos
[6] Sorpresa
Etapa 2
Romancero gitano (1922-1927)
[7] Romance de la luna, luna
[8] Romance sonámbulo
[9] Romance de la pena negra
[10] Prendimiento de Antoñito el *Camborio* en el camino de Sevilla
[11] Romance de la Guardia Civil
Etapa 3
Poeta en Nueva York (1929-1930)
[12] Aurora
[13] Nueva York. Oficina y denuncia
[14] Grito hacia Roma
Etapa 4
Diván del Tamarit (1931-1935)
[15] Casida de la mujer tendida
[16] Casida de las palomas oscuras
Llanto por Ignacio Sánchez Mejías (1934-1935)
[17] La cogida y la muerte
[18] La sangre derramada
[19] Cuerpo presente
[20] Alma ausente
Sonetos del amor oscuro (1936)
[21] Soneto de la dulce queja
[22] El poeta pide a su autor que le escriba
[23] El poeta dice la verdad

MUNDO DOMÉSTICO E INFANTIL: NEOPOPULARISMO Y NATURALEZA EN CANCIONES *Y* SUITES

Entre 1921 y 1924, García Lorca tiene ocupada su inspiración y su duende en canciones breves: por un lado, *Suites* (1920-1921)[I] y *Canciones* (1921-1924); por otro, *Poema del cante jondo*.

En *Canciones* [Antología 1-2], el tono intimista y confesional de *Suites* pasa a ser más gozoso: resurge la alegría de los ritmos de canciones infantiles y de juego, pero resulta evidente el tono agridulce de añoranzas y el vértigo a abismos sexuales, de muerte y de esterilidad. Distinguimos la voz del nuevo poeta en sencillas, breves y claras baladas como la de «Cazador», escena de caza de gran condensación expresiva al modo de los romances líricos medievales:

> ¡Alto pinar!
> Cuatro palomas por el aire van.
>
> Cuatro palomas
> vuelan y tornan.
> Llevan heridas
> sus cuatro sombras.
>
> ¡Bajo pinar!
> Cuatro palomas en la tierra están.

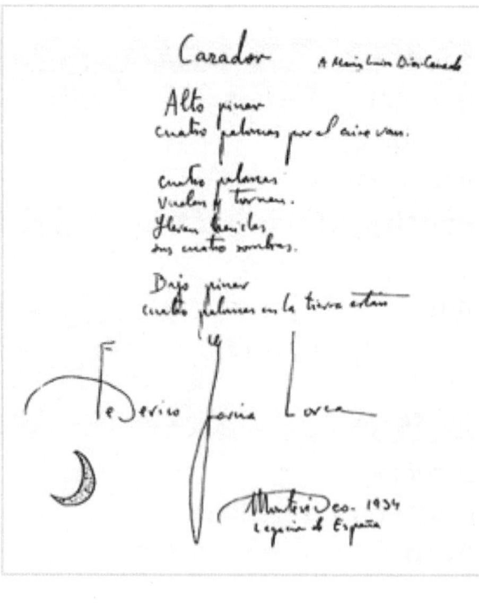

Manuscrito de García Lorca: «Cazador»

I Federico pronunciaba, a la española, *Suites* (no «[suìts]»).

Influido Lorca por románticos y modernistas, en estas composiciones, llega a haber ironía, sensualidad, pero también cierto patetismo: la angustia por la pérdida de la infancia –los irrecuperables «estos días azules y este sol de la infancia», que rezaba el último papelito conocido de gran Antonio Machado encontrado en el bolsillo de su abrigo cuando murió– y la idea de la muerte como destino de la vida.[II] En todos los poemas descuella su condensación lírica, el valor de la imaginación y la prevalencia de la emoción. No nos quedemos en las anécdotas (los lagartos, el jinete andaluz...): Lorca alcanza el mito de la trascendencia inspirado en lo más próximo: «Yo no escribo como una abstracción, sino como algo que ha pasado junto a mí» [la vida, el amor, la muerte].

En la verbena de san Pedro (Madrid, 29 de junio de 1935). Federico como bailarina y cantante, el pintor José Caballero, con sombrero. (FFGL)

[II] El modernista Rubén Darío retrataba así a la «sensual y patética» princesa: «La princesa está triste... ¿Qué tendrá la princesa? / Los suspiros se escapan de su boca de fresa, / que ha perdido la risa, que ha perdido el color». En muchos finales de los poemas de Lorca no sabemos si la tristeza se impone por el paso del tiempo (la vejez) o por la pérdida de algo (dicha) o por la frustración de la vida que impide que los deseos se lleven a cabo.

• *Canciones* (1921-1924)

[1] *El lagarto está llorando*[1]

El lagarto está llorando.
La lagarta está llorando.[2]

El lagarto y la lagarta
con delantalitos blancos.[3]

Han perdido sin querer
su anillo de desposados.[4]

¡Ay[5], su anillito de plomo,
ay, su anillito plomado![6]

Un cielo grande y sin gente
monta en su globo a los pájaros.[7]

El sol, capitán redondo,
lleva un chaleco de raso.[8]

¡Miradlos qué viejos son!
¡Qué viejos son los lagartos![9]

¡Ay cómo lloran y lloran!
¡ay, ay, cómo están llorando![10]

---

[1] Poemilla, a modo de canción, dedicado «A *mademoiselle* Teresita Guillén, tocando un piano de siete notas»: Teresa (1922-2019) era la hija del poeta Jorge Guillén (1893-1984) de la llamada generación del 27, que se licenció en la Universidad de Granada; dado que Teresa nació el 28 de diciembre, el poema puede ser datado en torno a 1923. Pertenece a la sección del libro denominada «Canciones para niños». En la obra infantil de Lorca se procura la musicalidad como deleite rítmico y tierno de lo escrito, con tintes de fantasía y colorido, pero siempre el texto contiene un mensaje en el que subyace la tristeza; este tono sirve para la educación emocional del infante lector o escuchador. El poemilla fue musicado y cantado por Paco Ibáñez, Isabel Parra, M.ª Dolores Pradera y Los Sabandeños, Amancio Parda, entre otros, incluso por el músico experimental George Crumb.

[2] Una pareja de lagartos (*lagarto* y *lagarta* –macho y hembra–, especifica el poeta en sonoro políptoton, vv. 1 y 2) *está llorando*, repetido en dos ocasiones a final de verso (epístrofe). Comienzo con protagonistas animales, al modo de una fábula, con paralelismo de términos reiterativos. El lagarto simboliza el desgaste del paso del tiempo, la vejez.

[3] Los lagartos, en el inicio del poemilla, son pequeños: el poeta lo insinúa con la alusión metafórica, y en diminutivo, de *delantalitos* (v. 4): es la metáfora de la mancha natural o variación cromática de la parte inferior del lagarto y de su, a veces, encrespada piel, gula o cresta a modo de collarín o babero infantil de los bebés humanos. El diminutivo y el llanto imprimen ternura a este principio. En algunas versiones aparece el término popular y afectivo **delantaritos*. El color blanco (v. 4) evoca la pureza y conduce a un acto de compromiso, al que se alude en los versos que siguen; es ropaje –el blanco– de ceremonia y de nobles candidatos. El carácter antropomórfico es evidente. Se nos van imponiendo las palabras mágicas del mundo infantil: llorar, delantalitos: voces de emoción y sensibilidad.

[4] Los lagartos se casaron (*desposados*, v. 6), pero han perdido algo muy preciado por ellos: su anillo, la sortija, palabra que procede de «suerte» (< SORS, SORTIS, 'suerte' o 'destino') y que simboliza lo perfecto, lo que no tiene principio ni fin (por ser una circunferencia, esto es, una figura redonda). Y han perdido el anillo *sin querer* (v. 5). El anillo de desposados

–que representa unión y afectividad– nos dirige a pensar que están en el juego del desposorio, en el festejo del compromiso matrimonial y de apareamiento. El anillo forma parte del rito que, culturalmente en la España del momento, autoriza a tener descendencia y a proseguir la vida de la especie. La pérdida es el motivo de las lágrimas. Nada que ver con las «lágrimas de cocodrilo», aplicadas, en otros contextos, al penar fingido o hipócrita de algunos seres humanos.

[5] La interjección, repetida en los dos versos postreros, expresa una situación de melancolía: una evocación profunda de la niñez: la pérdida de un objeto que colmaba de felicidad la etapa infantil o la etapa de esperanzas de infinitud jovial. Es expresión propia de las canciones andaluzas.

[6] Estos dos versos (vv. 7-8) vuelven al ritmo del paralelismo (con reiteración de palabra base y palabra derivada –*plomo*, *plomado*, políptoton–; con anáfora estructural). Los anillos no son de metal precioso: son de metal poco valioso, y pesado: lo valioso es su símbolo afectivo, remarcado por el doble diminutivo (*anillito*) propio del lenguaje infantilizado. Quizás el autor juega con el dicho popular de que los anillos de compromiso son joyas tan pesadas que se necesitan dos personas para llevarlos y, en algunos casos, no se pueden arrastrar de tanto peso... o se dejan perder olvidados...

[7] Cambio estructural en la descripción de la escena a partir del v. 9. El firmamento (*cielo grande*) se personifica también: el *globo* puede ser el todo azul del cielo o el efecto de los rayos del sol del verso siguiente (v. 11); de nuevo una figura redonda (esférica) en uso metafórico (*globo*). Es posible pensar en el día jubiloso de la «boda»: alegre, natural, de altos vuelos, *sin gente* que atemorice o moleste. Naturaleza y paisaje suelen ser fondo y, a veces, protagonistas de las canciones infantiles. Vamos contemplando una especie de «*collages* de imágenes» –retablos, decía el propio Lorca–: esta técnica impresionista, y simbolista, nos aleja de poemas discursivos y. sobre todo, de poemas costumbristas. Todo es emoción y evocación, imaginación.

[8] *Capitán redondo*: Prosopopeya o personificación; metáfora de ámbito castrense, empleado solo por su valor de relevancia: el sol es el capitán del cielo, el ejército de los pájaros, en vuelo libre y dichoso, revolotea al mando del astro Sol, el capitán perfecto de la luz que da la vida. Recordemos que los lagartos son animales de sangre fría y necesitan el calor de los rayos solares. El personaje del sol viste, en este cuadro de recuerdo feliz, un hermoso *chaleco de raso*, es decir, viste de gala para ese día especial: el raso es un tipo de seda menos grueso que el terciopelo; el chaleco permite, al contrario de una chaqueta, que queden las extremidades al aire; es una prenda de vestir que se asocia a los delantalitos de la escena infantil inicial: los lagartos, delantalitos; el sol, chaleco. Los lagartos, efímeros; el sol, casi infinito. Los lagartos, lloran (tristeza); el sol luce (felicidad).

[9] Nuevo y último cambio estructural (vv. 13-16). Después de la descripción celestial (cielo, pájaros...), la mirada del poeta regresa a los protagonistas. Ha habido un salto en el tiempo (elipsis): ahora los lagartos son viejos, y siguen solos, también ellos sin gente. Las exclamaciones de los vv. 7-8 se imponen en el cierre del poema: primero con el uso de un pronombre personal enclítico y anafórico (*Miradlos*, v. 13) y en el verso par (v. 14) con variantes sintácticas de las mismas palabras: han envejecido. El autor se dirige a unos espectadores de la escena: se dirige en 2.ª pers. pl. (*Miradlos*): daos cuenta; sed conscientes de la fugacidad del tiempo, de la tristeza que no cesa, de que siguen solos y sin descendencia.

[10] En los dos versos postreros (vv. 15-16), los lagartos siguen llorando: la pérdida de los anillos, la belleza del momento del pasado, el paso del tiempo, la consciencia de haber estado juntos siempre, mas también la inexistencia de prole, hacen perdurar su triste estado de ánimo. Están desolados. Se resalta por la repetición de los verbos (*lloran*, *lloran*, *llorando*, polipote) y por la conjunción copulativa *y* (v. 15) y por la anáfora de la interjección *ay*, que también se repite dos veces (al modo musical) en el verso último (v. 16). Antes de volver a leer el poema, despacio y concentrado, repara en la estructura métrica: estamos ante un romance: versos de arte menor (octosilábicos) y rima asonante (*-áo*) en los pares; poema presentado en dípticos (agrupados de dos en dos versos).

[2] «Canción del jinete (1860)»[1]

En la luna negra
de los bandoleros,
cantan las espuelas.[2]

Caballito negro.[3]
¿Dónde llevas tu jinete muerto?[4]

...Las duras espuelas
del bandido inmóvil
que perdió las riendas.[5]

Caballito frío.
¡Qué perfume de flor de cuchillo![6]

En la luna negra,
sangraba el costado
de Sierra Morena.[7]

Caballito negro.
¿Dónde llevas tu jinete muerto?

La noche espolea
sus negros ijares[8]
clavándole estrellas.[9]

Caballito frío.
¡Qué perfume de flor de cuchillo!

En la luna negra,
¡un grito! y el cuerno
largo de la hoguera.[10]

Caballito negro.
¿Dónde llevas tu jinete muerto?[11]

---

[1] Poema perteneciente a la sección «Andaluzas». Merece ser escuchada la musicalización experimental tímbrica de George Crumb en su disco *Songs, Drones and Refrains of Death*, en el que incluye asimismo una versión de la «Casida de las palomas oscuras» [Antología 16]. Estamos ante un diálogo ficticio entre sujeto lírico y caballo: al caballo se le impreca en 2.ª pers. sing. en la interrogación retórica del estribillo que se repite tres veces (vv. 5, 15, 25). El subtítulo (1860) nos remonta al período histórico romántico y mítico de los bandoleros en Andalucía; aleja el cuadro de la realidad más inmediata, pero continúa el presagio de misterio que de él se desprende.

[2] El poema está escrito en cinco tercerillos (versos hexasílabos con rima asonante en los impares) y dos estribillos alternantes formados por dos pareados anisosilábicos: dísticos asonantados de seis sílabas (vocativos con adjetivos pospuestos) y de diez sílabas (interrogaciones y exclamaciones), respectivamente (en *-éo* y en *-ío*). Los hemos resaltado con letras cursivas. En la primera estrofilla destacan varios elementos poéticos: los símbolos de la luna (*luna negra*, v. 1) y los bandoleros: la alusión se impregna de misterio y presagios de fatalidad o muerte desde el principio; el encabalgamiento métrico de los breves versos imprime rapidez y cierto nerviosismo a los sucesos de la escena: el posible desbocamiento del caballo, que se repite en numerosos momentos (vv. 1, 6, 7, 12, 16, 17 y 22); y, finalmente, la fuerza metafórica de *la luna negra de los bandoleros*, o sea, el vientre o la panza del caballo (negro también porque, además, es de noche) y el ruido de las espuelas, que *cantan* (v. 3).

[3] Primero de los estribillos. Implícitamente nombrado en la estrofilla anterior, ahora el símbolo del caballo erige en presencia como protagonista del poema: al caballo, con todo su bagaje simbólico (pasión desenfrenada, destrucción y muerte) se dirige el autor. Se califica al caballo –en expresivo diminutivo que no termina de aflorar infantilidad, sino emoción y afecto doloroso– de *negro* (v. 4): descripción externa (por su pelaje) y por la contaminación simbólica del cuadro (no necesariamente nocturno, pues el uso reiterativo de *luna* –como de *negro*– es metafórico y simbólico: *negro*, 7 veces; *luna*, 3 veces, en 25 versos).

[4] El estribillo se completa con una interrogación retórica recurriendo al tópico del *Ubi sunt* ('¿Dónde están?'). Es el estribillo

el que desenmascara la situación: el jinete va muerto sobre la cabalgadura. Se impone la poesía simbolista e impresionista, con imágenes a ráfagas de plasticidad visual y emotiva muy sugerente. El ritmo otorga intimidad entrañable y dolida. La imprecación dirigida al caballo es «dónde llevas» al muerto: es el caballo el que se erige en actor del destino más allá de la fatalidad; el sujeto lírico no domina los sucesos.

[5] Esta estrofilla se inicia con una reticencia (puntos suspensivos), que enlazan con la primera. Las espuelas son descritas como *duras* (casi una personificación) y el bandolero deviene en *bandido inmóvil* (muerto) que no supo llevar las riendas [de su vida] y abocó en la muerte. No sabemos más: el misterio invade la escena; el autor no quiere confesar más, si es que algo sabe.

[6] Segunda fórmula del estribillo. Con la misma estructura versal y métrica, hay dos modificaciones relevantes respecto al estribillo anterior: el caballito negro ahora se describe como frío, contaminado por el efecto de la muerte de su jinete; y la interrogación pasa a ser una exclamación de significado exultante de exaltación de la muerte: la herida del *cuchillo* mortal (por el que ha muerto el bandolero) huele meliorativamente a *flor*: se dignifica la muerte del bandido, por el valor simbólico que adquiere en el mundo poético lorquiano.

[7] Nueva imagen excelsa: repite la metáfora de la *luna negra* del caballo (su costado), pero es dignificado asociando el caballo y sus quehaceres con la magnitud y significado mítico de Sierra Morena: lugar por excelencia del bandolerismo andaluz. La sierra Morena pertenece al sistema Bético de la orografía andaluza (Huelva, Sevilla, Córdoba y Jaén). Hubo tres tipos de bandolerismo: los guapos (que eran valentones y asesinos), los contrabandistas (que no mataban si no eran acosados por la autoridad, Guardia Civil...) y los famosos ladrones que robaban a los ricos para entregarlo a los pobres. Especialmente, de estos últimos surgen las leyendas de José M.ª *El Tempranillo* o, en la ficción, Alias Serrallonga o Curro Jiménez. El surgimiento del bandolerismo en Andalucía se debió especialmente a tres causas: el atraso y la incultura del pueblo llano, el abandono por parte de las autoridades a la hora de reprimir actitudes marginales y la enorme distancia entre clases económicas. La práctica fue desapareciendo a partir de las medidas del gobernador civil de Córdoba Julián Zagasti en 1870. El caballo se asocia, por metonimia, a Sierra Morena (y también el jinete): por el caballo deslizaba (*sangraba*) la sangre, que era la sangre del bandolero. Una nueva imagen hagiográfica del bandido.

[8] *Ijares*: Ijadas, partes laterales del vientre del caballo.

[9] En esta estrofilla (vv. 16-18) se nos informa de que, en efecto, la escena es nocturna. La nocturnidad (la negrura de la noche y de la muerte) prevalece en la descripción: la metáfora deja paso a la literalidad denotativa de los ijares: la noche, personalizada y violenta, clava las luces de las estrellas que brillan al reflejarse en la humedad de la sangre. La fuerza de las *duras espuelas* se ha convertido en la fuerza del destino: la noche, el bandolero, el caballo, el cuchillo... que todo lo aboga a la frustración, a la lucha y a la muerte. La dureza expresiva de las metáforas (*espolea*, v. 16; *clavándole*, v. 18), incluso en esta primera etapa de la poética lorquiana, hace comprender la certeza de la semblanza que hizo el poeta Vicente Aleixandre del granadino: «Su corazón no era ciertamente alegre. Era capaz de toda la alegría del universo, pero su sima profunda, como la de todo gran poeta, no era la de la alegría».

[10] Último tercerillo: repite los vv. 1 y 11 (en el v. 21). El conciso y denso poema queda reducido al patetismo de la escena misteriosa: ha habido una muerte, pero desconocemos los motivos y los detalles. Solo destaca la muerte y el destino incierto siempre fatídico. Es un adelanto de la pena andaluza. El v. 22 irrumpe con un sintagma exclamativo: *¡un grito!*; parece una especie de *flash-back*, o una liberación del efecto de la tragedia. Y se completa la efusividad de lo exclamativo con la metáfora *cuerno largo de la hoguera* (vv. 22-23): el lector contempla (siente) un gemido estruendoso de emoción dolorida y la lumbre de una hoguera, como detalle de una escena vista asimismo en la atmósfera campestre o montañera propia de un allegado al jinete encabalgado.

[11] Cierre del poema: el caballo retoma el privilegio del protagonismo poemático: es el dueño del destino del hombre.

[3] «Despedida»[1]

Si muero,
dejad el balcón abierto.[2]

El niño come naranjas.
(Desde mi balcón lo veo).[3]

El segador siega el trigo.
(Desde mi balcón lo siento).[4]

¡Si muero,
dejad el balcón abierto![5]

---

[1] Este poema y el siguiente («Sorpresa») pertenecen a la sección «Trasmundos». Esta composición es un emotivo poema redactado en primera persona con la presunta identificación del sujeto lírico y del autor.

[2] Estamos ante una imaginaria premonición de la muerte (la prótasis del v. 1: *Si muero*). Lorca ronda los 23 años, aproximadamente: es muy joven. Desea expresar con profundo calado emocional su adhesión a la naturaleza y al trabajo del campo, como veremos en los incisos (vv. 2-3 y 4-5). Predomina el ruego-mandato de la apódosis (v. 2): *dejad el balcón abierto*. El balcón es un símbolo de la apertura a la vida, a la naturaleza. El aire, a través de la ventana abierta, oxigena el dormitorio, lo vuelve a la vida; no olvidemos que cementerio significa etimológicamente 'dormitorio', donde duermen los muertos, donde se duerme el sueño eterno. La palabra balcón se utiliza cuatro veces, en cada uno de los cuatro dísticos (4 ocasiones en 8 versos).

[3] La sonoridad de la métrica del poema, brevísimo, se confirma: es una especie de romance anisosilábico, con rima asonante en los pares (*-éo*); ahora bien, los dísticos inicial y final (vv. 1-2 y 7-8) riman formando un pareado. Los versos son octosilábicos, salvo los versos quebrados de la repetición (vv. 1 y 7) que son trisilábicos.

[4] Comprobamos que la composición (8 versos) está organizada en cuatro parejas de versos, a modo de repetición (estrofillas 1 y 4) y de paralelismo (estrofillas 2 y 3). En el paralelismo (vv. 3-6) se citan el mundo infantil (y doméstico) y el mundo laboral:

El niño	*come*	*naranjas*
El segador	*siega*	*el trigo*

Estas menciones dan color también a la iluminada vida diurna de la naturaleza: verde y naranja (naranjos y *naranjas*) y amarillo (*trigo*). La alusión colorista y vitalista contrasta con la elusión del suicida (oscuridad, interior de la alcoba).

5 El cierre aparece con una modificación a la pareja de versos iniciales: se recurre a la exclamación. Densidad y concentración poética justifican el vuelo de la imaginación del lector: el poeta ensalza lo que quiere «ver» de la naturaleza más allá de su hipotética muerte: es su testamento lírico como testimonio de su pasión: el campo, los cultivos, el ser humano en el medio natural, la felicidad. Paradójicamente, en el poema se respira un hálito de felicidad –incluso traspasando la frontera de la vida, que es la muerte–: el autor ruega que la luz y el aire sigan vigentes en su alcoba, en el entorno de lo que fue su existencia: *¡Dejad el balcón abierto!* La evanescencia de la dicha, la fugacidad de la vida, hace que el poeta-autor cante jubilosamente el disfrute o el gozo de la vida. Intrínsecamente se queja de la rutina y reclama una vida intensa, con nuevas vivencias.

[4] «Suicidio»[1]

(Quizás fue por no saberte la Geometría)[2]

El jovencito se olvidaba.[3]
Eran las diez de la mañana.

Su corazón se iba llenando
de alas rotas y flores de trapo.[4]

Notó que ya no le quedaba
en la boca más que una palabra.[5]

Y, al quitarse los guantes, caía,
de sus manos, suave ceniza.[6]

Por el balcón se veía una torre.
Él se sintió balcón y torre.[7]

Vio, sin duda, cómo le miraba
el reloj detenido en su caja.[8]

Vio su sombra tendida y quieta
en el blanco diván de seda.[9]

Y el joven rígido, geométrico,
con un hacha rompió el espejo.[10]

Al romperlo, un gran chorro de sombra
inundó la quimérica alcoba.[11]

---

[1] «Canción» que pertenece a la sección «Trasmundos». Un narrador en 3.ª pers. relata el proceso de abandono de un joven solitario en su habitación dormitorio. Presenciamos el misterioso (simbolista y casi surrealista) ambiente que envuelve una muerte (*suicidio*) que se vincula con el mito de Narciso. La frustración inclina a negación del ser propio, a la negación de la vida, a la muerte (esto es, al suicidio). El mismo autor padeció muchas crisis: en algunas, poco antes de marcharse a Nueva York, sufrió tanto, que sobrevolaron ideas contrarias a la vida. El poema no se refiere al autor, pero sí a la imaginaria circunstancia de otro personaje. El tema central es la inclinación a la muerte propia, provocada por la frustración que destruye proyectos y deseos. El joven protagonista aquí será, más tarde, el personaje del Joven de *Así que pasen cinco años*, al que la muerte alcanza bajo el aspecto de Tres jugadores, variante lorquiana de las Tres parcas. En el teatro de Lorca (farsas y tragedias), anhelar y no hacer realidad un deseo crea una agonía que viene a ser una proyección de la agonía del propio escritor.

[2] Probablemente este poema, a tenor del subtítulo –*Quizás fue por no saberte la Geometría*–, se concibió años después sobre el recuerdo de la experiencia escolar del propio Lorca, aunque no lo atribuyamos a él como protagonista lírico del poema. Federico ingresó en el primer curso de bachillerato de entonces, con unos diez años, en el Instituto General y Técnico de Granada –hoy es el IES Padre Suárez–. En el examen de ingreso, como alumno libre,

solo aprobó Lengua; suspendió Geografía, Geometría... En examen extraordinario superó la materia de Geografía, pero ni siquiera se presentó a Geometría. Más tarde obtuvo un suspenso en Química General del curso anterior al preuniversitario de la época. Francisco, el hermano de Federico, relató algunos detalles: Federico fue llamado por don Juan Mir Peña, profesor de la asignatura, para que saliera a la pizarra: «Mi hermano no sabía nada de la lección que el profesor comenzó a explicar dictando fórmulas que él había de escribir en la pizarra. El profesor tenía un modo peculiar de pronunciar algunos sonidos. Éste le dijo: "Escriba en el encerado Bh + B1, o sea, b sub h más b sub 1". Pero don Juan pronunciaba la B como P, y Federico, que seguramente no había mirado el texto, oía unos extraños sonidos que no significaban nada: "¡pesupache más pesupuno!". "¡Que yo no hablo en chino!". Y claro, aquello era precisamente chino para el pobre Federico que miraba paralizado salir *pesupaches* y *pesupunos* de la boca iracunda del profesor». El expediente del poeta demuestra el escaso interés de Federico como estudiante; solo se sentía interesado por la Música («Yo soy, ante todo, músico»). Aunque en el citado expediente únicamente constan cuatro suspensos, el número de N. P. (No Presentado) es abundante, sobre todo, en Aritmética y en Geometría.

[3] El inicio con un diminutivo (*jovencito*, v. 1) marca un contraste con la dureza del asunto tratado. Se destaca la intimidad del joven en soledad: abandonado, olvidado. La frustración por no alcanzar algo lo hunde en la desesperación. La sociedad, y ciertas pedagogías de la Enseñanza y ciertas represiones de la Cultura, constriñen la libertad del hombre: son normas sociales restrictivas las que causan la frustración del impulso vital, nos refiramos al amor homoerótico o no). En este poema, no hay pistas: nos seguimos moviendo ene l mundo del misterio; no hay motivaciones que conozcamos, pero sí contemplamos a un ser que sufre hasta el delirio y que lo traslada a su relator en forma de imágenes literarias no realistas. Se impone una estética de la imagen visionaria: la que produce efectos emotivos y no puede traducirse en traslaciones de palabras comunes.

[4] La depresión por un estado anímico forjado por lo roto, la falta de vuelo (de libertad y de imaginación) –*alas rotas*, v. 4– y la ausencia de naturaleza entusiasta –*flores de trapo*–, es decir, una naturaleza falsa y asfixiante, motiva la inclinación por una salida-huida extraordinaria y, tal vez, fatídica.

[5] Asfixia y falta de posibilidad de comunicación.

[6] Los guantes nos relacionan la escena con el exterior: parece que ha regresado a su intimidad doméstica, solo. Al liberarse de la indumentaria social o ritual (los guantes), le sorprende una *suave ceniza*. Como si se hubiera quemado, como si se hubiera reducido a materia inerte, sin vida.

[7] El poema está compuesto de nueve pareados eneasílabos (y algún decasílabo), con rima asonante variable, salvo en este dístico que repite la palabra *torre*. Reiteración de palabras (*balcón* y *torre*) como obsesión del protagonista: identificación de elementos externos, que lo abocan fuera de su realidad doméstica y ordinaria.

[8] El personaje lírico se siente observado por el reloj –el tiempo–, el reloj de la torre, como si fuera observado por el reflejo del agua de Narciso. Al parecer, el reloj está parado (*detenido en su caja*) y en el contexto (*su caja*) lo asocia a la muerte, a la parada del tiempo.

[9] Disociación de la realidad por parte del personaje retratado: presencia su propia muerte (*su sombra tendida y quieta*). Se presenta la escena de la muerte con delicadeza y suave dulzura: *en el blanco diván de seda*.

[10] La superficie del agua de la escena mitológica en la que se refleja Narciso es sustituida por Lorca por un espejo, en el dormitorio del joven estresado y desquiciado. La ruptura del embrujo de la otra vida que hay detrás del espejo abre al expectativa del último pareado (vv. 17-18).

[11] La sombra de la muerte, como un chorro de sangre, culmina la visión última del poema. *Quimérica*: Irreal e imaginaria.

MUNDO FLAMENCO ANDALUZ Y OTROS PALOS: MITO CAUDAL, PERENNE. CANTE JONDO *Y* ROMANCERO

Su primer gran éxito llega en 1928, con *Romancero gitano.* Son dieciocho romances octosilábicos sobre la pena de la profunda Andalucía; comienza a brotar el tema general de su obra: el choque entre el principio de autoridad establecido y el principio de libertad, el destino trágico de «pena negra», el que impide las querencias del hombre y provoca la angustia y la muerte; insistirá luego Lorca especialmente en su teatro trágico: conflicto entre «ley natural» y «ley social».[I]

Debido al éxito de los poemas transmitidos de viva voz (sin editar) y de la edición de *Primer Romancero gitano*, Lorca se anima a publicar el inédito *Poema del cante jondo* [Antología 5-6], una recopilación de textos que escribió entre 1921 y 1926, y que verá la luz en 1931.

Influido por el acicate que le supone haber conocido al compositor Manuel de Falla y por haberse introducido en el arte de los *cantaores* –«Me parece que lo flamenco es una de las creaciones más gigantescas del pueblo español»–, Lorca, a la manera y forma de las *suites*, escribe sobre los ritmos de los palos flamencos: *siguiriya, soleá*, saeta y petenera. *Poema de cante jondo* trata el tema de lo que se fue sin haber venido: el amor, principalmente[II]

Quiere el granadino publicar el libro antes del Concurso de Cante Jondo que Falla y él, entre otros, organizan en Granada (13-14 de junio de 1922), pero no lo ultima.

El poeta, en su primera conferencia, «Importancia histórica y artística del primitivo canto andaluz llamado *cante jondo*», pronunciada el 19 de febrero de 1922, establece la diferencia entre las letras de canciones del *jondo* y las del flamenco:

> Se da el nombre de *cante jondo* a un grupo de canciones andaluzas, cuyo tipo genuino y perfecto es la *siguiriya* gitana, de las que derivan otras canciones aún conservadas por el pueblo, como los polos, martinetes, carceleras y soleares. Las coplas llamadas malagueñas, granadinas, rondeñas, peteneras, etc., no pueden considerarse más que como consecuencia de las antes citadas, y tanto por su arquitectura como por su ritmo difieren de las otras. Estas son las llamadas flamencas.[III]

En esta primitiva etapa, Lorca recurre al sonido y a la imagen de la guitarra, por su forma geométrica de corazón vibrante –al modo cubista– o de cuerpo desnudo de exigua cintura, en el que un sentimiento –encarnados por los cinco dedos de una mano: cinco espadas– rasga o hiere –ahora al modo ultraísta–: «¡Oh guitarra!, / corazón malherido / por cinco espadas» [Antología 24]. Ahora bien,

---

I *Vid.* Francisco Ruiz Ramón, *Historia del teatro español del siglo* XX, Madrid, Cátedra, 2005[8.ª].

II El primer cante jondo es la «Baladilla de los tres ríos» [Antología 23] que proyecta sobre todo el librito la doble queja obsesiva del estribillo: «¡Ay, amor / que se fue y no vino!».

III En el poemario se incluyen *siguiriyas* y *soleás* (palos del cante jondo), pero también saetas y peteneras (que se acercan o son palos flamencos). En este sentido, el libro bien pudo haberse llamado **Poemas de cante jondo y flamenco*.

Lorca se aleja del flamenco folklórico, el de charanga y pandereta, el arte de poco rigor y poca seriedad.[IV]

En carta a Adolfo Salazar (enero de 1922) confiesa Lorca:

> [*Poema de Cante Jondo*] Su ritmo es estilizadamente popular y saco a relucir en él a los *cantaores* viejos y a toda la fauna y flora fantásticas que llenan estas sublimes canciones [...] y ¡la muerte! Es un retablo... es... un puzzle americano, ¿comprendes? El poema[rio] empieza con un crepúsculo inmóvil y por él desfilan la *siguiriya*, la *soleá*, la saeta y la petenera. El poema[rio] está lleno de gitanos, de velones, de fraguas: tiene hasta alusiones a Zoroastro.

El fondo de estas canciones es la Andalucía doliente y dolida, con su séquito de guitarras, de guardias civiles, de gitanos... Andalucía se configura como el territorio mítico plagado de ímpetus de amor y de pulsiones de muerte que van de lo dionisíaco y ritual a lo violento y trágico: barrio en fiestas, navajas, reyertas, jacas... y expresiones de misterio e incertidumbre que crean un ámbito mítico de la Andalucía del llanto: el cante jondo. «Se canta lo que se pierde», sentenciará el Machado último de las canciones a Guiomar.

Los postulados de Lorca respecto a la tradición son palmarios: la poesía popular canta lo que se vive; ahora bien, para el granadino trabajar con lo popular es trabajar con los fondos públicos y a la vez con los personales. Y tanto lo público como lo personal han de respetarse. La cultura solo se conserva si conlleva creación, esto es, novedad; la creación es la madre de la tradición. El mestizaje es cultura: y la cultura es progresismo. No existe el purismo como producto dado y ya acabado: en el buen arte que no se regodea en repetirse siempre hay creación nueva. El poeta tira de la memoria colectiva del pueblo poeta para recolectar la base del repertorio tradicional de lo que quiere decir como individuo.[V]

El poeta comenzará a reducir la anécdota y a sublimar la parte lírica sobre una narración quintaesenciada, minimalista diríamos; los versos son de arte menor, rápidos, musicales y repletos de nuevas imágenes ya muy lorquianas.

Durante el primer tercio del siglo XX, la mayor parte del pueblo español (y más aún en Andalucía) es iletrada: ante la imposibilidad de que su obra sea leída, Lorca –poeta juglar– produce «poesía musical» para ser cantada (una especie de cancionero) y «poesía popular» para ser escuchada (cancionero y romancero), en ambos casos oralidad y canto. Hasta 1926, García Lorca ha escrito varios libros de poesía, pero solo uno ha visto la forma de libro: Lorca es, en realidad, un conocido poeta oral, a pesar de que son muchos los amigos influyentes que le instan a que publique.

[IV] Lorca eleva a mito el *estilo gitano* de vida y de estética, pero nunca presenta una imagen de harapiento o trapacero o fullero o ladrón. Sería un equivalente literario rural y primitivo al *american way of life* moderno: una guisa de *gipsy way of life*.

[V] El cantante Raúl Rodríguez, antropólogo, si bien aplicado a los tiempos contemporáneos, reflexiona sobre el uso de las raíces populares y el juego de la elusión; pensar en la situación siempre delicada de García Lorca no es complicado: «...en estos tiempos en los que hay que volver a susurrar de forma cifrada lo que debiéramos poder gritar alto y claro. Cantamos y, cantando, recordamos cuáles son nuestras armas y, así, el cante nos sirve para dar a conocer cómo son nuestras almas» (*La raíz eléctrica*, Madrid, Altafonte, 2017).

• *Poemas del cante jondo* (1921-1926)

[5] «Baladilla de los tres ríos»[1]

El río Guadalquivir[2]
va entre naranjos y olivos.
Los dos ríos de Granada
bajan de la nieve al trigo.[3]

¡Ay, amor,
que se fue y no vino![4]

El río Guadalquivir[5]
tiene las barbas granates.[6]
Los dos ríos de Granada,
uno, llanto, y otro, sangre.[7]

¡Ay, amor,
que se fue por el aire![8]

Para los barcos de vela,[9]
Sevilla tiene un camino;[10]
por el agua de Granada
solo reman los suspiros.[11]

¡Ay, amor,
que se fue y no vino!

Guadalquivir, alta torre
y viento en los naranjales.
Dauro[12] y Genil, torrecillas
muertas sobre los estanques.[13]

Ay, amor,
que se fue por el aire!

¡Quién dirá que el agua lleva
un fuego fatuo de gritos![14]

¡Ay, amor,
que se fue y no vino!

Lleva azahar, lleva olivas,[15]
Andalucía, a tus mares.[16]

¡Ay, amor,
que se fue por el aire![17]

---

[1] *Baladilla*: Diminutivo de balada, 'composición poética de tono sentimental y ritmo melodioso, en la que se cuentan sucesos tradicionales, legendarios o románticos'; suele estar divida en estrofas de varias rimas, con versos asonantes y uso de estribillo. Este poema está compuesto por cuatro coplas (8 –a–a) y estribillos en dístico (4 –, 7 a); los dos últimos bloques de cuatro versos se forman uniendo dos versos nuevos a los estribillos (8 –, 8 a, 4 –, 7 a; 8 –, 8 b, 4 –, 7 b). Separamos los estribillos y los escribimos en cursivas. Poesía de corte impresionista: reminiscencia de canción de cuna. Predomina la melancolía. Asocia los conceptos Granada, amor, tristeza y agua. Recuerda la Granada del poema «Orientales» de Zorrilla. «La baladilla» fue escrita finales de 1921, se incluyó en el libro *Poema del cante jondo* (mayo, 1931) como prólogo de las secciones que integran el poemario.

[2] *Guadalquivir*: Etimológicamente procede del árabe, 'río grande'. Atraviesa la ciudad de Sevilla. Esta estampa del campo andaluz está organizado en tres fases: a) vv. 1-12: comparación entre el Guadalquivir y los dos ríos de Granada; b) vv. 13-24: el

cante jondo no se produce por las ínfulas de una ciudad a orillas del mar, próspera y rica como Sevilla, sino por los rasgos deficitarios de Granada, ciudad solitaria, contemplativa y empequeñecida (de ahí sus torrecillas): es un modo de profanación de la fama de Sevilla como *locus amoenus* para la felicidad y el amor; c) vv. 25-32 (con los estribillos siempre aparte): reacción con vehemencia (exclamaciones) de la generalización que se hace con el agua (v. 25) y con Andalucía (v. 30): es la asociación, un ir paralelo, del agua y del amor.

[3] Los dos ríos de Granada, nombrados más abajo (v. 21), Genil y su afluente Darro, nacen (y descienden) de Sierra Nevada; el Genil es afluente principal del Guadalquivir en su margen izquierda. Se establece, desde la primera copla, un contraste entre los ríos: el de Sevilla y los de Granada; posteriormente, el contraste será entre las dos ciudades principales de Andalucía occidental y Andalucía oriental (Sevilla-Granada). En su conferencia-recital del *Romancero gitano*, algo después, en 1935, Lorca descubre la clave de este poema, al interpretar su «Romance sonámbulo»: «El ansia de Granada por el mar, la angustia de una ciudad que no oye las olas y las busca en sus juegos de agua subterránea y en las nieblas onduladas con que cubre sus montes». Esta oposición mar/montaña se aprecia en un poema dedicado a Alberti, pensado para *Canciones*, pero que quedó inédito hasta 1986, en el que dice: «Bandolero y todo, / te quiero a mi modo. // Tú raterillo del mar. / Yo, gitano de la sierra».

[4] En los estribillos se condensa la evocación de recuerdos de infancia: la infancia fue, para Lorca, el paraíso de la etapa más feliz de su vida, un paraíso perdido (*¡Ay, amor, que se fue y no vino!*). La interjección doliente del Ay –en ocasiones, repetida, en ocasiones prolongada, como en el poema «La soleá»: *¡Ay yayayayay, / que vestida con mantos negros!*– es muy propia del cante.

[5] Repetición de versos completos (vv. 1 y 7). Según el autor, en esta balada «su ritmo es estilizadamente popular» (carta a Antonio Salazar de 1 de enero de 1922).

[6] Prosopopeya, o personificación, del río: senectud y seriedad y gran importancia. Corresponde a la iconografía clásica del dios-río, símbolo de la fertilidad (como el hombre barbudo); así, por ejemplo, la personificación del Betis que sirve de portada al Libro de descripción de verdaderos retratos, de ilustres y memorables varones, de Francisco Pacheco (Sevilla, 1599), que se encuentra en el Museo de Lázaro Galdiano, en Madrid.

[7] Continúan en esta copla los contrastes entre Sevilla y Granada. Por colorido y evocaciones quedan muy diferenciados: *barbas vs. llanto* y *sangre* (profunda «pena»); *granates vs.* negro del *llanto*, rojo de la *sangre*. El paisaje está referido a la emoción: «un canto sin paisaje», había definido Lorca para sus composiciones. La descripción de los escenarios (paisajes) se impone como *leit-motiv* del poema: el sentimiento de apego y raigambre, de afecto y estima, por lo más hondo o profundo de su tierra –Andalucía–: paisaje y paisanaje, en términos de Unamuno. Los ríos granadinos quedan menguados al asociarlos a algo decadente o decrépito o lastimoso (*llanto, sangre*): esto es, destaca la poca valía que atesoran respecto al gran río Guadalquivir. Simbólicamente, la sangre del río Darro obedece al origen mítico de la granada como brotada de la sangre de Dioniso: pasión dionisíaca. «Llorar gotas de sangre» es asociación (*llanto-sangre*) muy usual en el cante jondo: «me llora mi corazoncito / gotas de sangre», «comienzan mis pobres ojos / gotas de sangre a llorar».

[8] El estribillo sintetiza las emociones de amor y probablemente de muerte: lo que se va y no vuelve, o la frustración de lo que no vino.

[9] La majestuosidad de la ciudad de Sevilla se evidencia en los *barcos de vela*: visibles a lo lejos, comunicadores con lo lejano, abridores de nuevos espacios, nuevas vivencias, nuevos progresos.

[10] *Camino*: Río navegable.

[11] Sevilla es puerto fluvial: el río Guadalquivir es navegable desde el Atlántico hasta la capital andaluza; sin embargo, la ciudad de Granada no da al mar. En una conferencia

de octubre de 1926 («Paraíso cerrado para muchos, jardines abiertos para pocos»), Lorca dijo: «Granada no puede salir de su casa. No es como las otras ciudades que están el la orilla del mar o de los grandes ríos, que viajan y vuelven enriquecidas con lo que han visto: Granada, solitaria y pura, se achica, ciñe su alma extraordinaria, y no tiene más salida que su alto puerto natural de estrellas». Se opone, por consiguiente, a Sevilla la apocada Granada, donde no hay ríos surcables, sino suspiros (casi subterráneos). Destaca la epífora de Granada, en tres ocasiones (vv. 3, 9, 15). El agua de los ríos y los propios ríos son metáforas y símbolos de la vida; su desembocadura («ríos que van a dar a la mar», que poetizó Jorge Manrique), nos trae a colación la muerte, el final de la vida terrena.

[12] El nombre latino del actual río Darro fue Dauro (< *dat aurum* 'da oro'). A estas alturas de poema, podemos afirmar que el andalucismo de Lorca se rige por el lirismo de una vanguardia influida por la tradición romántica tanto como por el marchamo popular. El folk-lorquismo se define por los sentimientos volcados en sus poemas, por la introspección que los convierte en composiciones emocionantes, tan entrañables como sinceras.

[13] Apréciese el contraste cada vez más claro: Sevilla sobresale por sus torres altas *vs.* las torrecillas de Granada y sus ríos; en Sevilla se mueve el viento *vs.* en Granada las torrecillas están muertas; en Sevilla se riegan los naranjales *vs.* en Granada hay agua estancada (*estanques*). La burla de los ríos de Granada es transparente: *solo reman los suspiros* (v. 16), sus *torrecillas muertas* (vv. 21-22). Se ha ido imponiendo el contenido emocional al conceptual: los afluentes fluviales granadinos han quedado disminuidos, achicados, casi aplastados comparativamente.

[14] Hay quien afirma que los ríos de Andalucía llevan sus grandezas por sus cauces y las depositan en el mar; pero también se nutren los ríos de miserias y penas de la misma Andalucía (*fuego fatuo de gritos*): las vidas y las vicisitudes de los andaluces son diversas. No solo hay alharacas y grandilocuencia; también hay penurias y resiliencia. Hasta ahora habían aparecido elementos de tierra (*naranjos, torre*), de agua y de aire: por fin, se da entrada al fuego –el cuarto elemento clásico y mítico de la naturaleza–, pero en una mención más bien peyorativa (*fuego fatuo*) referida a gritos, a protestas, a denuncias, a alaridos. Antes, uno de los ríos granadinos se caracterizaba por sus suspiros; ahora, los ríos transportan gritos. Aunque se niegue o aunque no se atreva nadie a decirlo: *¡Quién dirá que el agua lleva un fuego fatuo de gritos!*

[15] Imprecación a Andalucía: muestra de su variedad de productos rurales de la tierra andaluza (azahar-naranjas, de las tierras de cultivo, y olivas, de las tierras de secano). De la pugna entre Sevilla y Granada (y sus ríos), sale una prevalencia: un espacio nuevo y completo: Andalucía.

[16] La reminiscencia manriqueña de los ríos y el mar se hace explícita en este verso. Desde los poemas más juveniles, la tristeza es una de las características que lo acercan al simbolismo. Descuella el tono en el que el granadino recuerda con nostalgia su infancia: la vida se presenta como una experiencia que nos va degradando, nos va limando la inocencia hasta perderla.

[17] Al decir de Lorca, «las más infinitas gradaciones del dolor y de la pena [...] laten en las [estrofillas] de la *siguiriya* y sus derivados»: «El poema o plantea un hondo problema emocional, sin realidad posible, o lo resuelve con la Muerte. que es la pregunta de las preguntas»; «Somos [en la única y complicadísima Andalucía] un pueblo triste, un pueblo estático». Se nos ha impuesto el tono melancólico de la baladilla. Cabe la posibilidad de interpretar toda la balada en clave metapoética: suspiros, gritos y baladillas conforman los nuevos poemas de Lorca en su cante jondo: «A ellos debemos, pues, la creación de estos cantos, alma de nuestra alma; a ellos debemos la construcción de estos cauces líricos por donde se escapan todos los dolores y los gestos rituarios de la raza», dijo Lorca en una de sus conferencias sobre el cante jondo. Frente al paradigma dominante de disolución-desilusión que sugieren los estribillos (*amor... que se fue por el aire... y no vino*), que vale tanto como decir un *fuego fatuo de gritos*,

el autor expresa en su estrofa postrera el deseo de frutos menos ilusorios para su creatividad poética; frente a estanques o torrecillas muertas, el poeta propugna altas torres, como las del vate insigne don Luis de Góngora: «con su instinto poético fragrante, empezó a construir una nueva torre de gemas y piedras inventadas». El culterano cordobés jamás se dejó cautivar por «fugaces espejismos» o inercias de insulsas y atrevidas metáforas (en las que «mueren los poetas incautos»), donde espejismo es sinónimo de *fuegos fatuos* como los de la baladilla. Quizás también esa mención de *fuegos fatuos* sea un homenaje a su amigo Manuel de Falla y su «Canción del fuego», del *Amor brujo*.

Federico junta a su amigo Emilio Aladrén (c. 1925-1926. FFGL)

[6] «Sorpresa»[1]

Muerto se quedó en la calle
con un puñal[2] en el pecho.
No lo conocía nadie.[3]

¡Cómo temblaba el farol![4]
Madre.[5]
¡Cómo temblaba el farolito
de la calle!

Era madrugada. Nadie
pudo asomarse a sus ojos
abiertos[6] al duro aire.[7]

Que muerto se quedó en la calle,
que con un puñal en el pecho
y[8] que no lo conocía nadie.[9]

---

[1] Este poema fue titulado inicialmente «Esquina», después, sencillamente, «Copla» y, finalmente, «Sorpresa». Fue recitado por Lorca en el Centro Artístico de Granada el 7 de julio de 1922, y publicado a continuación en *Noticiero granadino*; definitivamente formará parte del «Poema de la soleá», la segunda sección del *Poema del cante jondo* (1931). Aunque en el original no se distinguen estrofillas, hemos optado por separar los bloques para respetar las disposiciones de la métrica, especialmente la rima, y su contenido. Mantenemos la especial puntuación que Lorca, en ocasiones, arbitrariamente, colocó a su texto desde su probable primera redacción (con muchas tachaduras y modificaciones) *circa* 21 de noviembre de 1921 (*Cfr.* Rafael Martínez Nadal, *Federico García Lorca. Autógrafos*, Oxford, Dolphin Books, 1975). Lorca propendía al énfasis de las pausas (en la escritura y en la recitación): prefería la sintaxis cortante que eliminaba nexos y que potenciaba los elementos léxicos en su desnuda presencia. Así y toda, esta composición interpretada como cante jondo, sin tantas pausas, alarga la emoción y ensalza la hondura y el rajamiento del cantaor, al decir de Eduardo Molina Fajardo, *El flamenco en Granada. Teoría de sus orígenes e historia*, Granada, Miguel Sánchez editor, 1974, pp. 136-137.

[2] Rafael Alberti publicó y comentó una versión con variantes de relieve (ya en una conferencia leída en Alemania, 1932: «La poesía tradicional y su influencia en la poesía contemporánea»): v. 2, donde dice *puñal*, el poeta del Puerto de Santa María decía *balazo*; vv. 4 y 6, donde dice temblaba, Alberti decía sangraba; v. 8, donde dice *Nadie*, Alberti decía *fría. / Alguien /*; v. 10, donde dice *al duro aire*, Alberti decía *como dos mares*; v. 11, donde dice *Que muerto*, Alberti decía *Y que muerto*. El puñal es elemento constituyente ancestral y ritual de gitanos y primitivos andaluces: afín al mundo rural y sacrificial de Lorca (en su poesía y en sus tragedias); sitúa la escena en un mundo mítico. Además, abre el aura del misterio: el puñal está presente, pero ignoramos a quién pertenece, desconocemos como se insertó en el cuerpo... Sabemos que el puñal es arma de reyerta entre gitanos, pero solo se nos presenta una muerte trágica: y en soledad. Lírica y emocionalmente, suficiente.

[3] Así murió realmente Antonio *el Camborio*, gitano de Chauchina, pueblecito próximo a Fuente Vaqueros: «Vivía de traficar caballos, y en toda la vega era famoso por ser tan borracho como hábil jinete. Muchas noches lo veíamos pasar montado en su caballo, gesticulando, intrépido en su embriaguez, y escapábamos a toda velocidad. Una mañana lo encontraron muerto en el camino. Esa noche había bebido más que de costumbre y había caído del caballo. En su caída su cuchillo que siempre llevaba en la cintura le había abierto el vientre» (Claude Couffon, *Granada y García Lorca*, Buenos Aires, Losada, 1967, p. 31). Lorca poetiza la muerte al máximo al no identificar al sujeto lírico: presenta la lúgubre escena con un extraño anonimato, el de un forastero desconocido que es encontrado de repente en la calle ya cadáver. La esencia del poema se fundamenta en la evocación de muerte

y la soledad (no en balde estamos ante una *soleá*): se basa en las palabras *muerto* (vv. 1 y 11), *nadie* (vv. 3, 8 y 13) y, en medio, el instrumento real y simbólico de la muerte, *puñal* (vv. 2 y 12), propio del mundo gitano. Sabido es que a Lorca le obsesionaba la muerte, el «no-ser»; una anécdota nos clarifica su pánico a la soledad y a la muerte anónima: en la Residencia de Estudiantes llegaba a escenificar su agonía, pasión y muerte (y putrefacción), sin salir durante varios días de la cama de su dormitorio; cuando los amigos estaban ya consternados, se alzaba aliviado una vez conseguida su catarsis, su liberación; sin duda, lo que más le producía pánico era la muerte en soledad y abandono, como ocurre al protagonista fúnebre de nuestra *soléa*; Lorca, como persona y como autor literario, necesitaba exorcizar esos miedos, y lo explicita en el romance «Muerto de amor»: *Madre, cuando yo muera / que se enteren los señores. / Pon telegramas azules / que vayan del Sur al Norte.* Véase la última nota de este poema, y cómo Lorca estuvo tentado de dejar tres versos de admonición religiosa que hoy podemos leer en sus borradores manuscritos.

[4] Todo transcurre en la noche (*madrugada* del v. 8), pues, como defendía Lorca en una de sus conferencias («Arquitectura del cante jondo»), «el cante jondo canta como un ruiseñor sin ojos. Canta ciego y por eso nace siempre de la noche. No tiene mañana ni tarde ni montañas ni llanos. No tiene más que una luz de noche abstracta donde una estrella más sería un irresistible desequilibrio». Destaca la mención del humanizado *farol* (vv. 4 y 6), que tiembla, como elemento ambiental: el farol, personificado, recoge el asombro y el miedo que se sugiere en el instante, y, por antítesis, resalta la soledad y el frío mortal de la escena; viene a ser una suerte de luz de velatorio, pero en la desnuda e inhóspita calle. Lorca va depurando su composición, para hacerla más densa y minimalista: por ello omite la expresión «como dos mares» aplicada a *sus ojos / abiertos* (vv. 9-10); y sustituye por expresión más apropiada: *[abiertos] al duro aire* (v. 10). «Es –decía Lorca en su «Arquitectura del cante jondo»– un canto sin paisaje y, por lo tanto, concentrado en sí mismo y terrible»: el paisaje –sentenció en «Importancia histórica y artística del primitivo canto andaluz»– «quita la intimidad y la hondura de que está henchido el cante jondo».

[5] Una característica del cante jondo sumamente destacable, a juicio del propio autor, es la personificación «femenina» de la Pena: «...la Pena se hace carne, toma forma humana y se acusa con una línea definida. Es una mujer morena que quiere cazar pájaros con redes de viento». Lo veremos de nuevo al tratar el *Romancero gitano*. En nuestro poema, la confidente imaginaria es la Madre (vocativo del v. 5). La relación pena-madre-muerte es tópico en la poesía modernista y popular, por ello los recoge Manuel Machado, en «Cantares»: *...Madre, pena, suerte, pena, madre, muerte, / ojos negros, negros, y negra la suerte... / Cantares... / En ellos el alma del alma se vierte.*

[6] Son ojos abiertos, pero ojos que no ven: ojos (y gitano) sorprendidos por la fatalidad, siguiendo la creencia poética de que la muerte es la pregunta sin respuesta: «El poema o plantea un hondo problema emocional, sin realidad posible, o lo resuelve con la Muerte, que es la pregunta de las preguntas» (conferencia lorquiana «Importancia histórica y artística del primitivo canto andaluz»).

[7] «[El aire o] el viento es personaje que sale en los últimos momentos sentimentales» (*Vid.* conferencia «Importancia histórica y artística del primitivo canto andaluz»). El aire, como cuando procede el viento, funciona como elemento poético de conexión entre el mundo y el trasmundo, esto es, el supramundo (o el inframundo): el destino, el más allá, el misterio, lo mítico.

[8] La intensidad poética de este cierre, con las anáforas de la conjunción ilativa *que* (vv. 11, 12), se potencia con el inicio del verso último: *y que* (v. 13). El lector, o el escuchador, reconoce la repetición del primer bloque, y recibe estos tres versos como tres puñaladas letales, como tres punzantes gestos del destino mortal.

[9] Son trece versos magistrales como manifestación del neopopularismo lorquiano: popular y novedoso, rítmico y denso, aparentemente espontáneo, pero culto. Martínez Nadal, recuperado de uno de los primeros manuscritos de Lorca (datado el 21 de noviembre de 1921), suplía estos tres versos postreros por estos otros, con menos *vis poética*, a modo de epifonema o moraleja final: «Dios te salve / de morir sobre unas losas / sin que te conozca nadie».

EL *ROMANCERO GITANO*: POESÍA, FATALISMO

García Lorca reserva un espacio exclusivo de romances para su nueva obra: ya no trabajará la canción. Antes de publicar, el gran círculo lorquiano de amistades conoce, aprende de memoria y difunde en hojas sueltas los poemas que en la onda gitana ha ido componiendo en forma de romance métrico. El poeta y catedrático Jorge Guillén reconoce «una recóndita gloria privada» a Lorca incluso sin haber publicado. Parte de esa gloria se consolida con el *Primer Romancero Gitano*[I] que Lorca presenta como algo insólito y, hasta entonces, inédito.

Cuando en 1928 se publica *Romancero gitano* –con poemas de 1922 a 1927)–, en contra del aplauso generalizado, a su amigo Luis Buñuel el libro le «parece... muy malo»[II]; y Dalí no coincide en nada con «la opinión de los grandes puercos putrefactos que la han comentado»:

> Tu poesía actual va de lleno dentro de lo tradicional –recrimina Salvador Dalí–, en ella advierto la substancia poética más gorda que ha existido, pero ligada en absoluto a las normas de la poesía antigua, incapaz de emocionarnos ya ni de satisfacer nuestros deseos actuales — Tu poesía está ligada de pies y brazos [al arte] a la poesía vieja.[III]

Esta opinión afecta mucho a Lorca. Por ello, quizás, ya sobre 1928, una vez producida la eclosión en las librerías de *Romancero gitano*, y, a la vez, de haber recibido las críticas de sus más allegados amigos Dalí y Buñuel, el granadino siente que ha terminado una etapa y protesta en carta a otro amigo respecto a las descalificaciones de Dalí:

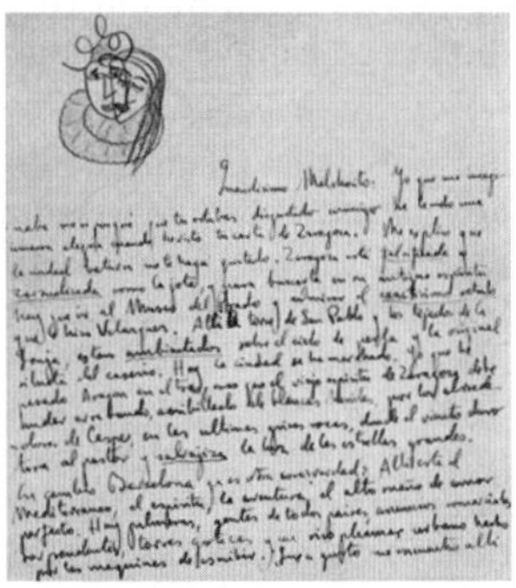

Carta de Federico a Melchorito (Melchor Fernández Almagro)

> ...Claro que mi libro no lo han entendido los putrefactos aunque ellos digan que sí.
> A pesar de todo, a mí ya no me interesa nada o casi nada. Se me ha muerto en mis manos de la manera más tierna. Mi poesía tiene ahora otro vuelo más agudo todavía.[IV]

[I] El ordinal del título –*primer* romancero– no indica que naciese este poemario con la intención de continuidad en un segundo, etc., sino que el autor considera que es la primera vez que se confecciona un romancero de onda gitana.

[II] Carta de Buñuel a Pepín Bello (14 de septiembre de 1928).

[III] Larga misiva de Dalí, escrita antes del 4 de septiembre de 1928. Es reproducida completa por Ian Gibson (2011: 587-590); añadimos tildes. Parte de esta carta, en forma de artículo («Realidad y sobrerrealidad»), aparecerá en *La Gaceta Literaria* (15 de octubre de 1928). Dalí en carta a Gash, en noviembre de 1928, reconocerá «una inspiració eròtica inconscient» (*cit.* por Gibson, 2011: 1209).

[IV] Carta al historiador y periodista granadino Melchor Fernández Almagro.

Portada de *Romancero gitano*

Y se queja aún más a su amigo Jorge Guillén: «Me va molestando un poco mi mito de gitanería. Los gitanos son un tema. Y nada más. Yo podía ser lo mismo poeta de agujas de coser o de paisajes hidráulicos. Además, el gitanismo me da un tono de incultura, de falta de educación y de poeta salvaje que tú sabes bien no soy. No quiero que me encasillen. Siento que me va echando cadenas».

Con todo, el protagonismo gitano del *Romancero gitano* (que, en cierto modo, provenía del surgimiento del *cante jondo*) no es tan circunstancial en Lorca. Así lo atestiguan los comentarios del gaditano Fernando Quiñones, poeta y flamencólogo (1930-1998), y de la cantaora sevillana María la *Perrata* (1922-2005), respectivamente:

> La condición lamentosa de los grandes cantes y toques gitanos no son sino un fruto de la dura, dilatadísima y discriminatoria persecución de que la raza [gitana] ha sido objeto.[V]
>
> Los gitanitos de Utrera se volvían locos por escucharme. Se ponían de rodillas delante de mí, ¡era increíble!, y me decían: "Perratita, hija, cántanos, que queremos llorar"».[VI]

En julio de 1928, en la *Revista de Occidente*, la prestigiosa publicación dirigida por el filósofo José Ortega y Gasset, sale editado por primera vez *Romancero gitano*. El éxito es asombroso: siete reediciones en vida del autor, es decir, en ocho años.[VII] La poesía al alcance del pueblo: libro de piel sencilla y de carne profunda y madura.

No hemos de olvidar que la palabra *pueblo* en Federico García Lorca no se vincula a revolución, sino a tradición. Así y todo, en este sentido, a pesar de la

---

[V] Fernando Quiñones, «La música gitana», *Historia 16*, Madrid, febrero de 1978, p. 92.

[VI] «María, la *Perrata* [María Fernández Granados]. El flamenco intuido y recordado», *El País Semanal*, Madrid, 4 de octubre de 1984, p. 11. María fue la madre del *cantaor* Juan Peña, el *Lebrijano*, y del guitarrista Pedro Peña.

[VII] La primera y la segunda ediciones tuvieron una considerable tirada: 2000 ejemplares cada una. La reseña más halagadora fue la de Ricardo Baeza para el diario madrileño *El Sol* (29 de julio y 3 de agosto de 1928): «España tiene de nuevo un gran poeta, el poeta que le faltaba desde que Antonio Machado y Juan Ramón Jiménez enmudecieron... Federico García Lorca ha logrado forjarse el instrumento de expresión lírica más personal y singular que ha aparecido en castellano desde la gran reforma de Darío». Federico está eufórico.

apariencia de lo tradicional y popular del formato del romance octosilábico, Lorca no quiso nunca ser pintoresco ni folklórico. El presunto folklorismo de García Lorca es, más bien, ***folklorquismo*** [folk-lorquismo]: un folklore adaptado a sus intereses artísticos de catarsis o desahogo personal, pero en absoluto alienante o ni siquiera lúdico. Un efecto sensible que alcanza a la médula emocional del pueblo llano y sencillo, y del más exigente y cultivado lector.

La importancia del romance se sustenta en su musicalidad: los ritmos intensos de rimas asonantes alternas y la melodía de los octosílabos, la medida silábica que se corresponde con la secuencia del habla común, esto es, la de la conversación popular.[VIII]

El siglo XX es el siglo de la recuperación del romance como estructura estrófica del poema. Surgido el romance en los siglos últimos del medioevo, sabemos que la cima artística se alcanzó durante el barroco (Quevedo, Lope, Góngora...). En los albores del siglo XX, se produce un giro en el tono y Lorca marca un hito:

> El romance asciende en nuestro siglo [siglo XX], se alza de nivel. El lirismo es un nivel del lenguaje; en él la palabra vive en tensión más fuerte, más vibrante que en el narrativo. El *romancismo* novecentista se gana esas alturas de lo lírico.[IX]

Así, al introducir el «Romance sonámbulo» [Antología 8], en su conferencia-recital, concreta Lorca de manera muy consciente su hallazgo:

> El romance típico ha sido siempre una narración, y era lo narrativo lo que daba encanto a su fisonomía, porque, cuando se hacía lírico, sin eco de anécdota, se convertía en canción. Yo quise fundir el romance narrativo con el lírico sin que perdieran ninguna calidad, y este esfuerzo se ve conseguido en algunos poemas de *Romancero*, como el llamado «Romance sonámbulo», donde hay una gran sensación de anécdota, un agudo ambiente dramático[X], y nadie sabe lo que pasa, ni aun yo, porque el misterio poético es también misterio para el poeta que lo comunica, pero que muchas veces lo ignora.

En lo contado en los romances lorquianos se combinan, en perfecto entrelazado, pasajes narrativos (fragmentados) y momentos líricos –la fusión de épica y lírica–, conjuntamente con lo dramático de los dramáticos diálogos. En el contexto de la ruptura de géneros del siglo XX, avanzando la mezcla romántica y el

---

VIII El hablante tiende a expresarse en grupos fónicos de ocho sílabas entre respiración (pausa menor o mayor) y respiración (pausa menor o mayor).

IX Pedro Salinas, *El romancismo y el siglo XX. Les conférences du monde hispanique*, Universidad de Michigan (EE. UU.), Librairie des Éditions Espagnoles, 1955.

X En una carta de 1928, Rafael Alberti lo reconoce: más allá de Machado y de Juan Ramón, «Tú, con tu "Romance sonámbulo" inventaste el [romance] dramático».

desleimiento de las fronteras y los usos de los géneros, la **fusión de lo narrativo, lo lírico y lo dramático** en Lorca es un hito de relevante magnitud.

Vayamos a los protagonistas lírico-dramáticos. ¿Estamos ante un romancero sin gitanos? ¿Ante un «romancero gitano» sin cíngaros? Lo que Federico García crea es una atmósfera de espíritu lírico, «un escenario común ante el que poder definir y ordenar los sentimientos particulares»[XI]: «Procuro armonizar lo mitológico con lo puramente vulgar de los días presentes, y el resultado es extraño, pero creo que de belleza nueva», aventura el granadino en su conferencia «La imagen poética de don Luis de Góngora», pronunciada el 13 de febrero de 1926, en Granada. Y el lector reconoce la personalidad del escritor, que es tanto como decir que se siente atraído y conmovido por el otro: leer a Federico García Lorca es una suerte de «invitación a situarse, cuando no a identificarse»[XII], en el mundo del poeta, que se realiza en nosotros, que se hace presente en una realidad colectiva *sub specie* mítica, no *sub specie* de realidad y reivindicación social.

Es cierto que el motivo inaugural de *Romancero*, heredado de *El poema de cante jondo*, es la incompatibilidad entre el mundo gitano y el mundo de la sociedad burguesa, y esto desencadenará violencia, tragedia y muerte. Los gitanos que incumben a la poesía de Lorca son los primitivos del «juego de luna y arena», verso con el que concluye el «Romance de la Guardia Civil» [Antología 11] para referirse a la ciudad de los gitanos: dos símbolos que insinúan frustración y tragedia.[XIII] Ha quedado muy atrás la moda romántica del gitanismo, que se mueve entre una concepción costumbrista y otra estética.[XIV] El neopopularismo de Lorca incorpora el misterio, el patetismo, el deseo, la rebeldía y la frustración en asuntos que tienen por protagonistas siempre el amor y la muerte, encarnados en la etnia gitana.[XV] El éxito del neopopularismo consiste en eliminar las capas superficiales y ornamentales, ahondar en el atavismo, en el telurismo del hombre y las faenas de la tierra, en las relaciones humanas que, enraizadas en generaciones y generaciones, se hacen rito. Estilizado el pueblo –en lo que tiene de tradición y rito– se llega mejor a su alma, se expresa mejor

XI García Montero (2013: 7).

XII García Montero (2013: 8).

XIII Lorca, con motivo de la lectura de su *Romancero gitano*, a primeros de octubre de 1934, en el Teatro Barcelona, dirigiéndose a los convocados Ateneos Obreros, obtiene un éxito que cada vez es menos insólito. Así lo relata epistolarmente a sus padres: «...cuando leí el «Romance de la Guardia Civil», se puso de pie todo el teatro gritando "¡Viva el poeta del pueblo!". Después, tuve que resistir más de hora y media un desfile de gente dándome la mano, viejas obreras, mecánicos, niños, estudiantes, menestrales. Es el acto más hermoso que yo he tenido en mi vida». El poeta viene a declarar que la poética que promovió en Poeta en Nueva York ha sido suplantada por el popular y populista *Romancero gitano* de nuevo a pesar de su repudio años atrás.

XIV El argumento gitano no solo afecta a la literatura (Moreno Villa) sino también a la pintura (Romero de Torres) o a la música (Albéniz, Falla).

XV García Lorca no quiere ofrecer un *latazo* de libro: el poeta pretende controlar la técnica del *latazo*, aquella técnica que habían definido el propio Lorca y Salvador Dalí como la expresión literaria formalizada al modo cubista o gongorino, alejada de todo sentimentalismo.

la esencia de su ser mítico y se universaliza el arte. Lorca, más que humanizar la tradición romancística, la erige en mito.[XVI]

El aspecto de *Romancero gitano* es, por tanto, el de un neopopularismo de fachada, una acumulación de metáforas gongorino-cubistas (ultraístas/creacionistas[XVII] y, a ráfagas, surrealistas[XVIII]) y una reinterpretación vanguardista del romanticismo heroico[XIX]; un sinfín de sugerencias entre ambivalentes y misteriosas: «una lógica racional estética [la metáfora] puesta al servicio, eso sí, de la creación de una nueva mitología romántica»[XX], el mito de lo gitano y de lo andaluz como pena, fatalismo y tragedia de España, motivado por las fuerzas oscuras del destino. Las figuras de repetición insisten en el ritmo de la declamación: paralelismos[XXI], repeticiones de palabras en el mismo verso[XXII], anáforas[XXIII]... Todo ello – un lenguaje moderno y una temática muy personal nos transporta líricamente, porque, a pesar de la influencia del romancero, «Lorca no copia, estiliza»[XXIV].

Retrato de Federico García Lorca

XVI Este proceso artístico no solo ocurrió en la Andalucía-España de García Lorca: lo reconocemos, por ejemplo, en la Irlanda de John M. Synge (1871-1909). La influencia de Synge es verificable pues, al decir del actor de La Barraca Modesto Higueras (1910-1985), existía el proyecto de representar en dicha compañía *Jinetes al mar*, obra que había escuchado Lorca y que habían traducido Zenobia Camprubí y su marido J. R. Jiménez en 1920. *Vid.* Gibson (2011: 848 y 1239). Synge transmite a Lorca la necesidad de inspirarse en una comunidad que no haya «perdido sus raíces y el sentido telúrico de la vida», apostilla Gibson (p. 848), y Lorca la encuentra en su Andalucía profunda (gitana o no gitana).

XVII De impronta ultraísta/creacionista son estos versos: «el mar baila por la playa / un poema de balcones» («Romance de San Miguel»), «la noche busca llanuras / porque quiere arrodillarse» («Romance de San Gabriel»).

XVIII Tienen un regusto surrealistas estos versos: «huyen las gitanas viejas / con los cabellos dormidos» («Romance de la Guardia Civil española» Antología 11]).

XIX *Vid.* García Montero (2013: 34).

XX *Ibídem.*

XXI «Ya la coge del cabello, / ya la camisa le rasga», en evidente quiasmo asimismo.

XXII «El niño la mira, mira», «El aire la vela, vela».

XXIII «Voces de muerte sonaron, /.../ voces de muerte cesaron».

XXIV Daniel Devoto, «Notas sobre el elemento tradicional en la obra de Federico García Lorca», en I. M. Gil, coord. (1975), *FGL*, Madrid, Taurus, pp. 23-72. Vid. también «Notículas sesqui-áltero-seculares en el Romancero gitano», *Bulletin hispanique*, vol. 101, n.º 2, 10999, pp. 465-556; «García Lorca y los romanceros», *Quaderni iberoamericani*, 110, 2006, pp. 108-111.

El mito de Andalucía: la Andalucía folk-lorquista

García Lorca da un vuelco al espacio literario en el que ubica y da vida a las historias de su cante jondo y de sus romances. En carta a Melchor Fernández Almagro (1 de julio de 1922), establece su nueva visión, que se aleja de la Castilla de los escritores de la generación del 98 (Unamuno, Azorín, Antonio Machado...):

> Este verano, [...] haré una obra popular y andalucísima. Voy a viajar un poco por estos pueblos maravillosos, cuyos castillos, cuyas personas parece que no han existido nunca para los poetas y... ¡Basta ya de Castilla!

Lorca no quiere caer en los estereotipos: no pretende sustituir la austeridad castellana por la sensualidad y la alegría andaluza: el poeta de *Romancero gitano* sitúa el sentimiento trágico de la vida –tan unamuniano– en Andalucía. En la «Conferencia recital del *Romancero gitano*», en 1935, el propio autor justifica su andalucismo («antipintoresco, antifolklórico, antiflamenco, donde no hay ni una chaquetilla corta, ni un traje de torero, ni un sombrero plano, ni una pandereta...»):

> El libro en conjunto, aunque se llama gitano, es el poema de Andalucía, y lo llamo gitano porque el gitano es lo más elevado, lo más profundo, lo más aristocrático de mi país, lo más representativo de su modo y el que guarda el ascua, la sangre y el alfabeto de la verdad andaluza y universal.
>
> Así, pues, el libro es un retablo de Andalucía con gitanos, caballos, arcángeles, planetas, con su brisa judía, con su brisa romana, con ríos, con crímenes, con la nota vulgar del contrabandista, y la nota celeste de los niños desnudos de Córdoba que burlan a san Rafael. Un libro donde apenas si está expresada la Andalucía que se ve, pero donde está temblando la que no se ve. Y ahora lo voy a decir. Un libro anti-pintoresco, anti-folklórico, anti-flamenco. Donde no hay ni una chaquetilla corta ni un traje de torero, ni un sombrero plano ni una pandereta, donde las figuras sirven a fondos milenarios y donde no hay más que un solo personaje grande y oscuro como un cielo de estío, un solo personaje que es **la Pena** que se filtra en el tuétano de los huesos y en la savia de los árboles, y que no tiene nada que ver con la melancolía ni con la nostalgia ni con ninguna aflicción o dolencia del ánimo, que es un sentimiento más celeste que terrestre; **pena andaluza que es una lucha de la inteligencia amorosa con el misterio que la rodea y no puede comprender.**[XXV]

[XXV] Lorca difumina el gitanismo y lo diluye en el alma y en el cuerpo de Andalucía y amplía el tema hondo de sus romances en lo andaluz con pretensiones de alcanzar lo universal. Los resaltados son nuestros.

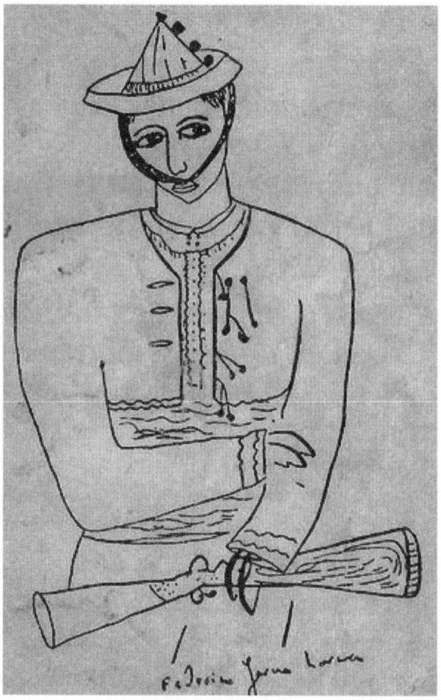

El gitano, para Lorca, es un gitano idealizado, convertido en mito granadino: el poeta, como después el dramaturgo, busca la *raíz oculta* de toda la humanidad, en palabras del poeta-crítico Ángel Valente. El gitano del Sacromonte –el gitano de la vega granadina, el gitano andaluz– permite dar entrada en el arte al conflicto del ser humano que quiere afirmar su individualidad frente a un mundo hostil y a unas fuerzas de la naturaleza contrarias a sus deseos. Para Lorca, poéticamente, lo gitano –su mundo y su cultura– es la cosa más pura y más auténtica y profunda de Andalucía: el gitano es «lo más elevado, lo más profundo, [...] el que guarda el ascua, la sangre y el alfabeto de la verdad andaluza y universal». El gitano simboliza el conflicto entre el primitivismo y su rival, la civilización (y la cultura paya), entre el instinto de amar y de conservación de la especie caló y su rival, la razón y la ciencia moderna. Sin duda, el gitano representa los impulsos naturales, lo espontáneo; es el arquetipo del hombre libre –sin reconocerse atado por la ley gitana– en lucha con las fuerzas que representan la coacción y la represión, como, desde su perspectiva, se veía a las fuerzas del orden público del *establishment*: la Guardia Civil. Por el peso de fuerzas mayores –fuerzas naturales (cósmicas y telúricas), pero también sociales y atávicas–, el gitano no puede escapar de su destino trágico. El que quiere ser libre y actuar sobre la base de sus instintos sucumbe a la opresión de la moral y del orden establecido.[XXVI]

La nueva mitología lorquiana es la expresión de la esencia primitiva de la naturaleza que, personificada o animalizada, actúa como una amenaza y como una ayuda que crea un ambiente de tensión: la tensión dramática entre libertad y autoridad represora, entre gitanos y guardias civiles, seres antagónicos por antonomasia en la Andalucía recreada por Lorca (idealizada, pero extraída de la realidad). Los nuevos seres mitológicos (como los dioses inmortales y los mortales humanos de las leyendas mitológicas clásicas) inauguran referencias con significados similares a los arquetipos de las antiguas religiones: son los elementos de un nuevo mundo ritual y sacralizado; los dioses son la luna, la sangre, la tierra...; los elementos mágicos son el cuchillo, el caballo...; las energías poderosas o frustrantes son la fecundidad, el instinto amoroso, o, por el contrario, la esterilidad, el código de una honra ajada... El mito moderno, en García Lorca, no gira en torno a dioses y héroes,

XXVI Más adelante, en sus tragedias (explícitamente en *Bodas de sangre* y en *La casa de Bernarda Alba*), vendría a comprender Federico García que no hay que luchar contra el instinto, y humaniza la acción/reacción de sus personajes teatrales.

sino a los humanos que trascienden: son seres literarios no son seres que valen en sí, sino en lo que representan. Sus personajes no tienen por qué ser gitanos. En esencia, ¡no son gitanos!, sino que significan más: son el mito del gitano. Lorca ha inventado un mundo en el que las pasiones son primarias e incontrolables, están a flor de piel: y subyace, con latidos ultraterrenales, un fondo de violencia por defender la individualidad de sus instintos y de su esencia (gitana) y por defender la naturaleza (e identificarse con ella); por ello, artísticamente, Lorca hace que el viento, el cielo, las estrellas, los satélites, las higueras, el mirto..., la cal, la fragua o los bordados... participen de lo que acontece en la vida de los humanos. El gitano imita a la naturaleza y acepta con osadía su reto: el de la fecundidad y el de la fuerza; por ello el gitano legítimo, como Antonio el *Camborio*, expresa su virilidad y su masculinidad siempre que puede, pero las fuerzas del oscuro destino de la mitológica Andalucía y sus moradores lo conducen a la muerte: envidias, venganzas, sangre, navajas y muerte.

Lorca se convierte en un *poeta intérprete*[XXVII], con la función de un *cantaor* flamenco que, en lugar de registros vocales y melódicos, pone palabras y *sentío*. El canto adquiere un valor mítico asimismo, sagrado o sacralizado:

> El cantaor, cuando canta –iluminaba el Lorca comentarista del cante jondo–, celebra un solemne rito, saca las viejas esencias dormidas y las lanza al viento envueltas en su voz.

La temática del *Romancero gitano* es una constante que, a veces, cuesta detectar para comprender la coherencia del libro. Todo nace de «la Andalucía del llanto»[XXVIII]: el tema central y centrípeto es la Pena de Andalucía. La «pena andaluza –define Lorca– [...] es una lucha de la inteligencia amorosa con el misterio que

[XXVII] Expresión del profesor Mario Hernández en su valoración de *El cante jondo* y de *Romancero gitano.*

[XXVIII] «Andalucía del llanto» es expresión del poeta amigo de Federico, Luis Rosales: «El andaluz es siempre anterior a sí mismo. De modo inverosímil parecen invertirse en él los términos del nacimiento y de la muerte, porque antes de nacer existió por la pena; y toda su vida, o, mejor dicho, su desenvolvimiento vital, es irse replegando sobre sí mismo para incorporarse a la tierra. El andaluz es siempre panteísta; va suprimiendo vitalmente sus posibilidades evasivas, sintiendo cada vez con menos brío la llamada apremiante del exterior; su ritmo interior se desenvuelve por los sentidos, nunca con los sentidos. Hay en él como una intención de vida no organizada, que tiende constantemente al reposo, al equilibrio estable. El andaluz va evitando la vida para integrarse en la tierra; responde a su constante llamamiento, fijándose –definitivamente– a ella. Toda la vida andaluza consiste en este lento proceso de integración...» («Andalucía del llanto: al margen de *Romancero gitano*», *Cruz y Raya*, Madrid, mayo de 1934).

la rodea y no puede comprender»[XXIX]. Todo gira en torno al amor y a la muerte, entendida ésta también como muerte simbólica: muerte moral o muerte como pérdida de la inocencia; entendido el amor en sus variantes de pasión -rapto o entrega al erotismo y la relación sexual- o de instinto -atracción irrefrenable y homosexualidad.[XXX]

La organización de los dieciocho poemas de *Romancero gitano* está muy meditada y presume de equilibrio estructural en poemas siempre de tono épico-lírico, pero con primacías conscientes en su resultado (primacía lírico-femenina y primacía épico-masculina). Lorca quiso plantear una estructura que discernía entre romances de acontecimientos contemporáneos (los quince primeros): de protagonismo gitano en territorio mítico) y otros de evocación histórica (los tres últimos): de *gitanización* de figuras del pasado pre-gitano para forjar y afianzar el territorio mítico aludido, poemas de abolengo clásico, con valor desenmascaradamente universal).

He aquí el marco al que pertenecen los cinco romances que vamos a leer (destacados en negrita):

a) primacía del tono lírico y protagonismo femenino [Antología 7, 8 y 9][XXXI]
b) primacía del tono épico y protagonismo masculino [Antología 10 y 11]

[XXIX] Miguel Hernández comienza así un soneto de *Silbo vulnerado* (1934-1935), por venerar a su admirado poeta granadino: «Penas de Andalucía son mis penas». En *El rayo que no cesa* (1936), el oriolano elevará a categoría mítica la pena, ahora una pena de querencia inextricable de amor y sexo, con un lenguaje de elusión que se impone elegantemente a lo explícito. Recordemos que Hernández confiesa a su novia Josefina Manresa que el poemario *El rayo que no cesa* está dedicado a ella; el tema del libro de Hernández gira en torno a la insatisfacción profunda de la inaccesibilidad de la amada, esto es, la queja del enamorado, no por no ser correspondido, sino por no poder gozar carnalmente de su amor. Especialmente, la novia pueblerina, fiel a las normas de una sociedad remilgada, lo rechaza en sus querencias sexuales y esto solivianta al poeta: «Pero tú eres muy vergonzosa, no te gusta que te vean quererme (...). ¿Si nos han hecho para eso, por qué vamos a ocultarnos cuando nos tenemos que hacer una caricia? La gente de los pueblos es tonta perdida, Josefina mía: por eso me gustaría tenerte aquí, en Madrid, porque aquí no se esconde nadie para darse un beso, ni a nadie le escandaliza cuando ve a una pareja tumbada en el campo, uno encima de otro. Odio a esa gente idiota que se pasa todo el día hablando de si ha visto a la vecina besándose con el novio. ¿Y sabes lo que es eso? Ganas de que la besen a ella también y que se las aguanta porque no puede tener un hombre que le ofrezca los labios» (Carta de Miguel Hernández a Josefina Manresa, desde Madrid, 27 de julio de 1935). Entre borradores y poemas tachados, conseguimos transcribir estos versos esclarecedores: «Hoy se ha llevado la yegua el caballo, / ¡amor de mayo! / Hoy salta el toro detrás de la vaca. / Mayo de brumas. / Todo en la tierra ha encontrado la amiga. / Tú y yo nada». (*Vid.* J. Riquelme y Carlos R. Talamás, *La obra completa de Miguel Hernández*, Madrid, EDAF, 2017, pp. 104-105).

[XXX] En casi todos los poemas rastreamos una sensibilidad homoerótica voluntariamente ocultada entre arcanas referencias, metáforas y símbolos. *Vid.* Luis Antonio de Villena (2011), «La sensibilidad homoerótica en el *Romancero gitano*», *Castilla. Estudios de Literatura*, 2, pp. 501-516.

[XXXI] El primer poema sirve de introducción al conjunto de *Romancero gitano*, formando grupo con los dos siguientes.

Romancero gitano Los quince romances *gitanos* coetáneos al autor			
1-3. Introito: fuerzas naturales del destino trágico	1-2. Díptico de mitificación de las inexorables fuerzas de la naturaleza: destino trágico de la etnia gitana	**1. Romance de la luna, luna** 2. Preciosa y el aire	Símbolo de la luna: la muerte (o la pérdida de inocencia). Protagonista: la luna Símbolo del viento: el sexo (o la amenaza de la pérdida virginal). Protagonista: Preciosa
	3. Violencia: lucha por la primacía viril	3. Reyerta	Presencia irrefrenable de violencia, refriega varonil y muerte
4-7. Protagonismo femenino	4-7. Amor, sexo: sexo, amor. Mitos dramáticos de esterilidad, insatisfacción de maternidad, sexo	**4. Romance sonámbulo** 5. La monja gitana 6. La casada infiel **7. Romance de la pena negra**	Frustración por ausencia del amante Sueños eróticos y condena Pasión amorosa adúltera y caballerosidad Ansia sexual o amorosa sin objeto
8-15. Protagonismo masculino	8-10. Tríptico de los arcángeles: las tres ciudades gitano-andaluzas. Santos cristianos agitanados	8. San Miguel (Granada) 9. San Rafael (Córdoba) 10. San Gabriel (Sevilla)	Romería y afeminamiento del santo Sectores hermanados de dos religiones Visita a una futura madre, alegre
	11-14. Personajes gitanos: pasión y muerte	**11. Prendimiento de Antoñito el *Camborio*** 12. Muerte de Antoñito el Camborio 13. Muerto de amor 14. Romance del Emplazado	Dignidad gitana: detención por la Guardia Civil Violencia y muerte por envidias internas Cuita y muerte Predicción de la muerte
	15. Fuerza social y armada enemiga	**15. Romance de la Guardia Civil española**	Destrucción y aniquilamiento del poblado gitano y de la libertad y la imaginación

Claves de lectura de *Romancero gitano*

Por la tensión sexual del autor cabe una interpretación homoerótica de *Romancero gitano* que subyace al proceso de *gitanización* del libro. La obra literaria completa de García Lorca se impregna de un misterio en el que late una obsesiva naturaleza de ansiedad sexual: el poema será una proyección simbólica de inquietudes, anhelos y deseos profundos u ocultos del poeta. Un muy pronto sentimiento de pecado por los deseos reprimidos marcó al joven Lorca indeleblemente: por ello enmascara arbitraria y psicológicamente los contenidos de sus poemas.[XXXII] Ese enmascaramiento obedece y conduce a dos vertientes:

—un vacío espiritual y una ausencia de fe religiosa

—un sentimiento de pecado frente a los deseos reprimidos

Como poeta post-simbolista, Lorca intentó esconder o velar sus últimos o profundos sentimientos -amagados en forma de enigmas poéticos–: y por ello surge el mito como recurso retórico y arcano. *Romancero gitano* se abre con dos mitos recurrentes: la luna, bailadora de la muerte (romance 1. Antología 7) y el aire como sátiro (romance 2). Otras claves de interpretación se deducen de la dialéctica fatalismo-libertad y de la presencia de sexo y violencia en la vida primitiva.

El encanto del poemario radica en su fascinante lirismo, un lenguaje que crea un envolvente ambiente onírico y de misterio, plagado de metáforas insólitas y de expresiones de raíces simbolistas y, en cierto modo, surrealistas.

Como poeta post-simbolista, Lorca intentó esconder o velar sus últimos o profundos sentimientos -amagados en forma de enigmas poéticos–: y por ello surge el mito como recurso retórico y arcano. *Romancero gitano* se abre con dos mitos recurrentes: la luna, bailadora de la muerte (romance 1. Antología 7) y el aire como sátiro (romance 2). Otras claves de interpretación se deducen de la dialéctica fatalismo-libertad y de la presencia de sexo y violencia en la vida primitiva.

Estamos ante un libro que quema: hay ascuas encendidas soterradas aún. Al gracejo de su superficialidad agitanada corresponde un profundo mensaje incandescente.

Temática de *Romancero gitano*: intensidad, rito y mito

¿Cómo podríamos sintetizar la temática de *Romancero gitano* después de lo que hemos analizado? Parece evidente que no se trata de una reflexión exclusiva sobre cíngaros: el mundo gitano es un asunto, una excusa para que el poeta aluda a sus propios sentimientos más íntimos, y los eluda al unísono. No es un libro que enarbole la bandera de reivindicaciones sociales o políticas: es algo

XXXII *Vid.* Luis Antonio de Villena (2013). También el lector debe aprender a convivir con el misterio, con la falta de resolución tras leer un poema.

más profundamente humano, más personal, aunque contenga un nítido sentido de generalización. La energía lírica, y humanísima, que palpita en los versos de *Romancero* es la del elogio, pero asimismo, la de la frustración de la tensión vital que produce la libertad y el sexo en nuestra existencia individual y colectiva; se expresa alegría, conjuntamente con la imposibilidad de hacer realidad los deseos. Por ello decimos que es un libro que quema: no es de fácil comprensión ni de fácil digestión.

No debemos, por consiguiente, simplificar el sentido de *Romancero* como el poemario de la épica del gitano frente al opresor. No podemos dejar sin considerar la presencia constante del amor y del sexo, el código de la venganza, la fuerza de las fuerzas oscuras y de las fuerzas naturales, y la continua presencia de la pena negra, «la raíz del pueblo andaluz», en palabras del propio Federico.

Lo resume el poeta y crítico L. A. de Villena con perspicacia de exégeta: entre otros significados, el «*Romancero gitano* es una exaltación [...] a la pasión del sexo, de su fuerza, de su arrebatamiento poderosísimo y de la libertad que le acompaña o supone. Todo ello simbolizado en un pueblo primitivo, de ansias vírgenes y potentes, donde ese sexo y esa libertad ensamblan necesariamente con la muerte, la magia y la violencia siempre como elementos primigenios y *puros*. Los gitanos son, pues, un símbolo y una figuración -cercana a Lorca- de ese pueblo primitivo, especialmente vinculado además con lo mágico. De forma que (y más allá de cierto localismo de fondo) los elementos primordiales de *Romancero gitano* son sexo, muerte, violencia, onirismo y una consecuente, pero nunca atosigante, defensa de la libertad, encarnada en quienes viven esa vida ancestral, telúrica y plena. La libertad se simbolizará preferentemente en una *ciudad de los gitanos* que [en el romance 15, Antología 11, por fin] [...] acercará vínculos con Sodoma. [...]

»El libro se tiñe así de una evidente carga homoerótica. Porque, en efecto, desear lo masculino o pintar esa masculinidad en su violencia o en su gracia es siempre el modo que adopta en el *Romancero gitano* la exaltación de la sexualidad -sin adjetivos- que es su gran tema»[XXXIII].

En su obra dramática se proyectará también el tema central de estos poemas: el destino trágico, el principio de libertad sometido y ahogado por el principio de autoridad, siempre en un territorio mítico de potentes fuerzas ocultas y ancestrales, cósmicas y telúricas.

[XXXIII] De Villena, *ibídem*, pp. 502-503

• *Romancero gitano* (1922-1927)

[7] Romance de la luna, luna[1] [2]

La luna vino a la fragua[3]
con su polisón de nardos[4].
El niño la mira, mira.
El niño la está mirando.[5]
En el aire conmovido
mueve[6] la luna sus brazos
y enseña, lúbrica y pura[7],
sus senos de duro estaño[8].
—*Huye luna, luna, luna.*
Si vinieran los gitanos,
harían con tu corazón
collares y anillos blancos.[9]
—*Niño, déjame que baile.*[10]
Cuando vengan los gitanos,
te encontrarán sobre el yunque
con los ojillos cerrados.[11]
—*Huye luna, luna, luna,*
que ya siento sus caballos.
—*Niño, déjame, no pises*
mi blancor almidonado[12].
El jinete se acercaba[13]
tocando el tambor del llano[14].
Dentro de la fragua el niño,[15]
tiene los ojos cerrados.
Por el olivar[16] venían,
bronce y sueño[17], los gitanos.
Las cabezas levantadas
y los ojos entornados.[18]

¡Cómo canta la zumaya[19]!,
¡ay, cómo canta en el árbol!
Por el cielo[20] va la luna
con un niño de la mano.[21]
Dentro de la fragua lloran,
dando gritos, los gitanos.[22]
El aire la vela, vela.
El aire la está velando.[23]

---

[1] Los dos primeros romances del libro («Romance de luna, luna» y «Presiosa y el aire») forman un díptico en los que se trata el marco cosmovisionario del libro: *thánatos* y *eros* configuran nuestras vidas; es decir, muerte (o pérdida de vida/inocencia) y sexo (o principio de vida: amenaza de la pérdida de virginidad). El primer romance anuncia el destino trágico del gitano: la presencia de la muerte. En una fragua gitana, un niño parece morir, de noche, cuando sus padres están ausentes; la mensajera de la muerte es la luna. Los gitanos no llegan a tiempo: sus prisas son inútiles; y, frustrados, lloran la muerte del niño. Apréciese la diferencia entre el mundo gitano y la mentalidad moderna o racional: la presencia de la luna –de noche– es constancia natural de peligro, de soledad, de miedo: puede provocar tanto la violencia y la muerte como la amenaza de un acoso sexual. La luna es la fuerza cósmica y mítica de la naturaleza acechante contra el hombre. Se ha recuperado también el mito de Endimión, mito usado por el poeta inglés romántico John Keats (1795-1821), leído por Lorca: Selene (o Diana), diosa de la Luna, se enamoró del joven pastor Endimión al verle dormido en una cueva de Latmos. Pidió Selene al padre del pastor, Júpiter, el amor del doncel y que no permitiera que envejeciera su aspecto juvenil. Júpiter concedió el favor: el joven se mantendría sin perder su lozanía a base de vivir con una existencia sonámbula (con los «ojos cerrados»), casi siempre entredormido, «sonámbulo», pero vivo. Solo al ser visitado por Selene, es decir, por la Luna, el joven se despertaría para entregarse a la diosa. Con este mito, oculto, Lorca bien pudo representar el momento adolescente en que él

mismo descubrió el *otro* sexual: la diferencia entre el pecho de la madre aún deseada (por el lactante) y lo sensual del pecho de la mujer (como elemento erótico); debía aceptar ese instante de madurez, el de la atracción de la mujer como estadio del desarrollo sexual del muchacho. Ahora bien, con mucha probabilidad, Lorca rechaza, como pecado, esa inclinación que, para él, no es instintiva. Para L. A. de Villena, en la atmósfera onírica creada, el motivo del poema es sexual: «el deseo erótico –al fin compartido– de una luna, tan fácilmente identificable con las damas *maladives* del simbolismo decadente, por un niño; mas la violencia está presente también en la amenaza de venganza que los gitanos aplicarían a la seductora: "harían con tu corazón / collares y anillos blancos". El deseo mórbido (lunar, femenino) busca lo masculino: el niño gitano, seducido por la gran pecadora».

[2] Romance primero. Desde el comienzo de este romancero, la luna es un elemento insustituible en el imaginario poético del autor; llegará a convertirla en un personaje en la tragedia de *Bodas de sangre* (1933-1934). Se trata de una de las referencias más recurrentes en la poesía lorquiana: aparece doscientas dieciocho veces en su obra lírica. Presenciamos la personalización de la luna que actúa como una mujer, con sus encantos y su magia (desde la perspectiva del poeta y de los personajes poemáticos): basada en el mito de la luna, bailadora de la muerte. Según el antropólogo rumano Mircea Eliade, «En el simbolismo de la luna, se debe tener presente que ésta (lo contrario que el sol) crece y decrece, desaparece, su vida está sujeta a la ley universal del devenir, del nacimiento y de la muerte. La luna tiene una *historia* patética, porque su decrepitud, como la del hombre, desemboca en la muerte». El poema gira en torno a la tan frecuente e inexorable mortalidad infantil. La muerte, personificada en la luna, es una muerte sin dolor, incluso dulce. La cercanía de una muerte tan próxima se ofrece artísticamente como una muerte bella y tan danzarina que oculta la tragedia de la pérdida del niño. *Mutatis mutandis* recuerda la visión del personaje alegórico de la muerte en la película *El último sello* (1957), del sueco Ingmar Bergman.

[3] *Fragua*: Taller en el que se ubica el fogón en que se caldean los metales para forjarlos, avivando el fuego mediante una corriente de aire producida por un fuelle. La fragua del poema está inspirada en la cueva hogareña del granadino barrio de Sacromonte en el que viven los gitanos de la urbe.

[4] *Polisón de nardos*: Apréciese la doble metáfora sobre la belleza atractiva y juvenil de la luna-mujer. *Polisón*: Armazón que, sujetado por la cintura, se ponían las mujeres para que abultasen los vestidos por detrás. *Nardos*: Flores blancas y muy olorosas, sobre todo, de noche; en el habla popular (y en la literaria) se usa como un piropo: en la pieza teatral *Tres sombreros de copa* (1932), el dramaturgo Miguel Mihura. irónicamente, pone en boca de don Rosario, para referirse al protagonista Dionisio, «carita de nardo» (y otros piropos cursis como «capullito de alhelí, rosa de pitiminí, carita de madreselva, cocotero, flor de la chirimoya». En los vv. 1-2 se contrasta el calor y el color de la fragua con la delicadeza, la frescura y la luminosidad del resplandor de la luna identificada con el polisón de nardos.

[5] Irrumpe un nuevo y frágil personaje: *el* niño, que contempla. El ritmo de los octosílabos se impone desde el principio, no sólo por la rima asonante de los versos pares, sino también por la repetición de las palabras y el uso del polipote (palabras conjugadas del mismo verbo en tiempos o formas distintas: *mira, mira, está mirando*)

[6] *El aire conmovido mueve*: El poeta confiere también al aire rasgos humanos, por ello «se conmueve», esto es, 'se enternece'. Es una naturaleza plena de sentimientos y augurios. Véase asimismo cómo elabora el juego de palabras, próximo al polipote por composición de las palabras contiguas: *el aire conmovido* ('se conmueve') y *mueve*.

[7] *Lúbrica y pura*: Sintagma bimembre de hermoso contraste erótico. *Lúbrica*: Lasciva, libidinosa; el contraste con *pura* frena la tendencia a la lujuria que posee la palabra, pero el ambiente se ha llenado de seducción. Recuerda el *mirar ardiente, honesto* del renacentista Garcilaso de la Vega.

[8] *Senos de duro estaño*: La forma de la luna es semejante a la de los senos (semiesféricos, sinuosos, y blancos) de una mujer. *Estaño*: Metal de color y brillo plateados, es decir, próximos al blanco. Se emplea en las aleaciones de la fragua para, aleado con el cobre, formar el bronce. Surge un nuevo contraste en la confección metafórica del romance: la delicadeza de la flor (*nardos*) contrasta con la dureza del metal (*estaño*).

[9] Los gitanos harían colgantes del estaño y otros metales de su organismo: metales no mencionados, como el de la metáfora tácita relativa a *corazón*; si los senos son de estaño, es probable que el corazón sea oro blanco, o plata). La elipsis genera una imagen de sublime belleza. El niño quiere ahuyentar a la luna: teme algo.

[10] La luna, como mujer, se erige en «bailarina mortal», en palabras del mismo Lorca: danza dentro de la fragua con un embrujo especial; se contornea entre las presumibles llamas. El mundo gitano del fatalismo –amenaza y muerte– y del erotismo –deseo/eros y thánatos– inunda la composición: *fragua, gitanos, collares, anillos, baile, yunque, caballos, jinete...*

[11] A estas alturas del poema, no sabemos si la luna se refiere, al mencionar los *ojillos cerrados*, a si el niño dormirá o estará sin sentido; la intuición del mito reciclado por Lorca nos autoriza a pensar que se trata de un estado sonámbulo del niño: entredormido, o, una muerte simbólica: la muerte de la ilusión primaria. .

[12] *Almidonado*: Referido a un vestido que es planchado con almidón y queda rígido o acartonado. Coloquialmente, se dice de una persona compuesta o ataviada con excesiva pulcritud. El *blancor almidonado* de la luna recuerda el *almidonado pecho* que es el delantal blanco de la madre o la nodriza a las que sustituye: deja ausente al pecho-senos de la madre nutricia (esto es, queda ausente del afecto materno).

[13] Los tiempos verbales cambian en esta segunda subestrofa: ahora se emplea el pretérito imperfecto (de aspecto verbal inacabado: acercaba, *venían*). En la subestrofa primera, la narración usó el pasado perfecto (*vino*) y el presente (mira, *está mirando, mueve*). Rememoran el verso medieval «Romance de Abenámar» para aludir a los castillos: «¿Qué castillos son aquéllos? / Altos son y relucían»).

[14] *Tambor del llano*: Metáfora del tipo I de R (término imaginario / término real). Quiere decir que el llano (el terreno llano) es un tambor (porque suena como un tambor con el galope del caballo). Nuevamente la naturaleza y la sensualidad se utilizan como acto voluntario o consciente del hombre, es decir –aquí y ahora–, del gitano: el gitano «toca el tambor» y avisa de su llegada inminente e imperiosa.

[15] Obsérvese el uso intencionado de la coma a final de verso incluyendo el sintagma nominal *el niño*.

[16] *Olivar*: Lugar de trabajo y amores.

[17] *Bronce y sueño*: Sintagma bimembre metafórico y visionario muy efectista, a modo de aposición; los gitanos son *bronce* (por el color oscuro y el valor del metal, el metal de las estatuas) y *sueño* (ambiente nocturno y cansancio por no dormir). *Cfr.* la descripción de Soledad Montoya, en el «Romance de la pena negra» (poema VII), es semejante: «cobre amarillo, su carne, / [...] / Yunques ahumados sus pechos».

[18] *Ojos entornados*: Ojos medio cerrados, quizás por el sueño, quizás porque apenas hay luces en la noche. Contrastan con las menciones anteriores de los ojos cerrados referidos al niño (vv. 16 y 24).

[19] *Zumaya*: Autillo, ave rapaz nocturna, parecida a la lechuza, pero de tamaño algo mayor, de color pardo rojizo con manchas blancas –como las llamas y el claro de luna en ellas proyectado–; la zumaya es ave de mal agüero: la naturaleza reacciona, pues, al suceso con presagios y lamentos similares al de los gitanos mayores. Añadimos los signos de exclamación de este verso.

[20] *Cielo*: No sólo firmamento, sino también reino de la imaginación y el ensueño.

[21] La luna –símbolo o prosopopeya de la muerte o de lo mágico– se ha llevado al niño: es la blanca muerte, con forma de hermosa mujer. Se puede referir como la muerte de la ilusión primaria que mencionamos en *ojillos cerrados* (v. 16). Repárese en el uso

intencionado de los artículos: *el niño* (vv. 3ss.), *un niño* (v. 32); ahora contemplamos un niño sin determinar, sin concretar: se trata del ser que no crece (y no siente, como ser sonámbulo en el que se ha convertido) y no madurará sexualmente, esto es, no sabré protegerse de sus instintos naturales.

[22] Gritan por que el niño no está: no está con vida; gritan porque se dan cuenta los gitanos de que el niño ha perdido su inocencia y correrá el peligro de pecar contra las leyes de convenciones sexuales y sociales, con el riesgo que ello supone para su vida física. Es creativa la imagen de la luna agarrando o arrastrando al niño de la mano para dar a entender que ha muerto (aunque de una muerte simbólica se trate). Se asocia a la imagen religiosa de la ascensión a los cielos: *Por el cielo va la luna / con un niño de la mano.*

[23] Cierre con similar estructura gramatical de los vv. 3-4, relativos al niño. El ambiente misterioso de la luna culmina con el ritmo de las repeticiones léxicas y con una posible anfibología: *vela* en los sentidos de objeto para iluminar (una vela, una antorcha) y de acción de cuidar (acompañar un cadáver) o de acción de tapar algo con un velo. Lorca tomó estos dos versos últimos de una nana de los gitanos de Granada: «Tengo una choza en el campo. / Tengo una choza en el campo. / El aire la vela, vela. / el aire la está velando». El romance completo propone un vaivén de emociones: ansiedad, separación, pánico, fascinación: al hacer hincapié en una de las emociones, se difuminan o desaparecen las otras; si el niño se separa de la madre –protección materna–, se hace consciente de la existencia de «otro» aspecto de la mujer –el de su erotismo–: y le produce terror o miedo por la mujer lúbrica. En el código mágico que emplea Lorca, sonámbulo quiere decir que el niño quedará entre las concepciones de la mujer: la madre pura y la mujer lúbrica. De modo recóndito, habría una solución (a modo de regresión): el simbólico retorno al útero materno.

1

ROMANCE DE LA LUNA, LUNA

A Conchita García Lorca.

[8] Romance sonámbulo[1] [2]

Verde que te quiero verde.[3]
Verde viento. Verdes ramas.
El barco sobre la mar
y el caballo en la montaña.[4]
Con la sombra en la cintura[5]
ella sueña[6] en su baranda,
verde carne, pelo verde,
con ojos de fría plata.
Verde que te quiero verde.
Bajo la luna gitana,
las cosas la están mirando
y ella no puede mirarlas.[7]

* * *

Verde que te quiero verde.
Grandes estrellas de escarcha
vienen con el pez de sombra
que abre el camino del alba.[8]
La higuera frota su viento
con la lija de sus ramas,
y el monte, gato garduño[9],
eriza sus pitas agrias.[10]
¿Pero quién vendrá? ¿Y por dónde...?
Ella sigue en su baranda,
verde carne, pelo verde,[11]
soñando en la mar amarga.[12]

* * *

—Compadre[13], quiero cambiar
mi caballo por su casa,
mi montura por su espejo,
mi cuchillo por su manta.
Compadre, vengo sangrando
desde los puertos de Cabra.[14]
—Si yo pudiera, mocito[15],
este trato se cerraba.
Pero yo ya no soy yo,
ni mi casa es ya mi casa.
—Compadre, quiero morir
decentemente en mi cama.
De acero, si puede ser,
con las sábanas de holanda.
¿No veis[16] la herida que tengo
desde el pecho a la garganta?
—Trescientas rosas morenas[17]
lleva tu pechera blanca.
Tu sangre rezuma y huele
alrededor de tu faja.
Pero yo ya no soy yo,
ni mi casa es ya mi casa.
—Dejadme subir al menos
hasta las altas barandas.
¡Dejadme subir!, dejadme
hasta las verdes barandas.
Barandales de la luna
por donde retumba el agua[18].

* * *

Ya suben los dos compadres
hacia las altas barandas.
Dejando un rastro de sangre.
Dejando un rastro de lágrimas.
Temblaban en los tejados
farolillos de hojalata.
Mil panderos de cristal
herían la madrugada.[19]

* * *

Verde que te quiero verde,
verde viento, verdes ramas.
Los dos compadres subieron.
El largo viento dejaba
en la boca un raro gusto
de hiel, de menta y de albahaca.
—¡Compadre! ¿Dónde está, dime[20]?
¿Dónde está tu niña amarga?
—¡Cuántas veces te esperó!
¡Cuántas veces te esperara,
cara fresca, negro pelo,[21]
en esta verde baranda!

* * *

Sobre el rostro del aljibe,
se mecía la gitana.[22]
Verde carne, pelo verde,
con ojos de fría plata.[23]
Un carámbano[24] de luna
la sostiene sobre el agua.[25]
La noche se puso íntima
como una pequeña plaza.[26]
Guardias civiles borrachos
en la puerta golpeaban.[27]
Verde que te quiero verde.
Verde viento. Verdes ramas.
El barco sobre la mar.
Y el caballo en la montaña.[28]

[1] Romance cuarto. Misteriosa realidad o misteriosa pesadilla. Una gitana enamorada, cansada de esperar, frustrada, termina, al parecer, suicidándose en el pozo de su casa, cuya agua estancada representa la falta de esperanza, la ausencia de la vida, la inexistencia del flujo vital. Se nos presenta un diálogo, *in media res*, en que el gitano novio, o enamorado, es un bandolero que, herido, quiere regresar y crear, por fin, hogar; lo propone al padre de la gitana para que lo reciba, pero el padre le informa de que la muchacha ya no está y que su casa y él mismo han cambiado mucho por ello. Concluye el poema con la presencia de la Guardia Civil que captura al joven herido. Predomina el ambiente de misterio y la ambigüedad, la incertidumbre. Es antológico, por su extrema sugerencia inconcreta, el inicio del romance: «Verde que te quiero verde»; el verde tiñe la atmósfera de irrealidad: contagia el verde de la naturaleza, el verde de la putrefacción y de la muerte, en un ambiente fantasmagórico; el verde es símbolo del sino trágico, de la frustración, de la muerte; pero también lo es de lo oculto, de lo enigmático, y también lo es de la libertad, de la pasión y de la rebeldía, tal como lo usan personajes femeninos del teatro, como son los casos de la protagonista de *La zapatera prodigiosa* o el de Adela en *La casa de Bernarda Alba*. En este sentido, el verde también es símbolo de vida y de pasión: vida trágica, en definitiva, vida en lucha, vida entre amor/sexo y violencia del gitano. En este contexto, al principio, indica más una posible pulsión del deseo masculino y, más adelante, la frustración por la infertilidad de quien está sola, sola pues no tiene al hombre deseado a su lado. La gitana sonámbula es el arquetipo de gitana mítica: a la que solo *eros* da sentido de vida o sentido para vivir. «Verde que te quiero verde» es un espléndido verso, un minuto de belleza, infinidad de vida. Verde es el color del Camborio, «moreno de verde luna»: es el color gitano –virilidad, tronío, dignidad–. Asimismo es el color de la fuerza de la naturaleza que todo lo impregna («verdes ramas», «verde viento»), el color de la pena andaluza, el color de la fatalidad mítica y del deseo frustrado, y el color hasta de la vida (libre y rebelde), sí, y el de la muerte. Es una exaltación de amor a la vida. Ahora bien, el riesgo y la osadía de la libertad (la libertad gitana) se emparejan siempre con *eros* y *thánatos*; y todo el trance, todo el tránsito, es la vida: «Verde que te quiero verde»: verde vida, verde muerte.

[2] *Sonámbulo*: Estado de una persona que, mientras duerme, puede andar, hablar o realizar acciones moderadamente sencillas.

[3] *Verde*: Este color es expresión de significado ambivalente, es decir, no único, y ni siquiera preestablecido por el autor, según confesaba él mismo. *Verde*, además de ser el color por antonomasia de la esperanza, guarda relación con las tres heridas de las que se habla en la poesía clásica: vida, amor y muerte. Son las tres heridas, trágicas o fatales, de la existencia. Asimismo el color verde conecta con el moreno verdoso oliva de los gitanos. Aquí parece que es el sentido más apropiado: en un momento de esperanza o ansiedad, todo se contagia de querencia y afecto por el fatalismo trágico del mundo gitano, siempre tan marginal en nuestra sociedad, y tan próximo a la muerte. Fijémonos en que, en esta primera descripción, todo está en su sitio (vv. 3-4): *el barco sobre la mar* y *el caballo en la montaña*.

[4] Estos cuatro primeros versos, antológicos, construyen una descripción impresionista del contrabando: lo ilegal llega en barco y el gitano lo divisa y controla desde la lontananza en su caballo. No se aprecia en este contexto todavía ningún significado de muerte asociado directamente con barco ni con caballo. El marco inicial (los vv. 1-4), repetido como cierre circular, describe emocionalmente una escena cargada de sentimiento profundo y onírico: todo se llena de color, del color verde quizás de la esperanza, un verde que impregna todo lo que ve y da aliento (viento/aire, ramas/naturaleza); pero esta ambientación puede ser una premonición que parte de un deseo positivo (esperanza en el amor: ella espera y él va a su encuentro) o un mal agüero.

[5] *Sombra en la cintura*: La sombra es el dolor, que sube, como el agua, hasta llegarle ya a la cintura. Y, en esa secuencia, la terminará ahogando.

[6] *Sueña*: El mundo de la ensoñación abre la órbita de los anhelos, pero también se asocia con el descuido y, sobre todo, con el sueño eterno, esto es, con la muerte.

[7] La gitana no se da cuenta de lo que sucede en su entorno: está hipnotizada por la luna. Las cosas, y la naturaleza, la miran, mas ella *no puede mirarlas*.

[8] Preciosa imagen de la madrugada inaugura la segunda secuencia. Preciosa y amenazadora descripción de un presagio fatal: nótese el contraste entre *de escarcha* y *de sombra*; como si la naturaleza anunciara una tragedia por venir.

[9] *Garduño*: Gato de aspecto similar al lince; como si dijéramos un gato fiero: el que ataca y come gallinas. En el ámbito rural, o entre el pueblo llano, se aplica al carácter de una mujer arisca o poco agradable.

[10] La metáfora del monte como gato silvestre que eriza su pelo –*sus pitas agrias*– al reconocer el peligro nos pone en situación de algo funesto. De ahí las interrogaciones de algo incierto del verso siguiente (v. 21).

[11] Se repite el quiasmo retórico (vv. 7 y 23) que la identifica como gitana y como figura trágica.

[12] La gitana está esperando a alguien que, por su dolor (esto es, su desesperación: *mar amarga*, *ojos de fría plata*), parece que va retrasado y que viene del mar, o sea, del barco anunciado en el v. 3.

[13] *Compadre*: Comienza la tercera secuencia con un diálogo, muy propio del romance clásico, entre dos nuevos personajes. En realidad, no son compadres: se trata del novio/amante de la gitana y el padre de ella. *Compadre* es un vocativo, habitual en el mundo gitano, que indica la pertenencia al grupo.

[14] El personaje que habla es el novio/amante de la gitana: viene herido, sangrando, *desde los puertos de Cabra*, es decir, es el que procede del barco (de contrabando). *Los puertos de Cabra* son pasos de montaña en el sur de Córdoba, lindando con Granada: zona del bandolerismo que, desde finales del siglo XIX, cobró fama dado que el más famoso bandolero, José María *el Tempranillo*, actuaba por allí. Pide intercambio de bienes a quien le esperaba, el jinete, en la montaña. ¿Pero qué quiere intercambiar en su muy especial estraperlo? *Caballo*, *montura* y *cuchillo* representan metonímicamente su vida aventurera, agitada y peligrosa; y lo que pretende conseguir es *casa*, *espejo* y *manta*, que vale tanto como decir vida hogareña, de paz u descanso. Es una petición enigmática: el poeta evoca un destino tan incomprensible como inexorable: el joven gitano está herido de muerte y sólo ansía ver a su amada (en la casa-hogar del padre). Apréciese el ustedeo con el que se dirige, por ahora, al padre (vv. 26-28): *su* casa, *su* espejo, *su* manta (de usted).

[15] Fijémonos en que ahora el vocativo del padre al joven es *mocito*, con un diminutivo afectivo que marca también la ascendencia de la figura del «suegro».

[16] El tratamiento ahora del joven, para referirse al mayor, pasa del ustedeo un presunto voseo con el verbo en plural y segunda persona: *veis* (v.39) y, luego, *dejadme* (v. 49). El padre de la novia, como mayor, siempre tutea.

[17] *Ramas morenas*: Alude a las heridas.

[18] Probable alusión imaginaria (vv. 51-52) al despeñe del agua desde los altos montes de la luna.

[19] Con imágenes visionarias, como los *mil panderos de cristal*, se nos presenta con nitidez la «otra» tragedia, anticipada por el padre: *ni mi casa es mi casa*. Los *panderos de cristal* (que evocan lágrimas, cristalinas) suscitan sentimientos de fragilidad y sonido agudo que produce sobrecogimiento y ternura. En el romance primero, Lorca ya había utilizado en su descripción *cristal* y *laureles*. En los vv. 77-80, el escalofrío (*temblaban*) y el ruido amenazante (*herían*) es anticipo y anuncio de muerte.

[20] El joven llega a la confianza del tuteo en las postrimerías de la escena doblemente trágica.

[21] Antes de que todo se inundara de verde, la hija presentaba un aspecto habitual de

vida lozana: *cara fresca, negro pelo.* Y ya, en este contexto, verde se ha llenado de sentido de muerte: putrefacción y cadáver (como la frialdad de los *ojos de fría plata,* vv. 8 y 76).

[22] En la última secuencia del romance, contemplamos el desenlace trágico: la joven gitana se ha lanzado al pozo (*aljibe*): yace con amargo movimiento estanco pues sus aguas aún están agitadas de recibir su cuerpo (*se mecía*).

[23] La gitana está muerta. El verde se impone: ha pasado de ser el color de lo gitano a la cara de la muerte (y la muerta en sí –amor fatalista y muerte–: de ahí el *Verde que te quiero verde*). También subyace (vv. 8 y 76) una alusión-elusión a la luna (*fría plata*), redonda (*ojos*) como la superficie del aljibe.

[24] *Carámbano*: Pedazo de hielo largo y puntiagudo.

[25] La chica está en ciernes de abrazar el agua, sostenida por los efectos de la luna. Estos dos versos (vv. 77-78) pueden anticipar que morirá ahogada.

[26] La naturaleza que, al principio, presagiaba la tragedia, al final del poema adquiere una trágica e íntima armonía, velando y rindiendo homenaje solemne a la difunta gitana.

[27] La armonía se rompe, brusca e inesperadamente, con la irrupción vertiginosa en escena de la Guardia Civil, descrita peyorativamente, y denunciada por su falta de disciplina, principio del caos que aboca a la tragedia: *guardias civiles borrachos* que persiguen al contrabandista herido. Se barrunta la tragedia definitiva. Es este poema, en palabras del poeta Pedro Salinas se mitifica «la cultura de la muerte» en la órbita gitana.

[28] El romance concluye como comenzó. Ahora bien, siendo un poema triste, emocionalmente triste, no invita a la desesperación: se acepta el destino con cierto sosiego; parece que el destino –la muerte– unirá a la mujer con su amante-amado: de ahí que esperanza y tragedia se identifiquen en el verde del paisaje y del sentimiento.

[9] Romance de la pena negra[1]

Las piquetas de los gallos
cavan buscando la aurora,[2]
cuando por el monte oscuro[3]
baja Soledad Montoya.[4]
Cobre amarillo[5], su carne,
huele a caballo y a sombra[6].
Yunques ahumados[7] sus pechos,
gimen canciones redondas[8].
—Soledad, ¿por quién preguntas
sin compaña y a estas horas?[9]
—Pregunte por quien pregunte,
dime: ¿A ti qué se te importa?
Vengo a buscar lo que busco,
mi alegría y mi persona.[10]
—Soledad de mis pesares,
caballo que se desboca,
al fin encuentra la mar
y se lo tragan las olas.[11]
—No me recuerdes el mar,
que la pena negra brota
en las tierras de aceituna[12]
bajo el rumor de las hojas.
—¡Soledad, qué pena tienes!
¡Qué pena tan lastimosa!
Lloras zumo de limón
agrio de espera y de boca.[13]
—¡Qué pena tan grande! Corro
mi casa como una loca,
mis dos trenzas por el suelo,[14]
de la cocina a la alcoba.[15]
¡Qué pena! Me estoy poniendo
de azabache[16] *carne y ropa.*
¡Ay, mis camisas de hilo!
¡Ay, mis muslos de amapola![17]
—Soledad, lava tu cuerpo
con agua de las alondras[18],
y deja tu corazón
en paz, Soledad Montoya.

* * *

Por abajo canta el río:
volante de cielo y hojas.[19]
Con flores de calabaza,[20]
la nueva luz se corona.
¡Oh pena de los gitanos![21]
Pena limpia y siempre sola.[22]
¡Oh pena de cauce oculto
y madrugada remota![23]

---

[1] Romance séptimo. La protagonista de este romance, la gitana Soledad Montoya, representa la mítica pena andaluza, la de la mujer que busca su *alegría* y su *persona* (v. 14) y sólo encuentra –pena *negra*– muerte y luto. Para el significado profundo de la pena como tema esencial, véase la reflexión de Rafael Cansinos Assens en *La copla andaluza*, Madrid, Arca ediciones, 2011. La pena de Soledad Montoya alude, en efecto, a una mujer que busca compañía de un varón: cuando describe «mis muslos de amapolas», puede apuntar a la fecundidad anhelante de la mujer joven, mujer que se presenta apenada por no tener quien la fecunde. La fertilidad o la maternidad es el fin más honrado en la vida de una gitana. En su conferencia recital sobre *Romancero gitano*, en 1928, el autor declara: «Soledad Montoya, concreción de la pena sin remedio, de la pena negra de la cual no se puede salir más que abriendo con un cuchillo un ojal bien hondo en el costado siniestro. La pena de soledad Montoya es la raíz del pueblo andaluz... es un ansia sin objeto, es un amor agudo a nada, con una seguridad de que la muerte (preocupación perenne de Andalucía) está respirando detrás de la puerta».

[2] Los dos primeros versos son, sin duda, una emulación, del antológico verso compuesto del *Poema de Mio Cid*: «apriessa cantan los gallos e quieren quebrar albores» (v. 235): está amaneciendo, y, al parecer, Soledad ha estado esperando hasta ese instante. La prosopopeya de las piquetas cavando para sacar el sol (y hacerlo aurora) es imagen laboriosa y pesada, penosa.

[3] *Monte oscuro*: Viene a indicar un calvario, donde prevalece la oscuridad todavía sobre la luz. Repárese en la paronomasia de monte y Montoya; Soledad (soledad) Montoya (del monte oscuro). El itinerario (*por el monte oscuro baja*) marca el carácter descendente de su proceso (tropiezo) con el infierno de la vida, con la pena negra.

[4] Esta anécdota –y el nombre de Soledad– fue tomada por Lorca de la realidad de su recuerdo de infante; para el granadino, Soledad es, como dijimos en la nota inicial, la «concreción de la pena sin remedio, de la pena negra de la cual no se puede salir más que abriendo con un cuchillo un ojal bien hondo en el costado siniestro» (*OC*, I, 1087). Se ha creado un ambiente de claroscuros y desasosiego en el que se presagia algo dramático, incierto.

[5] *Cobre amarillo*: Color de la piel morena de los gitanos, al que añade Lorca dos matices poéticos de relieve: el valor y la dureza de lo metálico (*cobre*) y la mutación al amarillo o color de la palidez, para indicarnos el sufrimiento o el ánimo demudado de la gitana. Se trata de una descripción sensorial (aparentemente objetiva) que nos trasluce un estado de alma: los sentimientos de Soledad.

[6] Se usan como símbolos representativos del ambiente que circunda a Soledad: el *caballo*, símbolo de pasiones y sentimientos sexuales; la *sombra* –la oscuridad de la noche–, símbolo de pena (e incluso de muerte). La presencia retórica del caballo presagia que el ser humano, cegado por sus instintos, y a los que da rienda suelta, se ve abocado a desenlaces nada racionales y muy trágicos; el jinete, cuando aparece, no puede hacer nada para controlar el desarrollo fuera de control y convenciones. En definitiva, Soledad sale en busca de un varón, a pesar del riesgo que ello supone.

[7] *Yunques ahumados*: Pechos duros, tersos, juveniles, y con efectos cromáticos debido al trabajo en la fragua. Así y todo, la connotación de *ahumados* asocia su significado subjetivo con tapados por humo (oscuro), es decir, menos naturales, e incluso tristes o relacionados con los efectos del final de la vida (la muerte); en este sentido, los pechos (*yunques*) lloran (*gimen*) porque se se sienten ajados, estériles, humillados (*ahumados*).

[8] *Canciones redondas*: Retórico desplazamiento del adjetivo; *redondos* son los pechos, no literalmente las canciones.

[9] El poema está escrito como si de un guion teatral (o radiofónico) se tratara: se inicia con una parte narrada (vv. 1-8); a partir del v. 9 escuchamos un diálogo que culmina con una nueva parte narrada (desde el v. 39). Según se desprende de la formulación de la primera pregunta del narrador-poeta, Soledad camina sola (lo que parece compasión del interlocutor) y a deshora (lo que parece más bien reproche): busca amor, o sexo, o libertad.

[10] Soledad responde con altivez y cierto orgullo, un poco a despecho de lo que sugiere la inquisitorial demanda anterior. Es una respuesta que alberga todo un sentimiento de raza: Lorca exalta la dignidad del pueblo gitano que vive atormentado por la pena de su fatalidad y de la opresión social, y que se debate en constante liza por mantener las ansias de vivir que caracterizan a su gente como grupo y cultura. Quizás haya adhesión a la causa calé como un grupo tan reprimido e incomprendido como el de los homosexuales en aquellos tiempos; no olvidemos que Lorca escribe para desahogar sus emociones con encubrimientos artísticos. En definitiva, Soledad intenta realizarse personal y racialmente.

[11] En esta réplica aparece el caballo desbocado (la pasión amorosa o sexual incontrolada e incontrolable, y, por ende, destructora); por ello acabará en inmediata tragedia, porque llega al mar (la muerte,) *y se lo tragan las olas* (v. 18). Tal vez las olas y el mar cobijen otra alusión-elusión: la de las lágrimas salobres, lágrimas de pena, y tal vez se refiera a la muerte psicológica: la imposibilidad de *alegría* (sexo) y nombre

(identidad personal); o, quizás, a la muerte del amado que no ha vuelto de la mar.

[12] El poema se iba a llamar «Romance de la pena negra en Jaén» (según carta del autor a su amigo Melchor Fernández Almagro). Es evidente el contraste entre mar y rumor de olas (muerte) y tierras de aceituna, tierras de adentro, campo y rumor de hojas (como fertilidad y vida): pero, aunque Soledad se resista, en ambos parajes (*olas-hojas*) brota la pena.

[13] El *zumo de limón* –antes hablamos de lágrimas salobres– indica acidez, acritud: su llanto amargo simpatiza con el lector que se compadece de la pena de la protagonista. La tristeza de Soledad se manifiesta en la espera agria de la boca –un nuevo desplazamiento del adjetivo: agrio es el limón–; el sintagma múltiple espera y boca ha de interpretarse como una relación entre los términos del tipo «espera de la boca» (es decir, besos), con evidente sentido sexual insatisfecho.

[14] La protagonista recuerda sus desvelos y desmanes en el hogar: ha enloquecido por la pena y muestra su pelo agitado, en trenzas sueltas que devuelven largura al cabello. Esta imagen última (*mis dos trenzas por el suelo*, v. 29) merece una explicación cultural: el pelo largo de mujer no recogido (en trenzas o lazos) era muestra de apetencias sexuales o de pasión entregada al instinto (como se veía en los cuadros renacentistas de Botticelli, *Nacimiento de Venus*, p. ej., o en los sonetos de Garcilaso o del barroco Góngora; y como el mismo Lorca presenta en la escena en que, en *La casa de Bernarda Alba*, Adela sale despeinada tras tener un lace erótico con Pepe *el Romano*).

[15] *De la cocina a la alcoba*: Faenas cotidianas y hogareñas.

[16] Significativa transformación del personaje: el amarillo (*carne* –piel–, *limón*) deviene en negro (*azabache*), esto es, en un claroscuro dominante de locura y pena. *Me estoy poniendo de azabache carne y ropa* (vv. 31-32): Que envejece, que enlutece.

[17] Se mantiene el contraste entre colores y sensualidad: se impone el negro (luto) por su asociación con la pena y la muerte: *camisas de hilo* (claro) y *muslos de amapola* (rojos, es decir, jóvenes, con vitalidad) se trastornan en negros (sin vida). La sexualidad marchita o insatisfecha.

[18] *Agua de las alondras*: El rocío; agua natural y pura, propia del amanecer, y, por tanto, fría. La alondra es ave tempranera, y simboliza la alegría de vivir. El narrador-poeta aconseja a Soledad que no sufra más, que proceda a satisfacer sus deseos y sus pasiones (como ser de la Naturaleza), que obedezca a sus instintos y que no se someta a los sentimientos humanos convencionales; que luche contra el fatalismo de la pena (como ser humano o de la raza gitana).

[19] Se cierra el romance con esta secuencia descriptiva. *Volante de cielo y hojas*: Es una aposición de río, que remata, como un volante bajo de un vestido o falda de gitana, la falda de la montaña: en el río se reflejan *cielo* (firmamento) y *hojas* (árboles). Se trata de una técnica impresionista (como en la pintura) que se aplica a las fuentes neopopulares de la tradición literaria.

[20] *Flores de calabaza*: Por el color rojizo, se describe el amanecer; pasamos de lo oscuro y negro (noche, muerte, etc.) a lo rojo (alborada, amanecer, día, vida, etc.), como sol que *corona* el horizonte. Apréciese que el narrador-poeta vela por la victoria de la Naturaleza (silvestre e instintiva) frente a un supuesto jardín (artificio humano, convencional).

[21] La pena de Soledad se generaliza en su significado: se hace trascendente y se aplica a toda la raza gitana. En sentido profundo, la pena es la protagonista de todo el *Romancero gitano*. Lorca lo explicó así, al comentar en un recital su poemario en 1935: «La pena de Soledad Montoya es la raíz del pueblo andaluz. No es angustia, porque con pena se puede sonreír, ni es un dolor que ciega, puesto que jamás produce llanto; es un ansia sin objeto, es un amor agudo a nada...».

[22] Los gitanos pasan a simbolizar todo pueblo oprimido y marginado; y también a la Andalucía profunda y olvidada. Pocos meses después, al llegar a Nueva York, en 1929, Lorca tomará como asunto y tema poético a los negros, perseguidos y reprimidos por la sociedad estadounidense.

[23] La pena, poéticamente, es una maldición: una pena irracional e inevitable, un sino trágico. El romance termina, intencionadamente, sin resolución –desconocemos *stricto sensu* qué motiva la pena o el sinsabor de Soledad–: prevalece un hálito de misterio; el lector debe saber convivir literaria o artísticamente con ese misterio. *Madrugada remota*: Retoma el ambiente de misterio, incertidumbre y claroscuro que impregna todo el poema; quizás el autor haya querido recurrir a la mención a lo atávico de la raza gitana, a su origen lejano y a su sino trágico que jamás lo abandona; pero lo ha hecho con la evocación del misterio como remate lírico. Si pensamos en la pena por la muerte del ser amado, se puede creer que la protagonista cae en la rutina de la muerte en vida, de la apenada viviente, de un amargo amor más allá de la muerte, y podríamos confrontamos incluso el romance de Lorca con la canción «En el muelle de san Blas» (1999) del grupo mexicano Maná.

[10] Prendimiento de Antoñito el *Camborio*[1] en el camino de Sevilla

Antonio Torres Heredia,
hijo y nieto de *Camborios*[2],
con una vara de mimbre[3]
va a Sevilla a ver los toros.
Moreno de verde luna[4],
anda despacio y garboso[5].
Sus empavonados[6] bucles
le brillan entre los ojos.
A la mitad del camino,
cortó limones redondos,
y los fue tirando al agua
hasta que la puso de oro[7].
Y, a la mitad del camino,[8]
bajo las ramas de un olmo,[9]
guardia civil caminera
lo llevó codo con codo.[10]

* * *

El día se va despacio,[11]
la tarde colgada a un hombro,
dando una larga torera[12]
sobre el mar y los arroyos.
Las aceitunas aguardan
la noche de Capricornio[13],
y una corta brisa, ecuestre[14],
salta los montes de plomo[15].
Antonio Torres Heredia,
hijo y nieto de Camborios,
viene sin vara de mimbre
entre los cinco tricornios.[16]

—Antonio, ¿quién eres tú?
Si te llamaras Camborio,
hubieras hecho una fuente
de sangre, con cinco chorros.[17]
Ni tú eres hijo de nadie,
ni legítimo Camborio.
¡Se acabaron los gitanos
que iban por el monte solos!
Están los viejos cuchillos
tiritando bajo el polvo.[18]

* * *

A las nueve de la noche[19]
lo llevan al calabozo,
mientras los guardias civiles
beben limonada[20] todos.
Y a las nueve de la noche[21]
le cierran el calabozo,
mientras el cielo reluce
como la grupa de un potro[22].

---

[1] Romance undécimo. Lorca utiliza un personaje real, Antoñito el *Camborio*, famoso gitano granadino, conocido como El Amargo, para crear su gitano imaginario. El personaje real, al caer de su caballo, murió accidentalmente clavándose su propio cuchillo. Sobre este trágico suceso, compuso Lorca el poema «Sorpresa» [Antología 6], incluido en *Poema del cante jondo*. Sin embargo, para *Romancero gitano*, altera la historia: recurre al mismo nombre, pero lo convierte en un personaje ficticio, «prototipo de gitano verídico» (*OC*, I, 1093). Aquí el Camborio es el gitano por excelencia, el gitano noble y digno, un ser nacido para la perdición o para la gloria, pero nunca para la humillación y la mediocridad, detenido, no obstante, por la Guardia Civil *caminera* (y humillado al privarlo de su vara –una vara de mimbre similar a la que exhibirá en su mano Leonardo en *Bodas de sangre*: símbolo de dominio y mando–) cuando se dirigía a Sevilla a una corrida de toros: un gitano de raza y casta («hijo y nieto

de Camborios», v. 2): «Gitano verdadero, incapaz del mal, como muchos que en estos momentos mueren de hambre por no vender su voz milenaria a los señores que no poseen más que dinero, que es tan poca cosa» (*OC*, I, 1089). «La gracia de la joven belleza masculina vuelve a describirse en un ámbito de violencia y defensa de la libertad que el poeta quiere, y que es la libertad del primitivo, y por tanto también [...] la omnímoda libertad sexual» (*ibídem*, p. 509): «Moreno de verde luna / anda despacio y garboso. / Sus empavonados bucles / le brillan entre los ojos» [vv. 5-8].

[2] El personaje literario pertenece a la saga o clan de los Camborios.

[3] Portador, al modo gitano, de un palo o bastón de mimbre. La mención de *los toros* del verso siguiente (v. 4) coadyuva a forjarse la visión estetizante (y estereotipada) del Camborio gitano.

[4] *Verde luna*: Color aceitunado de la piel (*moreno*) y presago fatal (*luna*) por su aspecto y su realidad de gitano.

[5] *Garboso*: Desenvuelto y elegante; en este contexto, son andares graciosos, pero también algo altaneros, como los de un torero.

[6] *Empavonados*: Abrillantados de color azulado, negro o café; se suele emplear una capa de óxido para cubrir las piezas de acero, mejorar su aspecto y evitar su corrosión, con resultados cromáticos como los mencionados. También se puede interpretar que los rizos de su cabello (en forma helicoidal: *bucles*) son tan hermosos como el plumaje del pavo real.

[7] Sublimación estilizada de la naturaleza: el color amarillo de los limones, bajo el agua, recuerda el preciado y brillante oro. Ahora bien, el poeta lo que nos está contando es que el Camborio, con modales jactanciosos, estaba hurtando limones.

[8] Nótese el contraste en las repeticiones a partir de los vv. 9 y 13.

[9] Son muchas las expresiones que equiparan este «prendimiento» con el de Cristo: detenido bajo un árbol (v. 20), interpelado como el Nazareno ante Pilatos (*¿quién eres tú?*, v. 29), lo encierran a las nueve de la noche (vv. 39 y 43), la hora nona de la muerte de Cristo.

[10] La Guardia Civil de los caminos (*caminera*, v. 15) le puso los grilletes, es decir, lo detuvo (*codo con codo*).

[11] Pasa el tiempo morosamente.

[12] *Larga torera*: Pase de la primera suerte de la faena taurina, con el capote extendido a lo largo; se trata de la larga cordobesa, perfeccionada por *Lagartijo* (el diestro Rafael Molina). Se «agitaniza» el día al personalizarlo como un torero (*dando una larga torera*, v. 17) y se «toreriza» (y se «agitaniza») la tarde al concebirla como un capote de torero (*colgada a un hombro*, v. 18); el capote es amarillo y rojizo, por cada uno de lados, como el crepúsculo vespertino del sol poniente. La tarde pasa su pátina de color crepuscular, cual capote de lance pausado sobre el toro (que aquí es *el mar y los arroyos*, v. 20).

[13] *Noche de Capricornio*: Casi con toda seguridad, se refiere a Nochebuena, ya en invierno; es fecha de importancia en el calendario gitano: siempre con aceitunas en el menú. No se olvide que la oliva se recoge en las semanas siguientes a la entrada de la estación invernal.

[14] *Ecuestre*: La brisa es ecuestre ya que cabalga soplando por los montes de color gris azulado (*montes de plomo*, v. 24). Para continuar con la imagen, el poema se cerrará con el lustre de *la grupa de un potro* (v. 46) como metáfora del fulgente cielo.

[15] *Plomo*: Metonimia de posibles disparos

[16] Le han arrebatado la vara cinco guardias civiles (*tricornios*, v. 28). El *tricornio* es el sombrero típico de la Benemérita, con tres puntas o cuernos; es el símbolo visible ahora en el poema. Ya no se ve la vara que representaba la categoría de gitano de tradición del Camborio: es una humillación.

[17] El personaje que dialoga con el Camborio lo increpa y lo acusa de no ser valiente como gitano, pues, de serlo, los hubiera herido y hubiera brotado la sangre como una fuente de cinco chorros (uno por cada uno de los guardias civiles). El reproche, por alipori, se eleva a vergüenza del cobarde, y pone en riesgo toda la raza gitana.

[18] *Tiritan* de frío los cuchillos que ya no se usan en defender el honor gitano (en

las antiguas querellas entre gitanos y guardiaciviles): están enterrados, se dice, como se enterraría el hacha de guerra en el contexto de los indios americanos.a describirse en un ámbito de violencia y defensa de la libertad que el poeta quiere, y que es la libertad del primitivo, y por tanto también [...] la omnímoda libertad sexual» (ibídem, p. 509): «Moreno de verde luna / anda despacio y garboso. / Sus empavonados bucles / le brillan entre los ojos».

[19] Ha pasado el día (como la vida): se ha hecho de noche. Hay tres momentos en el romance sobre el paso del tiempo: el mediodía inicial de la secuencia primera, la tarde (*el día se va despacio*, v. 16) y la noche (v. 39).

[20] Distensión para aumentar la tragedia y el posible abuso de poder: los guardias civiles han detenido al Camborio por robar limones (v. 10), y limonada es lo que todos ellos beben (v. 42), sin (presuntamente) haber comprado limones en comercio alguno.

[21] La reiteración de la hora marca la simultaneidad en el relato de acciones que se presentan sin solución de continuidad para conferir dramatismo a la composición.

[22] *Grupa*: Ancas de una caballería. La mención del *potro*, y su libertad de movimiento, resalta la dramática situación en la que se encuentra el prisionero. Es notable el contraste entre noche (y oscuridad en el calabozo) y luz (y libertad en el cielo, con el potro). La maravilla del milagro poético enmascara, quizás, la dureza del trato de aquella Guardia Civil y de aquellos gitanos: persecución realista e histórica de nuestro pasado inmediato.

[11] Romance de la Guardia Civil española[1] [2]

Los caballos negros son.
Las herraduras son negras[3].
Sobre las capas relucen
manchas de tinta y de cera[4].
Tienen, por eso no lloran,
de plomo las calaveras.[5]
Con el alma de charol[6]
vienen por la carretera.
Jorobados y nocturnos[7],
por donde animan, ordenan
silencios de goma oscura[8]
y miedos de fina arena.
Pasan, si quieren pasar,[9]
y ocultan en la cabeza
una vaga astronomía
de pistolas inconcretas.[10]

* * *

¡Oh ciudad de los gitanos![11]
En las esquinas, banderas.
La luna y la calabaza
con las guindas se conservan.[12]
¡Oh ciudad de los gitanos!
¿Quién te vio y no te recuerda?
Ciudad de dolor y almizcle[13],
con las torres de canela.[14]

Cuando llegaba la noche,
noche que noche nochera,
los gitanos en sus fraguas
forjaban soles y flechas[15].
Un caballo malherido
llamaba a todas las puertas.
Gallos de vidrio cantaban
por Jerez de la Frontera.[16]
El viento vuelve desnudo
la esquina de la sorpresa,[17]
en la noche platinoche,
noche, que noche nochera.[18]

* * *

La Virgen y san José[19]
perdieron sus castañuelas,
y buscan a los gitanos
para ver si las encuentran.[20]
La Virgen viene vestida
con un traje de alcaldesa,
de papel de chocolate
con los collares de almendras[21].
San José mueve los brazos
bajo una capa de seda.
Detrás va Pedro Domecq[22]
con tres sultanes de Persia[23].
La media luna soñaba
un éxtasis de cigüeña.[24]
Estandartes y faroles
invaden las azoteas.
Por los espejos sollozan
bailarinas sin caderas[25].
Agua y sombra, sombra y agua
por Jerez de la Frontera.

* * *

¡Oh ciudad de los gitanos!
En las esquinas, banderas.
Apaga tus verdes luces
que viene la benemérita[26].
¡Oh ciudad de los gitanos!
¿Quién te vio y no te recuerda?
Dejadla lejos del mar,
sin peines para sus crenchas[27].

* * *

Avanzan de dos en fondo[28]
a la ciudad de la fiesta.
Un rumor de siemprevivas
invade las cartucheras.[29]

Avanzan de dos en fondo.
Doble nocturno de tela[30].
El cielo se les antoja
una vitrina de espuelas[31].

La ciudad, libre de miedo,
multiplicaba sus puertas.
Cuarenta guardias civiles
entraron a saco por ellas.[32]
Los relojes se pararon,[33]
y el coñac de las botellas
se disfrazó de noviembre[34]
para no infundir sospechas.
Un vuelo de gritos largos
se levantó en las veletas.
Los sables cortan las brisas
que los cascos atropellan.
Por las calles de penumbra
huyen las gitanas viejas
con los caballos dormidos
y las orzas[35] de monedas.
Por las calles empinadas
suben las capas siniestras,
dejando detrás fugaces
remolinos de tijeras[36].

En el portal de Belén
los gitanos se congregan.[37]
San José, lleno de heridas,
amortaja a una doncella.
Tercos fusiles agudos
por toda la noche suenan.[38]
La Virgen cura a los niños
con salivilla[39] de estrella.
Pero la Guardia Civil
avanza sembrando hogueras,
donde joven y desnuda
la imaginación se quema[40].
Rosa la de los *Camborios*
gime sentada en su puerta
con sus dos pechos cortados
puestos en una bandeja[41].
Y otras muchachas corrían
perseguidas por sus trenzas[42],
en un aire donde estallan
rosas de pólvora negra[43].
Cuando todos los tejados
eran surcos en la tierra[44],
el alba meció sus hombros
en largo perfil de piedra[45].

* * *

¡Oh ciudad de los gitanos!
La Guardia Civil se aleja
por un túnel de silencio
mientras las llamas te cercan.

¡Oh ciudad de los gitanos!
¿Quién te vio y no te recuerda?
Que te busquen en mi frente.
Juego de luna y arena.[46]

---

1 Romance decimoquinto. Este poema, con el que se cierra el bloque de romances coetáneos o de sucesos actuales, significa la destrucción del mundo mítico gitano. La Guardia Civil asola un poblado gitano en la noche de Navidad y extermina su mundo de fiesta y alegría. Los augurios de desgracia por el inminente ataque se cumplen, y todo se llena de escenas de terror. Los guardiaciviles representan la tosca realidad que «corta las alas a la fantasía; / que mata a la imaginación»; simbolizan la fuerza del mal, la fuerza que destruye todo lo que no entiende. La *Guardia Civil* es el símbolo opuesto a *los gitanos*: fuerza del orden, que impone el orden establecido; no en sentido político, puesto que *Romancero gitano* no es un libro de apoteosis o reivindicación

política, sino «en un más profundo nivel de *Orden* como antagónico a la esencia libre y pasional del hombre anárquico. O sea, aún más explícitamente, el *orden* contra la *fiesta*. Lo que nos da, por reacción, el verdadero tema del libro, [...] celebración de la libertad asumida en su esencia más primitiva ligada, por tanto, al sexo y en algún modo a la violencia, creadora o destructora. En el romance la Guardia Civil (figurada en el tétrico color negro) ataca y somete a una ciudad alegre de pasión primitiva, la *ciudad de los gitanos* (ciudad de la libertad), cuyo sueño –destruida ya– se mantiene vivo y vigente, inmortal, en el deseo [y las aspiraciones] del poeta: "¡Oh ciudad de los gitanos! / ¿Quién te vio y no te recuerda?". [...] Todo lo cual nos lleva directamente, a la imagen [...] de que la destrucción de la *ciudad de los gitanos* por la Guardia Civil tiene algo que ver –tangencial y simbólicamente– con el tema, muy lorquiano [...], de la destrucción de Sodoma: "Pero la Guardia Civil / avanza sembrando hogueras, / donde joven y desnuda / la imaginación se quema". Sodoma sería aquí el símbolo de la ciudad de la libertad, y de la ciudad de la fiesta, pero (valga la tautología) Sodoma sería también Sodoma. Tema este que, según es bien sabido, [...] interesó siempre a Federico, que pensaba escribir una obra teatral con el título de *La destrucción de Sodoma*. Y a lo largo de todo el romance resuena el estribillo que marca la elegía (y el elogio) de esa ciudad-símbolo, a la que es opuesta la Guardia Civil española: "¡Oh ciudad de los gitanos! / ¿Quién te vio y no te recuerda?"» (De Villena, *ibídem*, pp. 511-512). La Guardia Civil, en *Romancero gitano*, había aparecido tan solo tangencialmente en cinco romances: su función ha sido casi *burocrática*, pasajera; bien es cierto que se les retrata bebidos, esto es, borrachos (y dos veces); hacía falta un poema específico sobre la Guardia Civil como *fuerza oscura* («negra») de la Andalucía «que se ve». Recordamos alegatos contra la Benemérita –amén de la «Canción del gitano apaleado» del *Poema del cante jondo*– en el Miguel Hernández dramaturgo, autor de *Los hijos de la piedra* (1935) y en estos versos del poeta y pintor José Moreno Villa: «sus grandes pupilas [las de la jaca] vieron cómo la luna / brillaba con destellos de macilento sol / sobre los enemigos tricornios de charol» (del libro *Garba*, 1913). Recordemos que Sodoma y Gomorra son las ciudades de la perversión por antonomasia en la *Biblia*, aunque solo se detallan hábitos y sucesos de Sodoma, poblada por pervertidos sodomitas, esto es, gente de pecado –o falta de amor al prójimo–, según consta en *Génesis*, 18 y 19: Yahved (o Jehová, Dios) reveló a Abraham que destruiría Sodoma por medio de fuego y azufre, porque su pecado era muy grave e irreversible, y solo Loth –sobrino de Abraham– y su familia, recién asentados allí, podrían ser salvados; Abraham intercedió por los justos de la ciudad, y Yahveh le repuso que no la destruiría si, al menos, encontraba cincuenta justos en ella. Definitivamente, hizo Yahveh que dos ángeles entraran en Sodoma a rescatar a Loth y su familia; los ángeles eran de hermoso aspecto y llamaron la atención de los habitantes, de los sodomitas. Al ver a los enviados de Yahveh, sin saberlo, Loth los invitó a que se hospedaran en su casa; pero, antes de que se acostasen, los sodomitas cercaron la vivienda y exigieron que les entregase a sus invitados para gozar de ellos. Loth se negó, e intentó solventar el peligro: les ofreció a cambio sus dos hijas vírgenes, para que se saciaran con ellas; sin embargo, como esperaba Loth, la turba no aceptó e intentó romper la puerta, pero los dos invitados cegaron a los asaltantes. Una vez los ángeles hubieron sacado de Sodoma a la familia, Yahveh envió una lluvia de fuego y azufre que incineró completamente la ciudad con sus habitantes, así como otras ciudades de la llanura. En la huida, la mujer de Loth se dio la vuelta para mirar la destrucción y, tal como estaba advertida por los mensajeros de Dios, se convirtió en una estatua de sal.

[2] Con este poema se culmina, en *Romancero*, así es, el tradicional antagonismo gitanos-Guardia Civil, previo a la inclusión de los tres poemas históricos que cierran el libro. La historia de persecuciones, torturas y muertes de las llamadas fuerzas del orden –de la época–, por imponer códigos de cultura y normas de conducta emanadas del *establisment* social, político y económico es centenaria. En este romance contemplamos el apogeo de la violencia de este poemario.

Lorca dedicó esta composición «A Juan Guerrero, cónsul general de la poesía»; Juan Guerrero Ruiz (Murcia, 1893-Madrid, 1955), en colaboración con Jorge Guillén, recién llegado como profesor a la Universidad murciana, fundó la revista *Verso y Prosa*, sucesora del *Suplemento Literario de La Verdad* (1927-1928), que tanto entusiasmó a nuestro escritor; desde 1931 desempeñó el cargo de secretario del Ayuntamiento de Alicante, sin perder nunca su contacto con los mejores hombres de nuestra república de las letras.

[3] En la secuencia primera, se dibuja un retrato despectivo de la Guardia Civil: *negros*, v. 1; *negras*, v. 2, *manchas*, v. 4; etc. Todo lo que se asocia o caracteriza a la Guardia Civil es oscuro y conduce a la muerte.

[4] Indicios de sordidez y descuido de higiene o limpieza. *Manchas de tinta*: Torpeza en las actividades cotidianas de redactores de atestados. *...y de cera*: Por la función de escoltas de procesiones cuyos cirios gotean y salpican sus atuendos.

[5] Insensibilidad, denunciada por el plomo de sus molleras: el plomo es metal impenetrable incluso por las radiaciones.

[6] La impermeabilidad del charol delata el alma insensible de los guardias.

[7] *Jorobados*: Perfil siniestro de los guardias civiles con su mochila en la espalda y su capa; su aspecto es amenazante, fantasmal o monstruoso. *Nocturno*: Es de noche. La oscuridad alimenta fechoría de la Guardia Civil: la impunidad permite el ataque con nocturnidad y alevosía.

[8] La dura goma de los neumáticos (en los coches, o en las ruedas de los carros) había sustituido a las ruidosas y estridentes llantas de hierro (en los antiguos carruajes). La Guardia Civil impone el terror: un pánico suscitado por la implantación ordenada del silencio (*de goma oscura*, v. 11) y de los miedos (*de fina arena*, v. 12): un contraste (oscuro-fina / goma-arena) entre fuerzas armadas y de poder represivo, por un lado, y gitanos, por otro.

[9] Al ser oscuro, por la noche, no se les ve aproximarse, y tienen, además, la potestad de irrumpir en un poblado.

[10] *Vaga astronomía de pistolas inconcretas*: Pensamiento incierto de armas (y licencia) para matar. El autor presenta una Guardia Civil que sólo piensa en la violencia (por sus ganas de bronca y muerte con los desprotegidos) e imprime pánico con sólo nombrarla: la indumentaria, ya de por sí peculiar, toma el carácter de rasgo humano, el de una terrorífica inhumanidad: *calaveras* (cabezas) *de plomo*, v. 6; *alma de charol*, v. 7; etc.

[11] Ciudad ficticia, inventada por Lorca sobre la recreación de Jerez de la Frontera (Cádiz), v. 32.

[12] Probables metáforas de globos y carteles de fiesta.

[13] *Almizcle*: Sustancia grasa y muy olorosa, segregada por glándulas de mamíferos situadas en el prepucio o cerca del ano; en otros contextos, procede saber que es la base de cosméticos o de perfumes.

[14] Se recrea una ciudad o un barrio gitano de pena, pero también de colorista sensualidad.

[15] *Soles y flechas*: Es una de las menciones más míticas y mágicas del poema. Los gitanos, en su ciudad mágica y mítica, forjan soles del cielo y flechas de Júpiter.

[16] *Caballo* (v. 29): Símbolo asociado, por un lado, a la pasión o al instinto (desenfrenado), y, por otro, a la muerte. En estos cuatro versos (vv. 29.32) se nos advierte que estamos en una ciudad en la que los presagios son inútiles, porque se impone siempre el fatalismo y la tragedia que acecha a la raza gitana: el *caballo malherido* quiere avisar inútilmente, e igual de inútil es el canto de los frágiles *gallos* (v. 31) que vigilan.

[17] Este viento acechante (y desnudo) recupera aquel *viento que nunca duerme* que perseguía, lascivo entonces, a Preciosa en el inicio de *Romancero gitano*.

[18] Los versos 35 y 36 son propios del ritmo popular basado en neologismos y jitanjáforas; el v. 36 repite el v. 26. La *platinoche* es noche como la plata (más que como un plato): oscura, pero, en ese ambiente navideño, dichosa; iluminada, más por efecto lunar, por hacer fiesta los gitanos.

[19] Comprendemos, al comenzar la secuencia tercera, que estamos en una fiesta de Navidad.

[20] He aquí, una vez más, un proceso de ambientación gitana en la escena religiosa. En algunos villancicos del cante flamenco se va más allá y se transmuta la realidad supuestamente histórica según el Nuevo Testamento: «La Virgen, como es gitana, / a los gitanos camela. / San José, como es gachó, / se rebela, se rebela. // El niño Dios se ha *perdío.* / Su madre lo está buscando, / y está en la orilla del río /de juerga con los gitanos» (*Vid. Archivo del cante flamenco*, ed. de José Manuel Caballero Bonald para el sello Vergara, 1968).

[21] La Virgen, y luego san José, van vestidos (disfrazados) con lo que tienen a mano: papel de chocolate, collares hechos con almendras (no con perlas), trozos de tela de seda...

[22] Pedro Domecq y Núñez de Villavicencio (1881-1937), el gran ganadero jerezano, promotor de negocios en torno al vino, al brandy (coñac < Cognac), a los toros, a los caballos... El primer Domecq en España, y fundador de la saga (y la marca «Pedro Domecq», 1822), fue Pedro Domecq Lembeye (1787-1839), que se estableció en España en 1816. Por no tener herencia masculina a la que dejar el negocio floreciente, se alió con su hermano Juan Pedro Domecq Lambeye (1796-1869), abuelo del empresario que regentaba la firma Domecq en tiempos de Lorca, Pedro Domecq y Núñez de Villavicencio. El anacronismo es evidente.

[23] Denominación lorquiana de los tres Reyes Magos. Apreciemos la mezcla en un cuerpo social y mítico de seres de todo origen, alcurnia y raza: *gitanos* (v. 39), *Virgen* (v. 41), señoritos ricos (v. 47), *persas* (v. 48)...

[24] Transmutación mágica de elementos: la *media luna* (real y simbólica) es luna menguante (luna-estrella de Belén) y de la cigüeña se vislumbra la silueta inmóvil en un campanario (cigüeña-portadora del niño).

[25] Alusión anticipada de un trágico presagio: *espejos* (v. 53), *sin caderas* (v. 54). Los cuerpos truncados, aunque así vistos reflejados en un espejo fantasmagórico, son signos fatídicos y premociones funestas, tal como ya leímos en «Romance sonámbulo»: *con la sombra a la cintura.* Es vaticinio de la terrible violencia que va a estallar en la ciudad mágica que mitifica el poeta. Para Guillermo Díaz Plaja (*Poesía española contemporánea*, Madrid, Guadarrama, 1961), Lorca concebía el mundo como un espectáculo ante el espejo (espejo de cristal o espejo de agua), aunque sin decirnos dónde estaba la realidad y dónde la imagen reflejada; según Concha Zardoya (Poesía española del 98 y del 27, Madrid, Gredos, 1968), «las realidades lorquianas, más que desdoblar su imagen, las multiplican en un proceso infinito. Todo es espejo de todo [...] todo se equivale, intervale y plurivale, interna y metafóricamente, porque una esencia común circula por todos los elementos del universo».

[26] *Benemérita*: La Guardia Civil. La mera presencia de la Guardia Civil atemoriza a los gitanos en fiesta navideña, ciudadanos de la ciudad mágica y alegre que se recrea: y por ello se le advierte: *Apaga tus luces verdes.* De nuevo el color verde: es de noche, es presagio de muerte.

[27] *Crencha*: Raya en que queda dividido el cabello en dos partes. En los vv. 63-64 se describe Jerez como ciudad no costera (*lejos del mar*) y con callejuelas que bajan libremente de la cima (*crenchas sin peine*).

[28] *Dos en fondo*: Por parejas, los dos juntos o paralelos. Vista amenazadora de las parejas de Guardias Civiles, en formación de combate; el pánico se reproduce al repetirse la expresión (vv. 65 y 69).

[29] Por contraste lírica, el ruido de las balas en los cargadores (en las cartucheras) semeja un *rumor de siempreviva*, o, sea, por paráfrasis irónica, un ambiente de muerte.

[30] *Doble nocturno de tela*: Se refiere a la pareja de guardias civiles, que iban siempre de dos en dos (*dos en fondo*).

[31] *Vitrina de espuelas*: Espeluznante imagen. Se impone la perspectiva «policial» o «inquisitorial» que distorsiona la realidad que se refleja (en *espejos*, v. 53; en el *cielo*, v. 71) donde sólo se ven *bailarinas sin cintura* (como *flash forward*) o espuelas hirientes en lugar de estrellas del alegre firmamento. La mención de *espuelas* asocia la premonición con caballos de tragedia y muerte.

[32] Nótese el contraste entre *libre de miedo* (la ciudad de los gitanos, v. 73) y *entran a saco* (los 40 guardias civiles, v. 75). En cabalística, el número 40 significa «número abundante o excesivo». La cuantificación en este romance indica la magnitud del atropello. Y, sin duda, trae a colación Alí

Babá y los 40 ladrones de *Las mil y una noches*.

[33] El terror por las acometidas violentas de la Guardia Civil hace que incluso objetos mecánicos (*relojes*, v. 77) y productos esenciales del mundo andaluz (*coñac*, v. 78) se paralicen o se escondan con irónica o sarcástica gracia de humor negro. *Los relojes se pararon*: Se detuvo el tiempo, y no hubo ni movimiento ni algazara, esto es, no habría vestigios o indicios de fiesta; quizás tenga la connotación más contextualizada de congelaron', 'quedaron sin alma, quietos, parados'...

[34] *Se disfrazó de noviembre*: Con la finalidad de no infundir sospechas, esto es, que no viera la Guardia Civil que estaba de fiesta y bebiendo coñac (o ebrios), se produce otra transmutación: el coñac pasa a tener aspecto de *noviembre*; *noviembre* puede referirse a varias acepciones: un tipo de jarabe para niños, el mes otoñal triste y taciturno (y no alegre o festero), alejado de fiesta...

[35] *Orzas*: Vasija vidriada de barro, alta y sin asas, que sirve por lo común para guardar conservas.

[36] *Remolino de tijeras*: Imagen que sugiere o evoca el peligro de los sables de los guardias civiles (representados, tal vez, también, por la metonimia de las capas de su uniforme, como si fueran cortantes utensilios o armas blancas en ristre –*tijeras*, v. 92–, que mueven el aire escabrosamente –*remolinos*, v. 92). Obsérvese el movimiento atroz de unos (los perseguidos) y otros (los atacantes), sin que se conozca motivo alguno (vv. 81-92).

[37] Comienza la descripción personalizada de la población gitana (san José incluido, v. 95) despavorida y ultrajada cruentamente. A continuación, en efecto, da vida, hiperbólicamente, como personaje del propio poblado a san José (v. 95) y a la Virgen (v. 99).

[38] Se presenta la acción como en un ambiente de guerra y saqueo, pero seguimos sin conocer cause que la motive.

[39] El diminutivo afectivo (*salivilla*) contrasta emotivamente con la delirante escena de desequilibrado ataque. *Salivilla de estrella*: Se trata de la saliva curadora de una pequeña herida (en el mundo infantil, por jugar), que tiene forma y brillo de estrella, y da vida, como el Sol. El contraste entre estas menciones infantiles y la hostilidad brutal de la Guardia Civil es fácilmente reconocible.

[40] *La imaginación se quema*: La lucha desigual entre la navaja (gitana) y el máuser (fusil de la Guardia Civil) deja victoriosa a la «fuerza armada» y hasta la imaginación, personificada como una mártir, es vencida y extinguida (*se quema*, v. 104: muere): la imaginación libre es sometida por la fuerza armada, por la fuerza del supuesto orden. Y esto vale para la vida, para el amor y para el arte. Es decir, que la Guardia Civil (y lo que representa) destruye hasta los valores intangibles.

[41] Alusión a una mártir, santa Olalla, a la que dedica el poema siguiente, número XVI. Con la obsesión lorquiana a referir los pechos cortados se evidencia su horror a la mutilación de la maternidad fecunda.

[42] Imagen infantil: las trenzas, por la inercia de la carrera veloz, se alzan horizontales detrás de la cabeza de las gitanas.

[43] *Rosas de pólvora negra*: Metáfora de los fogonazos de los fusiles: ruido, humo, terror y muerte. Pero también pueden aludir a las heridas producidas por esos disparos.

[44] *Surcos en la tierra*: Se han derrumbado los tejados (las casas) por la acción bárbara de estos «centuriones romanos», en palabras del epistolar Lorca a Jorge Guillén (*OC*, II, 1154). Se trata de una visión «en negativo»: lo que estaba hacia arriba (casas-tejados, en altorrelieve) ahora ha quedado hacia abajo (casas-surcos, en bajorrelieve).

[45] *El alba meció sus hombros*: Amaneció. De nuevo la naturaleza se conmueve y reacciona por simpatía emocional con los desvalidos: la inhumanidad –en un clima de impunidad– ha sido impuesta por despiadados y sanguinarios racistas, clasistas y aporófobos. Que no caiga en saco roto el neologismo *aporofobia*, palabra del año 2017 para Fundéu.

[46] La evocación de la mítica ciudad derrumbada y violentada se mantiene en la memoria del poeta, identificado con el narrador o sujeto lírico del romance. A lo largo del romance presenciamos una lucha entre vida y felicidad –representada por la fiesta de los gitanos– y muerte –representada por la Guardia Civil–. Ese contraste impregna el poema de dramatismo y miedo: sentimiento último de la pena negra, de la mala suerte que amenaza letal y míticamente al pueblo gitano y andaluz en la época que Lorca retrata.

MUNDO DE LA GRAN METRÓPOLIS: LA VANGUARDIA ESTÁ EN... NUEVA YORK

A mediados de 1929, tras su ruptura afectiva con el escultor Emilio Aladrén, acepta una propuesta de viaje a Nueva York de su «viejo maestro» Fernando de los Ríos, futuro ministro de Instrucción Pública y Bellas Artes en la II República.[I] También es una manera de cortar con la amistad complicada con Dalí y, paradójicamente, con la insatisfacción estética del romance que lo ha catapultado a la gloria: el pintor de Cadaqués, fervoroso surrealista, tacha a Lorca de putrefacto por su popularismo, y, con el turolense de Calanda Luis Buñuel, pasa a motejar al andaluz con el sobrenombre de «Perro andaluz».[II]

Lorca se hospeda en la Residencia estudiantil de la Universidad de Columbia. Su experiencia vital en Nueva York, ciudad de rascacielos, de contrastes, le hace reaccionar: se encuentra inmerso, y rebelde, en el trasfondo trágico de una cultura mecanizada y devoradora de lo humano; detrás de la fachada de opulencia y progreso neoyorquino, late una gran angustia humana y demasiada soledad, mucha esclavitud. Descubre entonces Lorca nuevos y terroríficos horizontes y escribe el poemario de apariencia surrealista *Poeta en Nueva York*[III] [Antología 12-14]. El nuevo poemario crece de lo personal a lo social, progresa de lo íntimo a lo colectivo. Después de la ruralidad de *Romancero gitano*, ahora el espacio de referencia es urbano: el del asfalto y el de los gigantescos edificios, el del lucro capitalista; es otro mundo (distinto al que ambienta *Romancero gitano*), pero en el que también florece la violencia y se curte la inexorable muerte: «porque allí no hay mañana ni esperanza posible». Se desvanece la ilusión del futuro en un mundo caótico:

[I] Emprende viaje (vía París y Londres), desde Southampton, en el Olympic, el buque gemelo del Titanic, hundido en 1912. Y de Nueva York se desplazará a Cuba ya en 1930. Regresó a España, desde La Habana, en el trasatlántico español Marqués de Comillas.

[II] Dalí, catalán, y Buñuel, aragonés, enervan al poeta andaluz, que recibió como una puñalada satírica y una descalificación personal la burla de la película surrealista *Un chien andalou* ('Un perro andaluz') que pintor y cineasta estrenaron en 1929.

[III] En esta misma circunstancia, Lorca escribe *Tierra y Luna*. Decimos surrealista en apariencia porque las metáforas se convierten en imágenes visionarias, pero nunca su escritura llega al automatismo de la corriente vanguardista postulado por André Breton y definido por el conde de Lautréamont. La definición clásica de surrealismo también se debe al conde de Lautréamont: «Surrealismo es el encuentro fortuito de una máquina de coser y un paraguas en una mesa de disección». En el poema «Aurora», por ejemplo, como en otros, podríamos hablar de una estela surrealista a la vez que expresionista.

Los primeros que salen comprenden con sus huesos
que no habrá paraísos ni amores deshojados;
saben que van al cielo de números y leyes
(«La aurora (de Nueva York)» [Antología 12][IV]

Pasaporte de FGL

En su conferencia-recital sobre este libro, Lorca encuadra su propósito: «...hoy no tengo más espectáculo que una poesía amarga, pero viva, que, creo, podrá abrir sus ojos a fuerza de latigazos que yo le dé. / He dicho "un poeta en Nueva York" y he debido decir "Nueva York en un poeta"».[V] El granadino denuncia una cultura –casi una civilización– que concede más valor a las cosas materiales y al dinero que a la dignidad humana. Lorca, según declara en su conferencia-recital, pretende «hacer el poema de la raza negra en Norteamérica y subrayar el dolor que tienen los negros de ser negros en un mundo contrario»; aunque los negros no ocupen ni la mitad del poemario, queda escrito el, para Lorca, «primer poema de la raza negra» como previamente había escrito el «primer romancero gitano». La justificación del tema poético es idéntica: si el gitano era «lo más elevado» de España, los negros constituyen «el eje espiritual» de América.

[IV] Se puede escuchar el texto cantado por Enrique Morente y el grupo granadino Lagartija Nick.

[V] No es un nimio juego de palabras: es la clave para analizar este poemario tan críptico en ocasiones. El mundo que presenta Lorca se inspira en Nueva York, en el Nueva York que vio, pero no es el Nueva York real y objetivo, sino que aplica su propia lógica poética; en este sentido, se trata de una ciudad creada por el poeta y sometida al influjo de su propio mundo subjetivo. Por ello, debemos partir de las imágenes visionarias –más que simples metáforas– y advertir que la palabra poética obedece más a emociones sugerentes en el autor que a analogías con la realidad perceptible. *Poeta en Nueva York* es el choque sentimental y cosmovisionario de la realidad exterior de la gran ciudad y la realidad interior de Lorca. El granadino tiñe de profundo humanismo y de acerada crítica las vivencias propias y ajenas que experimenta. La metáfora y la imagen visionaria, en un *collage* constante, son hijas directas de la imaginación, del estado de ánimo del creador literario: «la metáfora une dos mundos antagónicos por medio de un salto ecuestre», pregonaba nuestro autor. Leemos, pues, una nueva realidad poética, más allá de la realidad objetiva de Nueva York: de ahí la omni-metaforización y la omni-simbolización de *Poeta en Nueva York*. Obra, por consiguiente, hermética, puesto que sus originales metáforas presentan una única visión de aquel mundo, la visión Federico García Lorca; y se destacan aspectos de la realidad que, hasta entonces, eran desconocidos y muy personales, connotativos, inefables, intraducibles a la lengua ordinaria denotativa.

Tras visitar el barrio marginal de Harlem, su «observación lírica» le hace incluir textos de adhesión a la raza negra[VI] o de denuncias de una civilización que le exaspera o cantos de sensibilidad social en pleno *crash* económico de 1929; con este libro se moderniza la escritura poética contemporánea universal:[VII] en la «Oda a Walt Whitman» resuena el impacto profundo de la poesía en inglés en un poeta mediterráneo crecido en la tradición popular del romance más apasionado de verso breve; el versículo[VIII] hace olvidar en estos años la métrica tradicional hispana, y representa la expresión desgarrada del grito que responde a las grandes inquietudes (y dudas) de Lorca: indecisiones sobre la homosexualidad, sobre la identidad personal del señorito que amaga sus inclinaciones y la incoherencia del clasismo y del racismo. Para fustigar mejor la lacra humana del capitalismo neoyorquino, Lorca alarga el verso y empuña el látigo de un lenguaje dramático que descarna esa realidad malsana, esa realidad que parece una pesadilla:

Walt Whitman

[VI] Los negros, de origen esclavo-africano, se han convertido en el eje espiritual de Norteamérica: los negros, dejó escrito el poeta, son «lo más espiritual y delicado de aquel mundo». La falta de derechos civiles en la población negra de EE. UU. alcanzó a la década de 1960: el 28 de agosto de 1963 pronunció su famoso discurso Martin Luther King: «I have a dream» ('He tenido un sueño') en Washington; el 22 de noviembre asesinaron al presidente J. F. Kennedy en Dallas; en el verano de 1964 el Ku Klux Klan asesinó en el estado sureño de Mississippi a activistas pro derechos civiles, promotores de la libertad y la abolición de la segregación racial: aunque algunas autoridades esclavistas de la ciudad de Filadelfia intentaron ocultarlo, los miembros del Ku Klux Klan fueron condenados. Estos sucesos fueron llevados al cine por el director Allan Parker en *Arde Mississippi* (1988), película protagonizada por Gene Hackman, Willen Dafoe y Frances McDormand. Los gitanos de *Romancero* son sustituidos por los negros de Nueva York, pero ambos colectivos son tomados en su sentido mítico, más que en sentido estrictamente social: la naturaleza (con sus etnias y razas) frente a la autoridad civil y política opresora.

[VII] Inicialmente el libro iba a ser titulado «Introducción a la muerte», por consejo de Pablo Neruda. A Lorca vive en Nueva York aquellos días de octubre de 1929 (del 24, « jueves negro», al 29, «martes negro») de caída bursátil, pues la situación económica de las empresas no guardaba relación con sus cotizaciones en la bolsa. La histeria colectiva generó paro, contratos precarísimos, miseria, hambre y numerosos suicidios.

[VIII] En el versículo no hay preocupación por el ritmo de la medida ni de la rima: el ritmo se genera en las estructuras gramaticales y en las isotopías o recurrencias léxicas y de significado. Es la expresión poética más cercana a la prosa.

Y tú, bello Walt Whitman, duerme a orillas del Hudson [...]
Duerme, no queda nada.
Una danza de muros agita las praderas
y América se anega de máquinas y llanto.
Quiero que el aire fuerte de la noche más honda
quite flores y letras del arco donde duermes
y un niño negro anuncie a los blancos del oro
la llegada del reino de la espiga.[IX]
(«Oda a Walt Whitman»)[X]

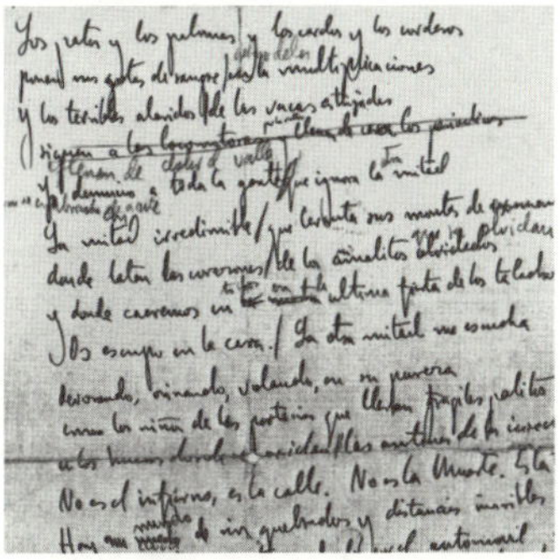

Manuscrito del poema «Nueva York. Oficina y denuncia», localizado en la Biblioteca del Congreso de EE. UU. en 2011.

Una pesadilla en la que el dolor es la imposibilidad del amor: consecuencia y conciencia de esa inviabilidad. La poesía se ha hecho más hermética, más difícil de comprender, pero se incrementa la impresión de un arte más profundo y más universal.[XI] Los poemas «Nueva York. *Oficina y denuncia*» [Antología 13] y «Grito hacia Roma» [Antología 14][XII] ilustran perfectamente esta posición estética y ética.

A su regreso a España, lee con éxito, en 1931, *Poeta en Nueva York* en la Residencia de Señoritas, de Madrid: fue una muy comentada conferencia-recital donde explica sus impresiones durante su estancia americana. Quizás con un regusto de *boutade*, formuló el poeta viajero una de sus frases más célebres: «Para conocer Andalucía hay que ir a Cuba».

[IX] Apreciemos la oposición Redención / Apocalipsis en el caos de la metrópoli: lo apocalíptico culminará con la invasión de la ciudad de Nueva York (el Infierno) ganado por la selva o el campo, que vale tanto como decir que la naturaleza salvará (liberará) a los oprimidos: «y un niño negro anuncie a los blancos del oro / la llegada del reino de la espiga».

[X] El tema de la frustración amorosa, en concreto el de la esterilidad, central en la tragedia de Yerma (1934), fue tratado en la «Oda a Walt Whitman» y lo será en los póstumos *Sonetos del amor oscuro*: viene a denunciar poéticamente Lorca que, si no hay fruto, el amor es una «piedra sin semilla» y, ya lo afirmó líricamente, el Rubén Darío de «Lo fatal», la piedra es la imposibilidad de sentimiento. En otras palabras, la esterilidad condena al amor a la inexistencia y, con suerte, a un exiguo goce erótico que, por una parte o por otra, se colma de ansiedades, amarguras, deseos insatisfechos y desesperaciones. El amor imposible o vedado es tratado desde su primer drama juvenil: en *El maleficio de la mariposa*, la mariquita Curiana ilumina al joven y enamorado Curianito: «Si de ella [la Mariposa] te enamoras, ¡ay de ti!, morirás». El amor y el instinto de amor (por encima de la razón de amor) viene a ser una defensa de la individualidad, de la libertad personal, condición primordial del ser humano; de ahí el sempiterno enfrentamiento hostil con una sociedad convencional.

[XI] Aprovechando su estancia en Estados Unidos, Fernando Ortiz invita al escrito a Cuba. Lorca, con su experiencia multicultural y su personalidad a cuestas, entusiasmaba a las gentes de buen oír: «Hay cosas –proclamaba– que no se pueden hablar, pero sí cantar [...]. El miedo que te hace correr hacia delante... Ese es el valiente. El valiente es tan miedoso como el cobarde, pero corre hacia delante».

[XII] Se puede escuchar el texto cantado por Angelo Branduarti.

• *Poeta en Nueva York* (1929-1930)

apuntes en pg 160

[12] «La aurora»[1] [2]

La aurora de Nueva York tiene
cuatro columnas de cieno[3]
y un huracán de negras palomas
que chapotean las aguas podridas.[4]

La aurora de Nueva York gime[5]
por las inmensas escaleras
buscando entre las aristas[6]
nardos de angustia dibujada.[7]

La aurora llega y nadie la recibe en su boca[8]
porque allí no hay mañana ni esperanza posible.[9]
A veces las monedas en enjambres furiosos
taladran y devoran abandonados niños.[10]

Los primeros que salen comprenden con sus huesos[11]
que no habrá paraíso ni amores deshojados:[12]
saben que van al cieno de números y leyes,[13]
a los juegos sin arte[14], a sudores sin fruto[15].

La luz es sepultada por cadenas y ruidos[16]
en impúdico reto de ciencia sin raíces.[17]
Por los barrios hay gentes que vacilan insomnes[18]
como recién salidas de un naufragio de sangre.[19]

---

[1] Este poema pertenece a la sección «Calles y sueños», dedicado a Rafael Rodríguez Rapún; va encabezado por un epígrafe de su amigo Vicente Aleixandre: «Un pájaro de papel en el pecho / dice que el tiempo de los besos no ha llegado» (del poema «Vida», que fue incluido con posterioridad en el libro *La destrucción o el amor*). Esta sección es la más descriptiva de la ciudad norteamericana. Junto a la descripción de la gran urbe mecanizada y de la deshumanización de la economía capitalista, emerge la situación anímica que señala al sentimiento del desamor que sumerge en la soledad y la desesperación a los hombres.

[2] El título es engañoso: los antecedentes literarios ante el vocablo *aurora* crean una expectativa de nuevo día, de luminosidad emergente, de júbilo y esperanza. Sin embargo, el sentimiento trágico que impera en *Poeta en Nueva York* es el que prevalece en estos veinte versos demoledores: estéticamente más hermosos –en su feísmo– que «Vuelta de paseo», poema con el que se abre el libro. «La aurora» evoca la ciudad como símbolo de soledad, no describe el amanecer como señal de bienaventuranza, sino como imposibilidad de realización de las esperanzas y anhelos del poeta, que se encuentra al final de la noche en la más amarga desesperación: «allí no hay

mañana ni esperanza posible» (v. 10), «no habrá paraíso ni amores deshojados» (v. 14). Estamos ante la desolación –solos en la multitud– de la ciudad neoyorquina. En un manuscrito de la Fundación García Lorca aparecen dos títulos tachados: «Obrero parado» y «Amanecer». La aurora, en esta composición, se nutre de dos sentidos: la esperanza para los marginados de esta sociedad («Obreros parados») y para el propio autor (el que comprende *que no habrá paraíso ni amores deshojados*, v. 14). En este poema se agrupa lo visual con lo pasional («paisaje del alma»).

[3] Presenciamos un amanecer apocalíptico: negativo. La aurora es un enorme dolmen, que está animado (animalizado), pero soportan su cuerpo *cuatro columnas de cieno*: la sensación que produce es de desagrado y de rareza (cuatro patas) y de asquerosa debilidad (*cieno*), donde reina la sinestesia: color gris o negruzco y olor desagradable. Toda la impresión horrorosa de un monstruo.

[4] Se completa la descripción monstruosa y deplorable del movimiento de la aurora: la aurora se mueve, irrumpe en la ciudad, pero sus extremidades son violentas y destructoras (huracán) y de una naturaleza que se presenta como negación de lo que tradicionalmente ha simbolizado (*palomas* –símbolo de la paz, la pureza y la libertad–, pero *negras*). Para intensificar la escena amenazante, en el v. 4 se nos hace imaginar los aspavientos de la aurora al entrar en la urbe y tropezar con lo que la va a caracterizar: aguas *podridas*. *Podridas* guarda relación el cieno del v. 1. Se nos advierte de una ciudad-sociedad sucia, putrefacta, degradada, impura, muerta. Esta percepción de desesperanza y declive se ha presentado en estos versos como una especie de catedral gótica en decrepitud.

[5] Personificación de la aurora: gime, es decir, se lamenta, implora. ¿Qué busca, qué le falta, qué pide?

[6] *Escaleras* y *aristas* son metonimias de grandes edificios: rascacielos. No dejemos caer en saco roto que las dos palabras con las que Lorca resumía la impresión que le había suscitado Nueva York, lo adelantamos en nota a «Vuelta de paseo», eran *geometría y angustia*. Helas aquí e nuevo.

[7] La aurora se arrastra buscando elementos de la naturaleza: los nardos son símbolos de sensualidad y belleza, pero no crecen en cemento y el alquitrán de la ciudad. En este v. 8 (*nardos de angustia*) parece —ambiguamente– poder completarse el hipérbaton que, de ser así, vendría del verso anterior: *las aristas... de angustia dibujada* (en definitiva, la arquitectura y su mano de obra). Esta imposibilidad de encontrar lo que se busca origina un profundo sentimiento de frustración: es la gran constante de la temática lorquiana (tanto en la poesía como en el teatro).

[8] A partir de ahora (v. 9) se da entrada en la escena –aunque por ausencia– a las gentes de Nueva York. Nadie sale a recibir o a saludar a la recién llegada: la aurora está sola, despreciada; la expresión nadie la recibe en la boca también evoca el gesto de la comunión eucarística: la aurora podría impregnar de buenas ondas a los seres vivos. ¿Por qué los neoyorquinos no salen a ver el nuevo día, a los vivificadores rayos de sol? La respuesta está en el verso siguiente; por lo pronto, nos inundan sentimientos de degradación universal del ser humano en el contexto de una «ciudad monstruo». Apréciese cómo ha variado la métrica de este poema sin rima: los ocho primeros versos son anisosilábicos –oscilan entre 8 y 11 sílabas–, mientras que el resto son versos compuestos (largos) de regulares alejandrinos; el ritmo se hace más grave y solemne: «El uso del alejandrino en este contexto –se ha afirmado– sería un mecanismo muy sutil del autor para sugerir que, en medio del caos y de la fealdad, el poeta tiene que conservar la calma y ser capaz de mantener un orden, una norma».

[9] En la gran metrópoli, en la ciudad del desarrollismo capitalista más exagerado, no hay ilusión por vivir: no hay esperanza, no hay *mañana* (es decir, esto es la falta del mañana). Se trata de una sociedad amputada: sin capacidad de imaginar o disfrutar el presente y el futuro. La poesía de esta etapa incorpora un acento social, más nítido que en *Romancero gitano*;

diríamos que el yo del poema se convierte en un nosotros aunque sin la beligerancia del nosotros épico y bélico de otros poetas como Miguel Hernández o Rafael Alberti.

[10] La sociedad se define por la jauría que fomenta el capitalismo (*monedas*): monedas que también animalizadas (*en enjambres furiosos*, como la usura o el furor mercantilista) atacan –cual multitud de abejas o avispas– a los niños, que sienten el desapego que caracteriza a una civilización deshumanizadora y explotadora. Los niños son taladrados (como con máquinas) o devorados: la violencia destructora es continua, la desgracia del desvalimiento infantil sobrecoge al lector. En el poema «El rey de Harlem» insiste en esta imagen, niñas preñadas de dinero y niños: Las muchachas americanas / llevaban niños y monedas en el vientre: lo material –el dinero– se apodera de los cuerpos para ir deshumanizando al individuo.

[11] *Con sus huesos*: Con lo más hondo de su ser.

[12] *Paraíso*: Un mundo mejor. *Amores deshojados*: Posibilidad de amar, como cuando se deshoja la margarita ante la incógnita del enamorado del sí o del no de la persona amada.

[13] *Cieno* (lo podrido) *de números y de leyes*: es decir, de contabilidad (por negocios) y de normas injustas.

[14] Salen de casa y van a un trabajo inicuo, a un trabajo sin creatividad ni gracia (*sin arte*): sin espiritualidad.

[15] Sudores sin fruto: Metonimias. Se refiere a trabajos que son sacrificados e implican mucho esfuerzo, pero que del que no se obtiene el pago justo o la satisfacción.

[16] *Luz*: La luz de la aurora. Metonimia de la naturaleza, igualmente personificada: la aurora/ naturaleza ha sido vencida por la técnica (sepultada por cadenas y ruidos), que también evoca la opresión y el esclavismo (*cadenas*) y la falta de apacible tranquilidad (*ruidos*).

[17] *Ciencia sin raíces*: La ciencia que no está arraigada en la razón (la luz), esto es, en los hombres y en la naturaleza (*raíces*).

[18] El pulular de las gentes –como insectos– es síntoma de una vida de horror e incertidumbre: *insomnes* (sin poder dormir) *vacilan* (dudan, deambulan sin rumbo ni meta).

[19] El último verso es demoledor: no deja nada a la esperanza. Estamos ante un naufragio en el que los supervivientes están empapados de sangre: son supervivientes horrorizados. El tremendismo es absoluto. El medio natural de la metáfora mar –el agua, que en el inicio estaba ya podrida, v. 4– ha sufrido una mutación asfixiante; se ha transformado, por gracia del arte de la palabra lorquiana, en sangre: sangre que da y quita la vida. En conclusión: Lorca denuncia la deshumanización del progreso cuando la técnica somete y anula a la naturaleza; sus obsesiones temáticas se han esparcido a lo largo del poema: deseo de vivir en armonía con la naturaleza, nostalgia del paraíso... La falta de aurora es similar a la falta de sueño(s).

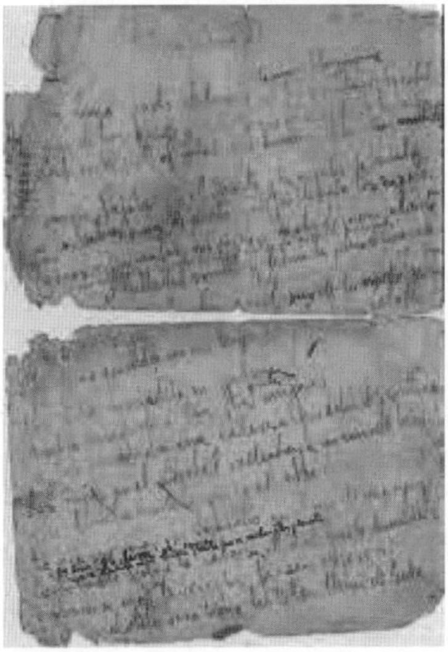

Manuscrito muy deteriorado del borrador de Poeta en Nueva York *(BNE)*.

Lorca con Pura Ucelay y Valle Inclán

[13] «Nueva York (*Oficina y denuncia*)»[1]

Debajo de las multiplicaciones[2]
hay una gota de sangre de pato.[3]
Debajo de las divisiones
hay una gota de sangre de marinero.
Debajo de las sumas, un río de sangre tierna,[4]
un río que viene cantando
por los dormitorios de los arrabales,
y es plata, cemento o brisa
en el alba mentida de New York.[5]
Existen las montañas. Lo sé.
Y los anteojos para la sabiduría.[6]
Lo sé. Pero yo no he venido a ver el cielo:[7]
he venido para ver la turbia sangre,[8]
la sangre que lleva las máquinas a las cataratas,
y el espíritu, a la lengua de la cobra.[9]
Todos los días se matan en New York
cuatro millones de patos,[10]
cinco millones de cerdos,
dos mil palomas para el gusto de los agonizantes,
un millón de vacas,[11]
un millón de corderos
y dos millones de gallos
que dejan los cielos hechos añicos.[12]

Más vale sollozar afilando la navaja[13]
o asesinar a los perros en las alucinantes cacerías
que resistir en la madrugada
los interminables trenes[14] de leche,
los interminables trenes de sangre
y los trenes de rosas maniatadas[15]
por los comerciantes de perfumes.
Los patos y las palomas
y los cerdos y los corderos[16]
ponen sus gotas de sangre
debajo de las multiplicaciones,
y los terribles alaridos de las vacas estrujadas
llenan de dolor el valle
donde el Hudson[17] se emborracha con aceite.[18]

Se pone del lado de la sociedad pobre. Critica los sacrificios que exige "la gran" Nueva York

Yo denuncio a toda la gente
que ignora la otra mitad,[19]
la mitad irredimible
que levanta sus montes de cemento
donde laten los corazones
de los animalitos que se olvidan
y donde caeremos todos
en la última fiesta de los taladros.
Os escupo en la cara.
La otra mitad me escucha
devorando, cantando[20], volando en su pureza
como los niños en las porterías
que llevan frágiles palitos
a los huecos donde se oxidan
las antenas de los insectos.
No es el infierno: es la calle.[21]
No es la muerte: es la tienda de frutas.
Hay un mundo de ríos quebrados
y distancias inasibles
en la patita de ese gato
quebrada por el automóvil,[22]
y yo oigo el canto de la lombriz
en el corazón de muchas niñas.
Óxido, fermento, tierra estremecida. [23]
Tierra tú mismo que nadas por los números de la oficina.[24]
¿Qué voy a hacer? ¿Ordenar los paisajes?
¿Ordenar los amores que luego son fotografías,
que luego son pedazos de madera
y bocanadas de sangre?[25]
No, no, no, no; yo denuncio.[26]
Yo denuncio la conjura[27]
de estas desiertas[28] oficinas
que no radian las agonías,
que borran los programas de la selva,
y me ofrezco a ser comido por las vacas estrujadas[29]
cuando sus gritos llenan el valle
donde el Hudson se emborracha con aceite.

[1] Este poema pertenece a la sección «Vuelta a la ciudad». Como indica el subtítulo, se trata de una denuncia: denuncia la insolidaridad y la injusticia del sistema capitalista, representado por Wall Street y Estados Unidos. El materialismo salvaje y su esclavitud alienante son presentados como expresión máxima de la deshumanización y del egoísmo, de la falta de ética y de la desnaturalización de la vida. El poeta se identifica con el sufrimiento de los desvalidos porque él mismo lo ha padecido, y lo padece. El autógrafo original de esta composición se depositó en la Biblioteca del Congreso de los EE. UU., en Washington; fue descubierto por el filólogo Christopher Maurer en enero de 2011. He aquí una visión apocalíptica del espacio megaurbano. Iremos comprobando cómo Lorca compagina siempre dos planos: el social y el íntimo. Y también se opondrán los tópicos literarios de alabanza de aldea (Naturaleza, campo) y menosprecio o crítica de corte (ciudad, capital, Iglesia).

[2] Las anáforas de los vv. 1, 3 y 5 unifican el inicio del poema e imprimen desde el principio un tono discursivo de increpación o denuncia. La mención de *multiplicaciones* (v. 1), *divisiones* (v. 3) y *sumas* (v. 5) es una alusión al mundo bancario, al capitalismo de las cuentas y los números: es el mundo de la contabilidad. Estamos ante una composición eminentemente descriptiva: son recursos ralentizadores del ritmo los paralelismos, las trimembraciones, los contrastes antitéticos –con bastante maniqueísmo: muerte-vida, oficina-calle, esfera humana-esfera natural, degradación-inocencia, falsedad-verdad, rico-pobre– (Julio Calviño Iglesias, «*Poeta en Nueva York* como mentira metonímica», *Cuadernos Hispanoamericanos, Homenaje a García Lorca*, n.º 435-436, 1986, p. 536-537).

[3] En las operaciones aritméticas de los bancos corre *sangre* (vv. 2, 4 y 5). En la sociedad de Nueva York Lorca ve, o siente, una tremenda deshumanización y una injusticia social, más allá de la realidad objetiva o palpable. El poeta recrea esa atrocidad en imágenes escamadas de humanismo, esto es, de amor humano y natural, del amor de su libertad; ya en «Poema doble del lago Edén», en este mismo poemario, lo proclamaba: *Pero no quiero mundo ni sueño, voz divina, / quiero mi libertad, mi amor humano / en el rincón más oscuro de la brisa que nadie quiera. / ¡Mi amor humano!* Desde este punto de vista del amor humano, Lorca ve la deshumanización en la sociedad y, por ello, en todo subyace la sangre aplastada por el predominio de lo inorgánico en la sociedad industrial y financiera. Sorpresivamente es *sangre de pato* (v. 2) y, de inmediato, también *sangre de marinero* (v. 4): *una gota* es cuantificación sarcástica, magnificación matemática de lo fúnebre en un mundo en el que lo numérico y cuantioso es lo que impera.

[4] El símbolo de la sangre aquí está ligado al sacrificio y la represión inhumana: es la sangre derramada por la violencia capitalista norteamericana; según el poeta, una economía que no respeta la vida (*pato*, *marinero*, vv. 2, 4) ni la naturaleza (desarrollismo urbano del *cemento*, v. 8). En definitiva, en Nueva York, capital financiera del mundo, se unen las fuerzas destructoras de la vida: la muerte, la soledad, la insolidaridad, la explotación, los números y las leyes que esclavizan al hombre y destrozan la naturaleza.

[5] Alude el poeta a Wall Street, la zona bursátil por excelencia del mundo occidental ya en 1929: allí se presta dinero para armamento o para sufragar gastos de países subdesarrollados. Se intuye en estos versos la imagen subyacente de un nadador barrido por las masas de trabajadores que viven en el extrarradio –en ciudades-dormitorio *de los arrabales*, v. 7– y que, en tropel, anegan el centro urbano para cumplir con sus empleos: el individuo que queda a contracorriente –el poeta-autor– se ahoga «en el ritmo frenético de la ciudad» («Pero ya no me sorprende [el ritmo frenético de Nueva York], conozco el mecanismo de sus calles, hablo con la gente, penetro un poco más en la vida social y la denuncio», confesaba Lorca en su conferencia-recital sobre este libro). El río no se define como corriente de agua, sino como avalancha (v. 8) de *plata* (dinero, de color blanco) o *cemento* (para las grandes construcciones urbanísticas, de color gris) cuando los obreros llenan el corazón de una macrociudad poco sincera y natural (*alba mentida*, v. 9).

[6] Ante la evidencia de la naturaleza exigua (*existen las montañas*, v. 10), prosigue el sujeto lírico en 1.ª pers. sing. (*Lo sé*, vv. 10 y12). Se mantiene la perspectiva sarcástica al mentar *los anteojos* (v. 11) *para la sabiduría* (tan contraria al expansionismo económico «antinatura»).

[7] La conjunción adversativa (pero) marca la contrariedad: el autor confiesa que no busca la trascendencia metafórica en esta composición (ni siquiera encuentra la belleza supuesta del *skyline*). Más abajo, en el v. 53, será más explícito: *No es el infierno*. Incumbe más al poeta tal vez lo que rodea al ser sufriente en su insignificancia: *He venido para ver la turbia sangre* (v. 13), *Es la calle* (v. 53). Incluso, en el manuscrito de Washington, la casi nimia muerte de un conejo se hiperboliza en las reacciones desmesuradas de un san Ignacio de quien «todavía sus labios gimen / por las torres de las iglesias»; prima, en estos versos descartados, un franciscanismo ingenuo frente a la paranoia inhumana de la megalópolis. El criterio de García Lorca como poeta, se ha afirmado, «no sólo es apolítico, sino que ignora por completo cualquier organización existente. Su poesía penetra por otros caminos, deteniéndose sobre el tema profundo de los valores eternos del hombre: la lucha interior entre la razón y el instinto, entre lo organizado y lo libre. La postura de F. G. Lorca es típicamente poética, no cívica, porque trata de defender lo que la civilización destruye: la base y la esencia de la poesía que es lo natural, intuitivo y sentimental» (Jaroslaw M. Flys, *El lenguaje poético de F. G. Lorca*, Madrid, Gredos, 1953, p. 53).

[8] La sangre es metonimia de la vida, fuerza de vida; pero, en este contexto, se tiñe y pierde su brillo y su poder: es *turbia sangre* porque mantiene una vida vejada o negligente ante las injusticias.

[9] Lorca describe la vida trágica de los neoyorquinos, no sólo de las personas de raza negra, para provocar un fuerte contraste psicológico; las imágenes son tan expresivas como personales: lo inorgánico de lo industrial (*las máquinas*, v. 14) deviene en *cataratas* de sangre; lo espiritual se transforma en veneno (*lengua de la cobra*, v. 15).

[10] Se retoma la palabra *pato* (vv. 2 y 17). La gente oprimida, víctima de la injusticia social, toma la figura poética de millones de animales (en un bestiario de muerte dominante: *patos, cerdos, vacas, palomas, corderos, gallos*, vv. 17-22). El poeta muestra un estado de rechazo ante una realidad tan sórdida (más allá de lo que supone objetiva o denotativamente, es decir, en el poema goza de más crédito la subjetividad –la emoción del autor– que lo meramente perceptible).

[11] La vaca es destacada por la expresión de su dolor intenso, como explicitará más abajo: *los terribles alaridos de las vacas estrujadas* (v. 35), y al final (v. 69). Se trata de una especie de identificación: animales y personas, todos sacrificados: alimento de los otros, elemento nutricios de la sociedad desalmada. El bestiario de animales sacrificados, y muertos (vv. 17-22), dota de carácter pantagruélico y caníbal a la devoradora e insaciable urbe.

[12] Nueva York se ha presentado como una ciudad lúgubre y, en cierto modo, asesina: se ha destruido el cielo y se mata para mantener a muertos vivientes, para que devorando sigan alienados. Se han hecho realidad cuantificada (*millones*) las menciones aritméticas de los primeros versos: la reiteración dota de un carácter obsesivo y lacerante a tan triste modo de vida (y muerte), el *american way of life*, en el que la masa prevalece sobre los intereses o inquietudes del individuo.

[13] A partir de este fragmento (*Más vale... que...*, vv. 24, 26-29), se instaura la bipolaridad tensional «muerte individual» *vs.* «muerte universal». Y persiste la perspectiva ácida y sarcástica.

[14] Con la expresión *trenes*, Lorca expresa una vida monótona y automatizada en Nueva York: vehículos de transporte de materias vitales y perentorias (*leche, sangre, rosas*, vv. 27-29).

[15] La naturaleza (las hermosas rosas silvestres, libres) es maniatada por los intereses de los comerciantes, esto es, de la sociedad de economía capitalista (vv. 29-30).

[16] El poema se caracteriza por las reiteraciones léxicas y por elementos diseminativo-recolectivos: se citaron patos, cerdos, vacas... y ahora se recolectan poéticamente.

La sensación de mecánica repetición es tan enloquecedora como elocuentemente significativa del trabajo mecánico (sin alma y sin creatividad, sino solo con destrucción) de la vida moderna del progreso urbano.

[17] El río Hudson forma, en su desembocadura, la bahía de Nueva York y, junto con el East River, determina la isla de Manhattan, el núcleo financiero y comercial de la gran urbe.

[18] Este verso (v. 37) cierra este bloque estrófico y también cerrará el poema (v. 71). Se denuncia, al fin y al cabo, el antagonismo entre naturaleza y ciudad. El río natural, ya no el de sangres derramadas, pierde también su identidad al contaminarse con el aceite de industrias y desperdicios, y también el aceite de los afeites femeninos que adulteran la belleza y el paso del tiempo.

[19] En su conferencia-recital sobre Poeta en Nueva York escribe Lorca refiriéndose al ritmo frenético de la gran ciudad: «...ya no me sorprende, conozco el mecanismo de las calles, hablo con la gente, penetro un poco más en la vida social y la denuncio». El yo denuncio (v. 39) es una apelación admonitoria al olvido del (tácito o bien-pensado) pacto natural: resulta poéticamente efectivo el contraste entre *animalitos* (v. 43), u operarios que solo trabajan, y los *montes de cemento* (v. 41), operaciones solo para ganar dinero con la construcción de edificios: una mitad está vitalizada –Naturaleza, *que me escucha, pureza* (vv. 47-48) y otra mitad está cosificada –la Nueva York *que ignora*, impureza (vv. 38-46). Además, los operarios y los desvalidos se presentan como *animalitos*, desposeídos ya de humanidad y con un diminutivo poco meliorativo.

[20] En otras versiones donde damos *cantando* se ofrece *orinando*.

[21] La calle infernal de Nueva York.

[22] Nueva sucesión de imágenes visionarias de efecto emocional: ciudad y sociedad de efectos catastróficos, dolientes, próximos a la enfermedad, a la putrefacción, a la desubicación (la *lombriz* del v. 57) y a la muerte. El uso de frecuentes diminutivos contrasta con la fea y terrible realidad tan poco afectiva: *palitos* (v. 50), *patita* (v. 56). La retahíla de mecanismos modernos (*máquinas, trenes, automóvil*) traen a colación los avances futuristas de un progreso que no parece humanizado ni dimensionado ni proporcionado.

[23] *Tierra estremecida*: La tierra se queja. Todo lo llena el óxido del metal de los edificios. La *lombriz* (v. 57) se ha alojado en el corazón de las niñas –efecto repugnante para la imaginación del lector–: las lombrices han perdido su lugar para escarbar y vivir; además, al remover la tierra, se oxigenaría la tierra y brotarían nuevas plantas.

[24] Lamento, o improperio, más bien, a quienes no abandonan su oficina y se alejan de ser tierra fructífera.

[25] En el manuscrito de Washington se añaden estos versos, que luego no pasarían a la versión tomada como definitiva: «San Ignacio de Loyola / asesinó un pequeño conejo / y todavía sus labios gimen / por las torres de las iglesias».

[26] El poeta-autor hace poesía, entendida ésta como revelación: aspira a cambiar la situación, denuncia para ahormar la sociedad. Es poesía de compromiso, poesía ética, que huye de lo hético o apestoso. La respuesta a las interrogaciones con que el propio autor se inquiere se desprende de la doble dinámica lorquina de Poeta en Nueva York: por una lado, Lorca elabora una realidad poética a partir de sus peculiares y personales imágenes –función de poeta–, por otro, tomar y hace tomar conciencia de la misión del creador, del artista y del intelectual –función de profeta.

[27] En los versos postreros (vv. 65-71) confluyen las dos dinámicas mencionadas: el poeta-autor se une, se identifica con la otra mitad, la que le escucha, con las víctimas, con los explotados. Todo es una *conjura* (v. 65) de la mitad que no escucha, la que explota

[28] Las oficinas están *desiertas* de humanidad y de solidaridad: repletas, paradójicamente, de autómatas insensibles, de burócratas que no responden a las *agonías* (v. 67) y sufrimientos de los otros y que destruyen la naturaleza (*borran... la selva*, v. 68).

[29] Inmolación poética y crítica del propio autor que viene a procurar el efecto del pan ácimo de un ágape que transustanciará el equilibrio primordial entre el hombre y la naturaleza (Julio Calviño Iglesias, 1986: 536).

[14] «Grito hacia Roma»[1]

Desde la torre del Chrysler Building[2]

Manzanas[3] levemente heridas
por finos espadines de plata,[4]
nubes rasgadas por una mano de coral[5]
que lleva en el dorso una almendra de fuego,[6]
peces de arsénico[7] como tiburones,
tiburones[8] como gotas de llanto para cegar una multitud[9],
rosas que hieren[10]
y agujas instaladas en los caños de la sangre,[11]
mundos enemigos[12] y amores cubiertos de gusanos,[13]
caerán sobre ti. Caerán sobre la gran cúpula[14]
que unta de aceite las lenguas militares[15]
donde un hombre se orina en una deslumbrante paloma [16]
y escupe carbón machacado
rodeado de miles de campanillas.[17]

Porque ya no hay quien reparte el pan ni el vino,[18]
ni quien cultive hierbas en la boca del muerto,[19]
ni quien abra los linos del reposo,[20]
ni quien llore por las heridas de los elefantes.[21]
No hay más que un millón de herreros
forjando cadenas[22] para los niños que han de venir.
No hay más que un millón de carpinteros
que hacen ataúdes sin cruz.[23]
No hay más que un gentío de lamentos
que se abren las ropas en espera de la bala.[24]
El hombre que desprecia la paloma debía hablar,[25]
debía gritar desnudo entre las columnas,[26]
y ponerse una inyección para adquirir la lepra[27]
y llorar un llanto[28] tan terrible
que disolviera sus anillos y sus teléfonos de diamante.[29]
Pero el hombre vestido de blanco[30]
ignora el misterio de la espiga,[31]
ignora el gemido de la parturienta,[32]
ignora que Cristo puede dar agua todavía,[33]
ignora que la moneda quema el beso de prodigio[34]
y da la sangre del cordero al pico idiota del faisán.[35]

Los maestros enseñan a los niños
una luz maravillosa que viene del monte;[36]
pero lo que llega es una reunión de cloacas[37]
donde gritan las oscuras ninfas del cólera.[38]
Los maestros señalan con devoción las enormes cúpulas sahumadas,[39]
pero debajo de las estatuas no hay amor,[40]
no hay amor bajo los ojos de cristal definitivo.[41]
El amor está en las carnes desgarradas por la sed,[42]
en la choza diminuta[43] que lucha con la inundación;
el amor está en los fosos[44] donde luchan las sierpes del hambre,
en el triste mar que mece los cadáveres de las gaviotas[45]
y en el oscurísimo beso punzante debajo de las almohadas.[46]

Pero el viejo de las manos traslúcidas[47]
dirá: *Amor, amor, amor,*
aclamado por millones de moribundos; [48]
dirá: *Amor, amor, amor,*
entre el tisú estremecido de ternura;
dirá: *Paz, paz, paz,*
entre el tirite de cuchillos y melenas de dinamita;[49]
dirá: *Amor, amor, amor,*
hasta que se le pongan de plata los labios.[50]

Mientras tanto, mientras tanto, ¡ay!, mientras tanto, [51]
los negros que sacan las escupideras,[52]
los muchachos que tiemblan bajo el terror pálido de los directores,[53]
las mujeres ahogadas en aceites[54] minerales,
la muchedumbre dc martillo, de violín o de nube,[55]
ha de gritar aunque le estrellen los sesos en el muro,[56]
ha de gritar frente a las cúpulas,
ha de gritar loca de fuego,
ha de gritar loca de nieve,[57]
ha de gritar con la cabeza llena de excremento,
ha de gritar como todas las noches juntas,[58]
ha de gritar con voz tan desgarrada
hasta que las ciudades tiemblen como niñas
y rompan las prisiones del aceite y la música,[59]
porque queremos el pan nuestro de cada día,[60]
flor de aliso[61] y perenne ternura desgranada[62],
porque queremos que se cumpla la voluntad de la Tierra
que da sus frutos para todos.[63]

[1] Pertenece a la sección «Dos odas». En estas dos composiciones de elevado tono e intención ensalzadora, el poeta alude directamente al tema del amor: de forma colectiva, como amor al prójimo, en «Grito hacia Roma»; de forma individual, como amor de amante, en «Oda a Walt Whitman». En ambos casos se combina la intención elogiosa de lo natural y honrado con el desdén de lo contrario (lo artificioso y falaz); se cuestiona la hipocresía de los fariseos y el fingimiento o bigardía de los guardianes de la moral. El contexto que origina la oda «Grito hacia Roma» es éste: el 11 de febrero de 1930 se conmemoraba el primer aniversario del Concordato o Tratado de Letrán entre el Papa Pío XI y el *duce* Benito Mussolini, presidente del Consejo de ministros reales de Italia. La prensa neoyorquina lo airea. Lorca, que se encuentra en EE. UU., lo lee y denuncia la connivencia –de hecho, colusión– Iglesia-Estado: la ignominiosa alianza del Vaticano con la dictadura fascista italiana.

[2] El edificio de la marca de automóviles Chrysler es, en 1929, el más alto de la metrópolis (318,9 m). Lorca lo utiliza para proferir su grito contra el papado traidor a Jesucristo y su iglesia primitiva como si de un majestuoso micrófono se tratara. El poema consiste en un conjunto de denuncias mediante la inversión de imágenes blasfemas en elementos con connotaciones positivas, desde la perspectiva católica, apostólica y romana. Esa oda tuvo dos títulos previos: «Roma» y «Oda a injusticia». La métrica es la de la vanguardia española afín al movimiento surrealista: el versolibrismo, alejado de las estrofas clásicas. Podemos distinguir en esta composición tres partes: a) vv. 1-14 (un bloque estrófico): Maldición contra la Iglesia católica (el Vaticano) por ser amparadora del capitalismo (y del fascismo italiano); b) vv. 15-47 (dos bloques estróficos): Denuncia a la Iglesia que no cumple su misión: denuncia de las injusticias del capitalismo y de la explotación; c) vv. 48-74 (dos bloques estróficos): Necesidad de rebelión de los explotados, contra el orden establecido, para liberarse.

[3] Parte primera. A raíz de la lectura del verso 10 sabemos que el inicio (vv. 1-9) es una enumeración de catástrofes de proporciones bíblicas: cataclismos destructores de edificios (*manzanas*, v. 1), tormentas (*espadines de plata*, v. 1, *nubes rasgadas*, v. 3), incendios nunca vistos (*almendra de fuego*, v. 4), animales voraces (*peces de arsénico*, v. 5), plantas agresivas (*rosas que hieren*, v. 7)... Así y todo, también es aceptable una interpretación más próxima a símbolos y conceptos religiosos. *Manzanas*: La manzana es un símbolo bíblico de tentación y pecado: en el *Génesis*, el diablo, en forma de serpiente (sierpe o áspid), hace probar el fruto del árbol prohibido –el árbol del conocimiento del bien y del mal– a Eva, y ésta, a Adán. En este mismo poemario, leemos: *Perros equivocados y manzanas mordidas. / Mira el ansia, la angustia de un triste mundo fósil / que no encuentra el acento de su primer sollozo* («Nocturno del hueco»).

[4] El poema se abre con una enumeración caótica de una realidad que es, más que vista, percibida emocionalmente como sorprendente y repudiable. No sabemos contra quién se impreca. Si las manzanas representan actos o acciones pecaminosas, se nos presentan no como cercenadas o depuradas, sino como toleradas (solo *heridas*, v. 1): tratadas con muchas precauciones (usando *finos espadines de plata*, v. 2). Destaca el uso de espadines –en lugar de un utensilio más rural o común–, como los empleados por ángeles y arcángeles en la iconografía ortodoxa; además, son espadines de lujo, de alta alcurnia (*de plata*). Metonímicamente, esas *manzanas* pueden entenderse como personas en pecado, zaheridas por las imposiciones eclesiásticas, sin haber sido absueltas de sus pecados o de sus miserias.

[5] *Nubes rasgadas*: Aspiraciones de bondad, o buenos deseos celestiales o espirituales, que son rotas, imposibilitados (*rasgadas*), por una autoridad de tronío: la que lleva en su mano anillo de valor y color. En uno de los borradores manuscritos, Lorca recurre a «mano de oro» (no *mano de coral*), quizás a que quería utilizar un símbolo más nítido: el símbolo de la riqueza y del poder, y, por consecuencia funesta, de la destrucción.

[6] *Almendra de fuego*: Asociación de ideas, que enlaza el brillo fulgente de una joya de rubí (anillo pastoral, coral, del verso anterior) y la fuerza exterminadora de una llamarada o plaga.

[7] *De arsénico*: Venenosos; peces insidiosos. El símbolo del pez nos retrotrae al símbolo de la iglesia primitiva, la iglesia de Cristo. Pez en griego era *ijcís*: ἸΧΘΥΣ, del que se ideó el anagrama protocristiano de Jesús Cristo, [de] Dios Hijo, Salvador.

[8] La anadiplosis de *tiburones* (repetición a final de verso y principio del siguiente, vv. 5-6), presenta un uso doble del término: primero, como elemento comparativo (potentes como tiburones); después, como elemento figurativo (o real en la fantasía poética). Las figuras que utiliza Lorca son imágenes visionarias: son expresivas porque se explican en función de la emoción que despierta en el autor, no en analogías que el lector puede desentramar con facilidad. Estos versos iniciales parecen conforman una retahíla de premociones o maldiciones que se auguran como castigos al modo bíblico. Hasta el v. 10 no tendremos constancia más precisa de qué se trata.

[9] *Para cegar una multitud*: Para destruir o dañar al hombre.

[10] Seguimos recogiendo sentimientos de crueldad (*hieren*) donde esperaríamos belleza, naturaleza y amor (*rosas*). Resaltan las espinas más que su fragancia, porque existe la doblez.

[11] El posiblemente interpelado se comporta de manera agresiva o punzante (hiriente: *agujas*) en lo profundo del ser humano (*caños de la sangre*, surtidores o venas).

[12] Vidas de discordia y sectarismo humillante y en liza: es decir, conflictos generados por iniquidad.

[13] Maldición: envilecimiento del amor humano. Expresión antitética: *amores-gusanos*. Se refiere a un amor en putrefacción, cadavérico, muerto.

[14] Con la reiteración parcial en el verso 10, podemos adivinar de qué se trata en este arranque de oda, que no ha tomado la apariencia de algo apologético o ensalzador, sino de todo lo contrario. La *gran cúpula* es metonimia del Vaticano (la cúpula de la iglesia de san Pedro, en Roma). El sentido es éste: "Iglesia católica, Papa Pío XI, *caerán sobre ti... manzanas...* [pecados y tentaciones], *nubes rasgadas...*, venenos [*peces de arsénico*]... dolores y lamentos [*tiburones*],... *agujas... gusanos*". Profecía de tintes apocalípticos –son como las diez plagas bíblicas de Egipto (*Éxodo*, 7-11)–, porque la Iglesia no cumple en esos momentos con su misión espiritual y solidaria; justo castigo, por ende, debido a los desmanes de la Iglesia y su traición al mensaje evangélico de proteger a su pueblo, esto es, a la Humanidad.

[15] Mención de los militares: referencia al acuerdo Iglesia-Estado, Iglesia-mandos militares. Es relevante la oposición *unta*, en lugar del posible *unge*, voz religiosa; el sujeto gramatical de este verbo es *la gran cúpula*, se refiera al Vaticano o al poder económico-político. El juego poético estriba en esta oposición: lo eclesiástico *unta* a los militares, cuando el tecnicismo adecuado hubiera sido la Iglesia «unge»; pero, al poeta, le parece que unta y no unge. Lorca ya ha insinuado que la cúspide de la Iglesia no está a nivel: está manchada (untada de aceite) de tal modo que, después, los militares (bendecidos y amparados por la Iglesia) también untan, y su lengua esputará carbón (v. 13). En el manuscrito de Washington leemos una tachadura en la que Lorca había probado con que la Iglesia está «rellena de mortíferos instrumentos militares», como si fuera un brazo armado más de la relación ejército-poder-Iglesia, reverdeciendo la «leyenda negra» española (la Inquisición, las órdenes religiosas y las cruzadas).

[16] Las descalificaciones se acumulan contra los militares del momento fascista italiano y, quizás, contra el Papa (¡*un hombre se orina*...!). La paloma es el símbolo de la paz, de la pureza, y, en el catolicismo, del Espíritu Santo, una de las tres representaciones de la Trinidad (Padre. Hijo y Espíritu Santo). La obscenidad es *deslumbrante*, en efecto: se ha mancillado el nombre del rayo divino.

[17] El hombre imprecado expulsa, como castigo propio de otra plaga, la negrura del fascismo (*carbón negro*, v. 13). *Rodeado de miles de campanillas*: Se trata del gran

boato, de las numerosas torres y campanas de las iglesias, que vale tanto como decir la propaganda que Iglesia y dictadura político-militar comparten, con indignidad para los fieles religiosos (y los ciudadanos) que se ven sometidos a la tiranía del fascismo y al abandono de la Iglesia de Roma. De ahí el grito expelido hacia Roma [contra Roma], como reza el título de la oda.

18 Parte segunda. A partir de este verso (v. 15) se acumulan las causas que motivan ahora (*ya*) la maldición del poeta. El pan y el vino: No hay, en la Iglesia, quien administre el sacramento de la Eucaristía (fehacientemente).

19 No hay ya quienes consuelen a los muertos con cuidados que preparan para el viaje a lo ultraterreno, al más allá: nadie concede vida más allá de la muerte; nadie va a rezar por su vida eterna y su salvación.

20 Enumeración ritual expresada por anáforas (*ni quien*). Alusión probable a los menesteres de la preparación del descanso (*reposo*) eterno y su sábana (*lino*); así se recogerá en la casida 6 («Casida de la mano imposible»): *la sábana blanca de mi agonía* (v. 10). Parece que se denuncia que se ha abandonado la idea de la salvación y del premio del Cielo. *Abrir el lino del reposo*: Salir el espíritu del cuerpo cuando éste ha muerto y ha sido amortajado.

21 Tampoco hay, al parecer, en la Iglesia compasión por las víctimas inocentes del expansionismo colonialista –expresado con la metonimia de *las heridas de los elefantes*–, todavía vigente o lacerante en esos años. Repite el vocablo *heridas* (vv. 1 y 17).

22 Continúa otra enumeración unida por una nueva anáfora (*No hay más que*, vv. 19, 21, 23). Se trata de una queja sobre personas alienadas e inconscientes. *Forjando cadenas*: En el horizonte oteado se hacen cadenas para mermar, encadenar, la libertad de los que nacen (*los niños que han de venir*, v. 20): es una forma de hipotecar el futuro; las cadenas de os niños las hacen sus propios padres. La mención de los niños nos conduce al mundo de la inocencia, la ausencia de pecado, de corrupción; sin embargo, antes de nacer, serán condenados a la esclavitud del capitalismo feroz y de una Iglesia en connivencia con el poder material.

23 *Ataúdes sin cruz*: Es la amenaza de la hecatombe bélica sin alivio de la religión (sin la cruz cristiana). Unos y otros (herreros, carpinteros) perpetúan el sistema: cadenas, ausencia de cruces.

24 Culmina la gradación de las profesiones (*herreros*, v. 19, *carpinteros*, v. 21) con *un gentío de lamentos* (v. 23, el de los soldados o, tal vez, las víctimas civiles) expuestos a la muerte, resignados, sin hacer nada por cambiar la situación. Se repite el verbo *abrir* en términos similares: *abra los linos del reposo* (v. 17), *se abren las ropas* (v. 24).

25 *El hombre que desprecia la paloma* es el Papa: es el mandatario que ahora está vejando la *paloma* en su sentido simbólico de paz y en el religioso de Espíritu Santo. El poeta-autor reclama al Papa que se digne con la palabra sensata y comprometida con el desvalido (*debía hablar*): es su deber.

26 Alusión a la escena bíblica de Jesucristo en el templo, furioso, expulsando a los mercaderes de Jerusalén que negocian en espacios de la iglesia (*entre las columnas*) durante la Pascua judía. *Desnudo*: despojado de suntuosa y rica vestimenta, inocente, natural, sin oropeles ni boato; libre, además, de ataduras: siempre limpio y sincero. La diferencia entre los sucesos bíblicos de Jerusalén y los actuales de Roma son evidentes. La habilidad de Lorca para hilvanar imágenes y trazar paralelismos es especialmente fértil en este poema.

27 El Papa debe seguir el ejemplo de Cristo: solidarizarse con los más vulnerables y desgraciados, con los enfermos. El poeta está pidiendo al Papa que haga como Cristo: que baje a la tierra, que se mezcle con su pueblo y que padezca como él.

28 *Llorar un llanto*: Expresivo pleonasmo.

29 El llanto sería sincero, el de las lágrimas corrosivas de las maldades y los desmanes de la riqueza (*anillos y teléfonos de diamante*). El Papa debiera arrepentirse de su opulencia, de su apetito u ostentación de poder (*anillos*) y de su aparatoso lujo (*sus anillos y sus teléfonos de diamantes*). También se podría asociar al Papa con los enriquecidos neoyorquinos; Lorca comentó en su conferencia sobre Nueva York: «[Allí] llega el oro en ríos por todas partes de la

tierra y la muerte llega con él [...] sentía un ansia divina de bombardear todo aquel desfiladero de sombra por donde las ambulancias se llevaban a los suicidas con las manos llenas de anillos».

[30] Nuevo nexo, ahora adversativo (*pero*), para dar inicio a otra serie de anáforas que reprochan su improcedente ignorancia (*ignora*, vv. 31-34). *El hombre vestido de blanco*: El Papa; el blanco es el color de la pureza. El Papa, entonces, con la firma del Tratado de Letrán con Mussolini (y otras actitudes), no hace lo correcto: mira hacia otro lado, no mira (*ignora*) las penurias del común del pueblo. *Ignorar*: No tener conocimiento de lo que se debe saber, No atender lo que es de inexcusable cuidado, No prestar atención a lo importante. La ignorancia es lo opuesto a la presunta infalibilidad del Papa: la denuncia de Lorca es tan imponente y asombrosa como solemne.

[31] Ignora el milagro de la Eucaristía (*la espiga*): el del bien común –la comunión–, el de la caridad del pan (y del pan de Cristo).

[32] Ignora el sufrimiento de quienes dan vida: ignora el dolor cotidiano o el malestar del existir, y tal vez ignora el sentido de la fertilidad o creación dichosa de la vida.

[33] Desconoce el bálsamo inagotable de la doctrina de Cristo, el agua que crea y sostiene la vida. El agua, simbólicamente, apaga la sed de justicia.

[34] El materialismo moderno (*la moneda*) destruye el amor –el amor humano y el amor divino (*el beso de prodigio*: el beso que deviene en paz y amor)– y lo prostituye. Son los traidores –como Judas–, los que se venden por monedas quienes siguen besando las imágenes religiosas para sacar beneficios egoístas y para someter a quien haga falta.

[35] El Papa ofrece *la sangre del cordero* –referido tanto al Cordero Pascual como al pueblo de Dios, es decir, al pueblo sencillo y trabajador– a la estulticia vanidosa del fascismo, esto es, del totalitarismo, visualizado poéticamente como *faisán*, en evidente caricatura grotesca del águila del fascio. Cordero se utiliza con acepción próxima al símbolo del dócil y sacrificado buey. Apreciemos la vehemencia del autor con giros como *pico idiota*. El Papa coloca en el pico devorador del *faisán* –del fascio– a la comunidad –*corderos*.

[36] En las escuelas, los maestros (y algunos sacerdotes) enseñan las bienaventuranzas –la oración de la montaña: *una luz maravillosa que viene del monte*)– y la buena doctrina de la naturaleza (doctrina humana y, si procede, religiosa). El monte es lo ascensional: lo espiritual: frente a él, surgirán las cloacas del verso siguiente (v. 38).

[37] No se predica desde el monte del Nuevo Testamento, sino desde un púlpito artificial y engañoso. Lo que llega a los escolares no es néctar, sino fétidas aguas de cloaca: inmundicia. El mensaje bondadoso y respetuoso se tergiversa. Implícitamente, se opone al magisterio del docente el proceder indecente del magisterio sacerdotal. *Reunión de cloacas*: Posible alusión al pacto de Letrán: despectiva reunión entre aguas hediondas y ratas, deplorable y condenable bajada al infierno (*cloacas* de la sociedad y el pensamiento mandatario).

[38] En las cloacas solo puede haber degradantes (*oscuras*) ninfas de la peste (*cólera*), que gritan como sirenas mitológicas. *Ninfas*: Divinidades femeninas menores de la mitología grecolatina que simbolizaban la naturaleza. Las sirenas, hermosas, cantaban en los mares, deslumbraban a los confiados marinos y lograban su propósito de ahogarlos, de hundirlos en el fondo de los océanos. Repite el verbo *gritar* (o su familia léxica) en diez ocasiones: título («Grito»), vv. 26, 39 y 61 a 67. Citar las cloacas viene a significar un descenso a los infiernos, un viaje a lo demoníaco de la corrupción materialista citada.

[39] Anáfora (vv. 36 y 40) de *Los maestros*: si antes enseñaban, ahora *señalan con devoción*. *Cúpulas sahumadas*: Iglesias purificadas y perfumadas con humo aromático (atmósfera de incienso). Las cúpulas representan la bóveda celestial en la que habita Dios; es purificada con incienso, pero adornada por riquezas terminan ocultando la verdad piadosa.

[40] Insistencia en el recurso adversativo (*pero*), repetido en varias ocasiones en el poema: se asevera algo y se añade

una matización o una corrección de lo enunciado. *Debajo de las estatuas*: Alusión metonímica de las figuras sagradas en las iglesias: santos, vírgenes, cristos; pero ya no representan lo auténtico de la palabra de Dios (porque no lo hay en la Iglesia que los venera).

[41] *Cristal definitivo*: Materia de los ojos postizos de algunas estatuas. Referencia probable a la frialdad del Vaticano: son ojos inorgánicos, disfuncionales, no ven (como no ve la Iglesia simbolizada). Posible alusión al triángulo con el ojo divino en el centro.

[42] Nueva enumeración de aseveraciones: por medio de anáforas (*el amor está en*, vv. 43, 45) y de epífrasis o complementos repetidos y amplificados (*en la, en los, en el, en el,* vv. 43 a 47). Situaciones lastimosas del pueblo llano y pobre (vv. 43-47) donde el más puro amor puede relucir. Es posible pensar que Lorca alude a sí mismo, como miembro de una clase desprotegido y marginada, y criminalizada: *El amor está en las carnes desgarradas por la sed* (v. 43): sed de agua, de vida, de amor.

[43] *La choza diminuta* (v. 44) contrasta con la *gran cúpula* (v. 10).

[44] En el borrador manuscrito de Washington, donde aquí dice *fosos*, aparece *barrios*: seguramente «barrios obreros», arrabales. *Fosos* evoca las excavaciones profundas, con agua, que rodeaban a los castillos o las grandes fortalezas de antaño; pero también nos aproxima a fosas, fosas de cementerio, fosas de muerte, fosas en las cunetas. Todo ello, profundidades del infierno; cuando son en vida, las sierpes del hambre se refieren tanto a la comida como al hambre de justicia social. Otra alusión que cabe recuperar es la que enfrenta al desahuciado, al pobre, con la sierpe o serpiente diabólica que tentó y engañó a Eva y a Adán.

[45] El oleaje saca a flote y muestra todo lo que ha muerto, incluso las aves, más propias del aire, pero que van al mar a recoger el alimento que los ha de sustentar y encuentran la muerte.

[46] Expresión (v. 47) que alude a los que sufren el amor oscuro (*oscurísimo beso*): el amor herido y clandestino del homoerotismo (escondido incluso en la intimidad *debajo de las almohadas*). Alusión personalísima de los sentimientos más íntimos de Lorca.

[47] Parte tercera. Nueva profecía y llamamiento al levantamiento popular contra las injusticias comentadas; los oprimidos son, en este poema, los negros, los jóvenes, las mujeres, los obreros, los homosexuales, los pobres. *El viejo de las manos traslúcidas*: El Papa; el Para es ahora un hombre viejo; ha pasado el tiempo. ¿Habrá cambiado algo? *Traslúcido*: Cuerpo a través del cual pasa la luz, pero que no deja ser sino confusamente lo que hay detrás de él. No son, pues, *manos* o intenciones transparentes. *Viejo* parece significar aquí decrépito y caduco.

[48] El Papa, a pesar de todo, predicará, de palabra, amor, presionado u obligado por la vergüenza de las víctimas (*moribundos*), por el alipori del *tisú estremecido de ternura* (v. 52: el cielo). Los moribundos (más próximos de la muerte que de la vida) son seres que no escapan de la Iglesia y de su mensaje engañoso. Es la denuncia de la doble moral de la Iglesia de aquella época: había engaño, era una impostura, no brillaba la sinceridad. Con el tiempo, estas actitudes contrastarán, por ejemplo, con la Teología de la liberación, doctrina social cristiana muy extendida, sobre todo, en Hispanoamérica, desde el último tercio de siglo XX. Es posible pensar que *tisú* se refiere al ropaje ceremonial del ministro de Dios; en ese caso, la descripción delata la falsedad del impostor: predica amor y paz, pero su vestuario es un rico traje de seda.

[49] *Tiritar*: Temblar, castañetear; se da entrada a términos de violencia: *cuchillos* que tiemblan, *dinamita* que se humaniza cuando es un ramillete de explosivos (*melenas*). Destaca el contraste entre las palabras del Papa (*amor*, *paz*) y los gestos de violencia o amenaza (*cuchillos, dinamita*).

[50] Probable alusión a la muerte: por el color blanco de la plata. Plata aplicada a la parte visible del cuerpo que actúa en la fabricación del habla. Quiere decir Lorca que el Papa, en postura indigna, seguirá equivocado (mintiendo) hasta su muerte.

[51] Siguen las constantes repeticiones de elementos muy diversos. He aquí un epímone: repetición de elementos en el principio de un mismo verso. Se completa su expresividad con la inserción de la exclamación (¡ay!). El bloque estrófico inicia el desenlace del abrupto cuadro: las desvalidas víctimas (*negros*, v. 58; *muchachos*, v. 59; *mujeres*, v. 60; *muchedumbre*, v. 61) ocupan el primer lugar, el del sujeto gramatical. En esta última secuencia de versos transformará el poeta su oda en un afilado comentario social de Nueva York y, por extensión, del sistema capitalista norteamericano que se asocia a un código de conducta desalmado (vv. 56-74). Este último bloque, en el manuscrito de Washington, omitía el verso primero (v. 57) y lo suplía con estos otros tres, que eran un homenaje excesivamente claro a la Internacional comunista («Obreros del mundo, uníos»): «Compañeros del mundo, / hombres de carne con vicios y sueños, / ha llegado la hora de romper las puertas».

[52] Los protagonistas de las vejaciones aparecen en situaciones humillantes, pero cotidianas de su quehacer: los negros, como clase racial y social, se ocupan de las escupideras.

[53] Mención de los estudiantes que reciben una desviada educación. El terror pálido evoca tanto la muerte como el pánico que suscita la falta de ánimo vital y honesto de los directores que actúan como autómatas.

[54] *Aceites* en la acepción de afeites: cosméticos grasientos. Así la menciona Lorca en la «Casida de la mano imposible» (n.º 6, vv. 9-10): Yo no quiero más que esa mano / para los diarios aceites...».

[55] Probables metonimias de los trabajadores manuales (*martillo*), los artistas (*violín*) y los filósofos o pensadores o inquietos idealistas (*nube*).

[56] Comienzo de una extensa anáfora (*ha de gritar*, vv. 62-68). La expresión se vuelve dura en su claridad popular y en la desigualdad de las fuerzas entre pueblo (*muchedumbre*) y ejército: *aunque le estrellen los sesos en el muro.*

[57] Significativas expresiones antitéticas: *loca de fuego* (v. 64), *loca de nieve* (v. 65): tal vez el autor quiere decir que hay que borrar el pasado de sufrimiento, hay que quemar con la frialdad de la indiferencia.

[58] *Todas las noches juntas*: Las noches, oscuras, constituyen el momento del día de mayor desvalimiento y miedo; son los momentos de mayor sufrimiento.

[59] La revolución de los oprimidos es necesaria hasta destrozar las puertas que resguardan el acceso a los alimentos terrestres (*aceite*) y a los espirituales o artísticos (*música*). Cabe una interpretación bastante distinta y con trazas de buena dirección: en este contexto, el *aceite* conduce a los afeites de las mujeres (*aceites minerales*, v. 60), que las desvían de su ámbito familiar y materno, y caen en los brazos del hedonismo y del culto a la belleza (alejadas de su función, al decir y penar del poeta, de ser madres y cuidar de la familia), y la música, ruido convertido en ritmo, procedente de las máquinas y los *martillos* (v. 61) de los abnegados trabajadores, o la música moderna bailable y alienante.

[60] Alusión a la antigua oración del Padre nuestro: «El pan nuestro de cada día, dánoslo hoy». En la actualidad, desde 1988 en España, la oración se reza así: «Danos hoy el pan de cada día». Nótese el uso del «nosotros», como sujeto colectivo: *queremos* (vv. 71, 73).

[61] *Aliso*: Flor blanca que crece junto al agua, símbolo de la vida.

[62] *Perenne*: Permanente, que no muere. Quizás con *ternura desgranada* (el pan hecho granos, el pan partido) se refiera el poeta al acto cotidiano y ritual del *pater familias*, sentado a la mesa, o del sacerdote, frente al altar, a la hora de bendecir la comida.

[63] En los dos últimos versos de la oda (vv. 73-74) confluye el contenido múltiple del poema: Dios resuelto en naturaleza (*la Tierra*) que brinda su alimento (*sus frutos*) para beneficio de *todos*. Solidaridad y prosperidad. *La voluntad de la Tierra* es la voluntad de Dios, o viceversa, viene a concluir el poeta-autor: sin violencias ni represiones entre los hombres. Referido a Nueva York, Lorca *dixit*: «En ninguna parte del mundo se siente como allí la ausencia de espíritu».

MUNDO ÍNTIMO: RETORNO A LAS TRADICIONES DE LA LÍRICA CON DESTELLOS -ÍSMICOS

Los tres últimos libros poéticos de Lorca son *Diván de Tamarit*, *El llanto por Ignacio Sánchez Mejías*, el torero, y *Sonetos del amor oscuro*, póstumo.

Diván del Tamarit[I] [Antología 15-16] es un homenaje de García Lorca a los antiguos poetas árabes de Granada. El libro está compuesto por poemas homoeróticos de raigambre estrófica arábigo-andaluza y persa: gacelas y casidas. Se compone de veintiuna canciones, que siguen la tradición erótica de la cuita por el amor imposible y su proclividad a la nostalgia, a la pérdida de la infancia (en lo que de pureza, verdad y libertad contiene), al fracaso o a la muerte; composiciones de tono más angustiado que las de su etapa primera:

—doce gacelas, de temática amorosa -amor, «enemigo mío»

—nueve casidas, en torno al tema del amor y la muerte -«El amor es destrucción»[II]

En su obra teatral *Bodas de sangre*, sintetiza Ian Gibson, «Lorca supo crear una obra que le diera posibilidad de expresar lo más profundo de su persona: su sentido trágico de la vida, su angustia por el amor que no puede ser, su innata capacidad musical, su visión mítica del mundo, su identificación con el pueblo en cuyo seno había nacido, con su cultura oral y sus hondas raíces históricas»[III].

En su viaje a Argentina (1933-1934), quedó también delimitado uno de los aspectos más importantes del teatro lorquiano y de su obra lírica: «Algo que es también primordial es respetar los propios instintos. El día en que deja uno de luchar contra sus instintos, ese día se ha aprendido a vivir»[IV]. Ese sentido es el expresado por el ocasional coro de los leñadores (acto III, cuadro I):

> LEÑADOR 2.– Hay que seguir la inclinación: han hecho bien en huir.
> LEÑADOR 1.– Se estaban engañando uno a otro y al fin la sangre pudo más.
> LEÑADOR 3.– ¡La sangre!
> LEÑADOR 1.– Hay que seguir el camino de la sangre.
> LEÑADOR 2.– Pero sangre que ve la luz se la bebe la tierra.
> LEÑADOR 1.– ¿Y qué? Vale más ser muerto desangrado que vivo con ella podrida.

[I] *Diván* significa, en árabe, colección de poemas; *Tamarit* era el nombre de una huerta familiar en la vega granadina, colindante con la Huerta de san Vicente, en los alrededores de la capital granadina. Este poemario se fragua cuando García Lorca conoce la publicación del arabista Emilio García Gómez de *Poemas arabigoandaluces* (1930) de poetas de los siglos X-XIII de Al-Ándalus.

[II] En cierto modo en la línea de su amigo Vicente Aleixandre al que se le había concedido el Premio Nacional de Literatura (Poesía), en 1934, por el libro *La destrucción el amor*.

[III] Gibson (2011: 850).

[IV] Declaraciones del dramaturgo a Pablo Suero, «"La Barraca" de García Lorca», *Noticias gráficas*, Buenos Aires, 14 de octubre de 1933.

Lorca, obsesionado siempre por el tema del amor frustrado, era consciente de que no había en la vida soledad más atroz que un matrimonio infeliz sin posibilidad de deshacerse. En *Bodas de sangre*, al no seguir Leonardo y la Novia el «camino de la sangre», esto es, el camino de las inclinaciones (o del instinto), resignándose a otras circunstancias (como el matrimonio por conveniencia económica), se hace inevitable la tragedia.[V]

Portada del disco de Vicente Pradal, con canciones del Diván del Tamarit

Portada del disco sobre Diván del Tamarit, de Carlos Cano

[V] Lorca amplió este tema en *Yerma*, la siguiente tragedia. Siempre subyace en el arte de Lorca una motivación regida por su homosexualidad: frente a la sociedad intolerante no vence siempre el ser humano que apenas puede armarse para «respetar los propios instintos».

• *Diván del Tamarit* (1931-1935)

[15] «Casida de la mujer tendida»[1]

Verte desnuda es recordar la Tierra.[2]
La Tierra lisa, limpia de caballos.[3]
La Tierra sin un junco[4], forma pura
cerrada al porvenir[5]: confín de plata[6].

Verte desnuda es comprender el ansia
de la lluvia[7] que busca débil talle[8]
o la fiebre del mar de inmenso rostro
sin encontrar la luz de su mejilla.[9]

La sangre sonará por las alcobas
y vendrá con espadas fulgurantes,[10]
pero tú no sabrás dónde se ocultan
el corazón de sapo o la violeta.[11]

Tu vientre es una lucha de raíces,[12]
tus labios son un alba sin contorno.[13]
Bajo las rosas tibias[14] de la cama
los muertos gimen esperando turno.[15]

---

[1] Casida cuarta. Tenemos, por primera vez, plena conciencia del cuerpo ajeno: sabemos que es una mujer. La composición es claramente erótica: desnudo al vivo, en un cuadro o en una evocación. Es un canto a la fecundidad: un homenaje a la poesía panteísta de los poetas arábigo-andaluces y persas en los que se inspira Lorca. Pan era el dios de la mitología griega de la fertilidad, pero también lo era de la sexualidad masculina desenfrenada y representaba a toda la Naturaleza salvaje: exactamente lo que se expresa en esta casida con el símbolo de la mujer desnuda.

[2] Relación entre el cuerpo desnudo de la mujer y la Tierra: un cuerpo gigantesco, inabarcable, como el planeta: una especie de mujer-paisaje, similar en cierto modo a la que retrataba Neruda en *Viente poemas de amor y una canción desesperada* (poema 1). Es un canto a la fertilidad, en efecto, de la naturaleza –culmen de la perfección– y de la mujer como engendradoras de vida.

[3] Es una tierra donde no hay barreras ni interrupciones: sin caballos –el gran símbolo de masculinidad y de fuerza sexual descontrolada–. *Limpia de caballos*: Mujer inocente y virgen, en la que aún no se ha despertado el deseo sexual, la púber a la que nadie ha tocado, la que no ha conocido varón.

[4] Tampoco hay vegetales. *Junco*: Símbolo asimismo del cuerpo masculino, por la delgadez de su cintura y su forma fálica. Estamos ante la tierra-mujer como pureza absoluta: tierra inmaculada y de formas puras.

[5] El cuerpo virgen aún cerrado a lo que vendrá (*cerrada al porvenir*), esto es, todavía infecundo o yermo; quizás en esto se base el aumento de erotismo: no hay otra intención que gozar; no existe el propósito de engendrar.

[6] *Confín de plata*: Es un piropo. El poeta desea, a pesar de lo anterior, limitar esa hermosura que es la mujer desnuda (blanca y valiosa): extensión (*confín*) valiosa y blanca (*de plata*), tan valiosa y fecundadora como la luna. Se ha interpretado esta metáfora como que el futuro de la fertilidad está lejos, más allá de la luna (*confín de plata*); se ha aducido para dar este sentido a que, en la antigüedad, se creía que la plata se formaba por influjo de la luna, mientras que el oro lo hacía por influjo del sol.

[7] *El ansia de la lluvia*: Deseo de la lluvia para fertilizar la Tierra, es decir, el yo lírico comprende, ante tanta belleza –la desnudez de la mujer–, se despierte el impulso sexual y no se resista. La mujer se identifica con la tierra, la que espera la lluvia. Mas la lluvia fecundante es la serena y calmosa, la constante, pero no la lluvia torrencial (*el ansia de la lluvia*), pues esta no penetra, sino que resbala y arrasa con todo. No parece desencaminado pensar que lluvia es metáfora de semen.

[8] *Débil talle*: Cintura de la mujer, como metonimia erótica. Se refiere a la fecundación.

[9] Se intensifica el deseo (vv. 7-8), con un sentido de frustración aún más agresivo: otra gran extensión (el mar: *inmenso rostro*), vecina de la tierra, enferma (*fiebre*) por dos causas probables: una –más extrema como interpretación–, la de no poder alcanzar la gloria erótica por no penetrar a la Tierra o conocer la Luna o el Sol (la *luz de su mejilla*); otra –tal vez más certera–, la de no alcanzar la permanente inquietud del mar –el varón– que se ilumine el rostro de la mujer (*la luz de su mejilla*). Esto es que, hasta el momento, en la escena no hay más que deseo del varón, sin respuesta activa, o erótica, de la mujer.

[10] Se produce un cambio de escena al comenzar los dos últimos cuartetos blancos. Pasamos del presente (*es*, vv. 1 y 5) al futuro (*sonará, vendrá, sabrás*, vv. 9, 10, 11), con un tono profético. Nos introduce el poema en una vivienda –vida doméstica de *alcobas*– y en una escena de violencia (por el ímpetu del varón ardiente, en términos eróticos): la *sangre* cobra vida (*sonará*) y se manifiesta como símbolo sexual (*espada fulgurante*, v. 10). Se nos abren augurios o presagios de algo incierto, si bien están presididos por la presencia de la *sangre* y de las *espadas fulgurantes*: parece tratarse de la sangre de la desfloración. Alusiones similares fueron empleadas en la violación del «Romance de Thamar y Amnón» (*Romancero gitano*).

[11] Fuerte contraste en estos dos versos (vv. 11-12): la mujer, desde la perspectiva del poeta-profeta lírico, en la alcoba, procurará en balde protegerse. *Sapo* y *violeta* aquí representan el contraste de lo feo y lo hermoso, de lo perverso o pecaminoso y de lo bueno o benéfico; el contraste de lo vital-letal del amor oscuro: amor y muerte. El *sapo* designa literariamente la transición (asquerosa o repugnante) de la vida terrena hacia su descomposición y muerte, y, de manera especial, simboliza los instintos sexuales más bajos: el sexo como degradación y pecado; la *violeta* designa la fragilidad y belleza de la flor, y, de manera especial, simboliza la delicadeza del amor romántico y la modestia. En definitiva, la desconexión de la fealdad (*corazón del sapo*) y la belleza (flor).

[12] Última estrofa. Contemplamos la destrucción de la idea que teníamos de esa mujer: más allá de la relación (entre lo feo y lo bello, entre si hay amor o no), la mujer está preparada para engendrar. Al parecer, la mujer de nuestra casida está preñada; de ahí la *lucha de raíces* de su *vientre*, donde la raíz es parte que, desde la tierra, alimenta a la planta y le da vida; una raíz especial será el cordón umbilical en la mujer. La predestinación natural de las plantas intestinas (vientre) de la mujer vencerá a todo sentimentalismo (presente o ausente). Estas raíces en lucha también pueden obedecer a una metaforización descarnada del vello público femenino. La clave nos la proporciona el final del poema.

[13] *Sin contorno*: Lo que era un *confín de plata* (v. 4) ahora ha perdido sus contornos. Se desvanece el erotismo de los labios al alba –que es alumbramiento–: se pierde el valor erótico que el deseado cuerpo despertaba; ahora la referencia es nítidamente carnal, en el sentido de maternal: los labios, más allá de la boca, pueden referirse a los labios de la vulva en el momento del alumbramiento (*alba*, por el color rojizo y el despertar o nacer de un nuevo día o retoño).

[14] *Rosas tibias*. La cama es un lecho de rosas tibias; *rosas tibias* son, pues, cuerpos abrazados, amores florecidos.

[15] Final abrupto. Imaginamos a la mujer en la cama: se ha humanizado, se ha empequeñecido (ya no es Tierra inmensa): queda expuesta a la muerte que la acechará (*bajo las rosas tibias*: en un lugar mortal –*eros/thánatos*– como es el túmulo nupcial/ túmulo letal (o túmulo de la muerte), en el sentido trascendente que explicaos a continuación. *Los muertos gimen esperando su turno* son los hijos que la mujer tendrá a lo largo de su vida –*los muertos gimen* por vivir (aún en el limbo del porvenir) , a sabiendas de todos estos hijos (nasciturus) están condenados a nacer y a morir (*esperando turno*). Parece que estamos ante el tributo inapelable a la función natural de la mujer, al ciclo de la vida –fecundación, gestación y alumbramiento–. Esa capacidad de dar vida está vedada al varón: tal vez, el poeta encomia una condición humana de la que él carece y que quizás desearía tener. Así lo expresa Yerma, en su tragedia, numerosas veces (y con voces que retomó en esta casida): «porque el agua da sal; la tierra, fruta; / y nuestro vientre guarda tiernos hijos / como la nube lleva dulce lluvia. [...] Voy a descansar sin despertarme sobresaltada, para ver si la sangre me anuncia otra sangre nueva».

[16] «Casida de las palomas oscuras»[1]

Por las ramas del laurel[2]
vi dos palomas oscuras.[3]
La una era el sol,
la otra, la luna.[4]
—*Vecinitas*[5], les dije,
¿dónde está mi sepultura? [6]
—*En mi cola*, dijo el sol.
—*En mi garganta*, dijo la luna.[7]
Y yo que estaba caminando
con la tierra por la cintura[8]
vi dos águilas de nieve[9]
y una muchacha desnuda.[10]
La una era la otra[11]
y la muchacha era ninguna.[12]
—*Aguilitas*, les dije,
¿dónde está mi sepultura?
—*En mi cola*, dijo el sol.[13]
—*En mi garganta*, dijo la luna.[14]
Por las ramas del laurel
vi dos palomas desnudas.[15]
La una era la otra
y las dos eran ninguna.[16]

---

[1] Novena y última casida. Una primera versión de este poema se publicó ya 1932 (revista *Héroe*, 2, Madrid) con el título «Canción». En Buenos Aires apareció, en 1933, con la cabecera «Canción de las palomas obscuras» con algunas variantes. Es, pues, de producción muy temprana. Nació inspirada en una canción infantil, pero sufrió muchas alteraciones hasta llegar líricamente enriquecida a su destino, después de estar pensada para el proyecto de *Tierra y Luna* (en la época de *Poeta en Nueva York*). Lorca la eligió, definitivamente, parar cerrar *Diván del Tamarit* con el texto y el título de la casida que comentamos. Poema de ambiente intimista sobre el dolor del amor frustrado y la muerte. La mención, en el título, de *oscuras*–de connotaciones negativas– asocia lo tratado con la disputa –lo contrario de la paloma blanca (de la paz y la conciliación)–, con la imposibilidad de cumplir el amor y, por tanto, con la frustración. La apariencia infantil y su ritmo de canción oculta una preocupación trascendente. Métricamente, presenta una disposición similar a la de un romance de arte menor, anisosilábico (con tendencia al octosílabo, pero con versos también menores de seis y siete sílabas); rima asonante *-úa* en los pares.

[2] El laurel nos trae a la memoria lírica el mito de Apolo y Dafne, convertida en el árbol del laurel antes de que el dios pudiera darle alcance. La historia de Apolo y Dafne –recordemos el soneto de Garcilaso en el siglo XVI– es la expresión mítica de la imposibilidad amorosa. Apolo, representante de la belleza masculina, es el dios de la adivinación y de las artes. ¡Dios de la adivinación! Lorca hace un conjuro de magia, un ejercicio de prestidigitación (aparecer, desaparecer: *vi dos*, vv.. 1, 11, 20; *era(n) ninguna*, vv. 14, 22). No en balde, ya el personaje del Mago, en la Estampa tercera de *La niña que riega la albahaca y el príncipe preguntón*, invocaba a los espíritus: «¡Por las ramas del laurel y la cinta de santa Inés, que tus males se curen y se vayan al pocito negro de la pena!». En el teatro, usa Lorca el laurel para intentar solucionar la infertilidad (*Yerma*) y para espantar la mala suerte (*Doña Rosita la soltera*). Para el profesor Juan Carlos Rodríguez, Lorca piensa que Apolo ha introducido su savia en el árbol de su amada imposible y el árbol se ha convertido en andrógino (la fusión hombre-mujer), pero no en hermafrodita pues la relación es siempre de amor sin fruto, de amor y nada (infertilidad, vacío, silencio,

sepultura, muerte). La magia es la de la metamorfosis: los cambios en la vida y en el amor; la metamorfosis de la creación poética producida por la poesía para presentarnos una realidad que no es la perceptible. Ya ocurría esto en el proceso de invención lírica de *Poeta en Nueva York*. Pero es que, además, el laurel también simboliza la poesía: el laurel es, para Lorca («Invocación al laurel», 1919), el *gran sacerdote del saber antiguo* y el *maestro del ritmo*.

[3] Desde el principio (v. 2) irrumpe la voz en 1.ª pers. sing. del sujeto lírico: *vi* (vv. 2, 11 y 20); y también la expresión *yo* (v. 9). De inmediato comprobaremos que estamos ante un diálogo, una lacónica conversación de pregunta y respuestas (vv. 5ss.). Y los seres que responden son animales (aves: palomas y águilas). La paloma es símbolo de la sencillez y de la masedumbre, amén de paz y conciliación; y es emblema tanto religioso como pagano.

[4] Antítesis en los vv. 3-4: *sol* vs. *luna*. Las asociaciones giran en torno a la oposición sol-vida y luna-muerte; pero aquí parecen fundirse en la constitución del ciclo completo del día: el día y la noche se oponen, pero se necesitan para cumplir el ciclo vital; no pueden subsistir el uno sin el otro: son opuestos, mas también complementarios. Las palomas son aves monógamas: debemos entender que las dos palomas forman pareja convencional (macho, hembra). Así ocurrirá, más abajo (v. 11), con las dos águilas, igualmente monógamas, igualmente unidas en pareja heterosexual.

[5] Los diminutivos en los vocativos pertenecen al estilo directo del lenguaje infantil (vv. 5 y 15).

[6] He aquí el ansia de saber del poeta sobre su destino: ¿destino de amor? ¿destino de muerte? La expresión es similar en otras composiciones; así en «Ritmo de otoño», del Libro de Poemas: «Y tengo la amargura solitaria / de no saber mi fin ni mi destino».

[7] Seguramente, Lorca parte de un cantar popular para crear su casida (originariamente canción): «De tu cara sale el sol; / de tu garganta, la luna. / Morenas he visto yo, / pero, como tú, ninguna». Los símbolos sexistas también son claros: sol-cola (imagen fálica) *vs.* luna-garganta (imagen vaginal).

[8] La tierra es símbolo que conecta con el yo lírico, pero no con sus interlocutores: las palomas y, de inmediato, las águilas. La tierra es lo femenino, símbolo de la pasión arrebatada. El poeta no puede avanzar porque tiene la traba de *la tierra por la cintura*: el poeta, en 1.ª pers., declara la imposibilidad de su encuentro, su soledad. Y el que no consigue la unión deseada es como un muerto: alguien que no tiene vida. De ahí que pregunte por su destino con insistencia y obsesión: *¿dónde está mi sepultura?* (vv. 6 y 16).

[9] Segunda pareja de aves: águilas. Se produce una antítesis por el color de las aves: *palomas oscuras* (v. 2) y *águilas* blancas (*de nieve*, v. 11); en realidad, las águilas, en general, tienen plumaje más bien de color oscuro o marrón. Colores no habituales en palomas y en águilas convencionales. Quizás la expresión *de nieve* aplicada a las águilas guarde relación con su procedencia de las altas montañas donde hay nieve. En otras versiones anteriores donde damos *de nieve* aparecía *de mármol*. La oposición es evidente: *palomas* (en cierto modo, domésticas, urbanas y próximas al hombre) *vs. águilas* (libres, montañesas y salvajes).

[10] El uso del adjetivo *desnuda* es anfibológico: parece hacer referencia a la vida, pero también es posible pensar, como hace el crítico Mario Hernández, en la muerte. La ambigüedad y el misterio no son fáciles de desentramar. En la «Casida de la muchacha dorada» también aparece la muchacha desnuda, como un espejismo: aparece y desaparece: *y la muchacha era ninguna* (v. 14).

[11] Metamorfosis: por efecto de la magia, la una era la otra, esto es, el carácter de fusión es total; las dos águilas en un ser. Es una hermética alusión a lo andrógino: un ser andrógino (como el árbol del laurel) que no da frutos, sino que desaparece (al no multiplicarse). La desaparición, en convertirse *en ninguna* es la puerta del vacío, de la nada, de la muerte.

[12] Primera alusión clara a la muerte: el vacío. La metamorfosis, la transformación

que hace desaparecer a los seres. La *muchacha* podría haber sido el objeto de deseo del poeta –más allá de inclinaciones homosexuales o heterosexuales–: en lugar de ser una oportunidad de fertilidad, queda resuelta en nada (*en ninguna*).

[13] Aun siendo un poema concebido como unitario, podemos establecer una organización en su contenido y en su estructura rítmica: agrúpense en estos bloques de 4, 4, 6, 4 y 4 versos; o sea: A] palomas oscuras (4 + 4 vv.), B] águilas de nieve –y muchacha desnuda– (6 + 4 vv.), C] palomas desnudas (4 vv.). La progresión temática y concentración lírica son rasgos peculiares de la poética lorquiana en moldes de canciones de apariencia tradicional o infantil y de marchamo culto (y, con frecuencia, críptico o intencionadamente ambiguo).

[14] El poeta obtiene dos respuestas: las mismas que antes (vv. 7-8 y 17-18). Se asemejan a un estribillo. Domina la bimembración hasta ahora: he aquí la repetición de la antítesis *cola* vs. *garganta*. Se oyen las voces del sol y de la luna; no obstante, en esta segunda ocasión, no se ha identificado a las águilas con sol y luna. El poemilla mantiene el misterio: parece que frustración y muerte acechan. Ahora bien, el poeta tanto se puede referir a la imposibilidad de lograr el amor debido al halo trágico y fatal que envuelve al poeta –*cola* guarda relación en el mundo lorquiano, con la frustración por amor («se pierde por el mar», dice el Maniquí de *Así que pasen cinco años*)–, como se puede referir también a la incomunicación, al silencio, al vacío, a la muerte –*garganta* es, en el mundo lorquiano, lugar de sepultura, amor que no culmina por la llegada de la muerte–. La sencillez de las respuestas dota de fuerza mágica y de trascendencia trágica a la canción-casida: parece un coro, mas en nada se atenúa la congoja del poeta; más bien, al contrario, se acrecienta.

[15] La desnudez (muchacha, palomas) dota de sensualidad y de erotismo al poema. La paloma está relacionada con la diosa Venus: erotismo e, incluso, lujuria. También en el poema medieval *La razón de amor* vuela la paloma lujuriosa y concupiscente, alejada de toda castidad. Refresquemos la mitología subyacente en esta composición. Cupido, hijo de Venus, heredó de su madre las alas de la paloma, ave en la que se metamorfoseaba ocasionalmente. Venus se sintió celosa por el deseo que había despertado en el apuesto dios Apolo la ninfa Dafne. Pidió Venus a su hijo que disparara una flecha de oro a Apolo para que se éste se enamora irremediablemente de Dafne y que disparara otra flecha de plomo a Dafne para que ella odiase a Apolo. El amor imposible estaba armado. Así lo poetizó el escrito romano Ovidio en sus *Metamorfosis*: «¡Ninfa, hija de Peneo, quédate, te lo suplico! No te persigue / un enemigo. ¡Quédate, ninfa! Así huye la cordera del lobo, / así la cierva, del león, así del águila, las palomas con alas / temblorosas, cada una de sus enemigos». No importa a Lorca, para su creación, que las palomas sean las víctimas y las águilas, los victimarios.

[16] Los cuatro últimos versos (vv. 19-22) parecen repetir los iniciales (vv. 1-4), pero hay significativas diferencias que suponen, además, el paso del tiempo y la prestidigitación poética: las *palomas oscuras* (v. 2) se han transformado ahora –a la vista del sujeto lírico– en *palomas desnudas* (v. 20), como la muchacha del verso 12. Y, como la muchacha, se produce el efecto mágico de la desaparición: la pareja de palomas inicial que se definían como sol y como luna (una pareja en sus dos individualidades complementarias aunque antitéticas) se metamorfosean al final de la casida en una fusión simplificadora-amatoria en un solo ser (*La una era la otra*, v. 21, que repite el suceso ya anticipado de las águilas, v. 13); y, como ocurrió con la muchacha, se cierra la canción con el desenlace de su inexistencia, de no estar, de no ser, de haber desaparecido, de la vacuidad, de la muerte. Amor conduce a frustración; y frustración al vacío que es la muerte en términos poéticos. Paradójicamente, para ubicarse en la vida, al poeta le queda solo encontrar (preguntar y encontrar) dónde está su sepultura. Y la respuesta es críptica: *En mi cola*; *En mi garganta*.

LLANTO POR IGNACIO SÁNCHEZ MEJÍAS (1934-1935)[I]

El *Llanto por la muerte de Ignacio Sánchez Mejías* [Antología 17-20] es una poesía elegíaca de síntesis y de integración: aparece lo neopopular y la tradición, pero también se aprecia la impronta de la innovación surrealista en el atrevimiento retórico de su lenguaje figurado; integra la realidad de los acontecimientos en una ficción literaria (más realista de lo que la apariencia surrealista hace creer en una primera lectura).

Sánchez Mejías toreando en Cádiz (1930)

Junto a las memorables elegías de Jorge Manrique (a su padre), de Zorrilla (a la memoria de Larra) y de Miguel Hernández (a su amigo Ramón Sijé), pasa por ser uno de los más logrados y sensibles cantos fúnebres.[II]

En esta composición, el autor reivindica el poder de la poesía «más allá de la muerte» (Quevedo), ya que la cavilación lírica sobre la vida y la muerte se resuelve, trascendiendo la propia muerte del amigo –«También se muere el mar»[III]–, en lo imperecedero de la poesía: «Un poema dura más que una muerte»; frente a la defunción del torero, que es para siempre, y ante la amenaza del olvido, solo se dispone de un arma para perpetuar la memoria del torero y de la tauromaquia; ésa arma es la poesía: «No te conoce nadie [...] Pero yo te canto... Yo canto para luego». El estribillo «A las cinco en punto de la tarde» indica la obsesión por el tiempo, un tiempo tan mítico ya como real para el poeta y para el lector.

Lorca no era persona de frecuentar las plazas los días de la llamada *fiesta nacional*. No era época de polémicas con antitaurinos. Lorca era un defensor del concepto artístico de los toros: «Creo que los toros –decía– es la fiesta más culta que hay hoy en el mundo. [...] El toreo es, probablemente, la riqueza poética y vital mayor de España [...]. Es el único sitio adonde se va con la seguridad de ver la muerte rodeada de la más deslumbrante belleza». Y así lo defendió sin cortapisas:

> El duende adquiere en los toros sus acentos más impresionantes porque tienen que luchar, por un lado, con la muerte, que puede destruirlo, y, por otro lado, con la geometría, con la medida, base fundamental de la Fiesta.

I Anotaciones redactadas siguiendo la propuesta de interpretación, entre otros, especialmente de Amorós (2000: 64-115). Dejamos espacio interlineal en los bloques en los que hemos dividido las cuatro partes del poema.

II *Llanto* será publicado por José Bergamín en el sello editorial Cruz y Raya, colección Ediciones del Árbol (Madrid, mayo de 1935).

III La metáfora manriqueña del mar («Nuestras vidas son los ríos / que van a dar a la mar») es actualizada en una acepción más desesperanzada y nihilista: no hay salvación humana, salvo en la materialidad del arte material (la poesía vence a la fama de los actos humanos).

> El toro tiene su órbita; el torero, la suya; y, entre órbita y órbita, hay un punto de peligro, donde está el vértice del terrible juego. Se puede tener musa con la muleta y ángel con las banderillas y pasar por buen torero, pero en la faena de capa, con el toro limpio todavía de heridas, y, en el momento de matar, se necesita la ayuda del duende para dar en el clavo de la verdad artística.

El propio Ignacio Sánchez Mejías teorizó sobre la tauromaquia en una conferencia que pronunció en la Universidad de Columbia (Nueva York) de la mano del granadino que le dio allí la alternativa académica: «El mundo entero es una enorme plaza de toros donde el que no torea embiste. Eso es todo [...]. El toreo no es una crueldad, sino un milagro -concluía con un intento de belleza–. Es la representación dramática del triunfo de la Vida sobre la Muerte»[IV].

Para García Lorca, dicho en vida aún del insigne espada, «Sánchez Mejías es la fe, la voluntad, el hombre, el héroe puro»[V]. Se habían conocido en 1927, con motivo de la organización del homenaje a Góngora: el torero había costeado todo para que se realizara el encuentro de los poetas en el ayuntamiento de Sevilla. Esa amistad, poco a poco, se afianzó, ya que Sánchez Mejías entabló relación sentimental con *La Argentinita* (Encarnación López Júlvez), con quien Lorca trabajó en tantas y tantas sesiones de música y canto, y con quien grabó varios discos de pizarra.

¿Quién era Ignacio Sánchez Mejías? Sánchez Mejías (Sevilla, 1891-Manzanares, Ciudad Real, 1934)[VI] fue mucho más que un famoso torero: fue un escritor más de la generación del 27. Fue autor teatral[VII], cronista en periódicos[VIII], amigo de todos los escritores del grupo del 27 y mecenas literario, incluso ostentó el cargo de presidente de un equipo de fútbol de tirón tan popular como el

Expectativa ante un pase sentado de Sánchez Mejías

[IV] *Cit.* por Amorós (2000: 19). Nos recuerda la anécdota popular: Cuando a uno le dicen que use la cabeza –y se señala quien habla, con los dedos índices, las sienes de la testa–, cuando a uno le dicen que use la cabeza, va y embiste. Machado, don Antonio, lo recogió en uno de sus aforismos: «El español embiste / cuando se digna usar la cabeza».

[V] Conferencia en Buenos Aires

[VI] El toro que lo corneó fatalmente el 11 de agosto de 1934 en Manzanares llevaba por nombre *Granadino*. Lorca cuida mucho en no mencionar tan luctuoso nombre en toda su elegía.

[VII] En 1928 estrenó, en Madrid, el drama freudiano *Sinrazón*, en la línea de lo que fue luego *Adelfas* de los hermanos Machado, sobre la locura (en un manicomio) y, en Santander, la más ingenua *Zaya*, que gira en torno a un torero retirado y las tentaciones de volver a la plaza. Dejó inéditos dos textos: *Soledad* y una especie de «farsa de ultratumba» y «auto infernal a lo divino», *Ni más ni menos*, más vanguardista, al estilo de *El hombre deshabitado* de Alberti. *Vid.* las cuatro obras en Ignacio Sánchez Mejías, *Teatro*, ed. de Antonio Gallego Morell, Madrid, Austral, 1988.

[VIII] Parece ser el único caso de intruso periodista que hacía la crónica de sus propias corridas.

Betis Balompié. Gozaba de una contagiosa simpatía y buen talante. En el toreo exhibía tal dominio y aparente facilidad en su arte que se veía obligado, de vez en cuando, a practicar alardes de riesgo y valor –sus *trucos*– para suscitar los mayores entusiasmos en los espectadores.[IX] Los toreros procedían, en general, de sectores pobres y marginales: el toro era altamente peligroso, pero «más *cornás* da el hambre», como dijo Manuel García, *El Espartero*. No necesitaba Ignacio acudir al riesgo del toro bravo; pertenecía a una familia acomodada: su padre era médico bien asentado en la aristocracia acaudalada sevillana. Mas, al contraer matrimonio con una hermana de la familia de los Gallo, entronca con la aristocracia artística gitana: Joselito (*Gallito III*) fue uno de sus cuñados, Pastora Imperio es la mujer de otro de los cuñados, Rafael *Gallito*, ambos toreros. Además la *Argentinita* e Ignacio fueron amantes hasta la muerte del torero. Sánchez Mejías amasa dos mundos que podían parecer antagónicos.

Retrato de Ignacio Sánchez Mejías, por José Caballero en la primera edición del Llanto, 1935

Lorca con Ignacio Sánchez Mejías, en grupo

Sánchez Mejías se cortó la coleta de torero en 1927, pero volvió a los ruedos en 1934, a los casi 43 años. Y, al poco de cumplirlos, fue herido de muerte el 11 de agosto, con la presencia de José Bergamín[X] en las gradas: el toro, a la salida del segundo pase, sentado en el estribo, lo atrapó y lo llevó al centro de la plaza dejando un enorme charco de sangre. La gangrena se llevó la vida del torero a los dos días. La inspiración literaria del poema se fundamenta en una sorprendente base realista sometida a la retórica visionaria surrealista. La composición consta de cuatro partes, con muchas similitudes con una obra musical operística; fijémonos en los nombres de cada parte y en su organización esquemática (con múltiples cambios métricos):

[IX] Trucos eran torear sentado en el estribo o poner banderillas por dentro (el llamado «pase de las mariposas»). En las páginas de la enciclopedia Los toros, de José M.ª de Cossío, se lee: «Verle torear [...] daba miedo» por su osadía con el toro.

[X] José Bergamín, director de *Cruz y Raya*, publicó el largo poema en abril de 1935.

Estructura del *Llanto*			
Partes	Bloques		Observaciones
I. La cogida y la muerte	1. Obertura: Estribillo	vv. 1-2	Sucesos, en 3.ª pers.
	2. El tema central: la muerte	vv. 3-8	6 vv.
	3. Variación primera: la cogida	vv. 9-24	16 vv.
	4. Variación segunda: la agonía	vv. 25-30	6 vv.
	5. Interludio: Estribillo	vv. 31-32	
	6. Variación tercera: Desenlace: De nuevo la muerte	vv. 33-48	16 vv. Equilibrio absoluto en los cuatro bloques de contenido 2-4 y 3-6
	7. Coda: Estribillo ampliado	vv. 49-52	25 vv. (de los 52) son estribillo
II. La sangre derramada	1. Introducción (con estribillos). Sucesos: el charco de sangre	vv. 1-24	Explosión lírica, en 1.ª pers. sing., con estribillos. 24 vv.
	2. Romancillo del torero en la plaza	vv. 25-49	Nueva escena: posible giro temporal. 25 vv.
	3. Elogio del muerto	vv. 50-69	Reinserta el estribillo. 20 vv.
	4. Romancillo del sueño eterno	vv. 70-94.	25 vv. Equilibrio por similitud en los cuatro bloques (1-2-3-4)
III. Cuerpo presente	1. Protagonista lírico: la piedra	vv. 1-16	Parte más oscura y más surrealista. 16 vv.
	2. Transición	vv. 17-24	Desequilibrio de la amplitud de los bloques. 8 vv.
	3. Reflexión del poeta-cantor	vv. 25-49	25 vv.
IV. Alma ausente	1. Muerte en la tierra: el olvido	vv. 1-16	Uso de estribillo. Se dirige al *tú* (torero). 16 vv.
	2. Transición. El poema: continúa la vida	v. 17	Verso de la trascendencia de la literatura. Irrumpe el *yo*-cantor
	3. Elegía que da la vida del recuerdo: la eternidad de la fama	vv. 18-25	Glosa del verso de transición. Continuación del *yo*- cantor. 8 vv.

• *Llanto por Ignacio Sánchez Mejías* (1934-1935)

[17] I. La cogida y la muerte[1]

A las cinco de la tarde.[2]
Eran las cinco en punto de la tarde.
Un niño trajo la blanca sábana[3]
a las cinco de la tarde.
Una espuerta de cal ya prevenida[4]
a las cinco de la tarde.[5]
Lo demás era muerte y solo muerte
a las cinco de la tarde.

El viento se llevó los algodones
a las cinco de la tarde.
Y el óxido[6] sembró cristal y níquel[7]
a las cinco de la tarde.
Ya luchan la paloma y el leopardo[8]
a las cinco de la tarde.
Y un muslo[9] con un asta desolada[10]
a las cinco de la tarde.
Comenzaron los sones del bordón[11]
a las cinco de la tarde.
Las campanas de arsénico y el humo[12]
a las cinco de la tarde.
En las esquinas grupos de silencio[13]
a las cinco de la tarde.
¡Y el toro, solo, corazón arriba![14]
a las cinco de la tarde.
Cuando el sudor de nieve[15] fue llegando
a las cinco de la tarde,
cuando la plaza se cubrió de yodo[16]
a las cinco de la tarde,
la muerte puso huevos[17] en la herida
a las cinco de la tarde.
A las cinco de la tarde.
A las cinco en punto de la tarde.[18]
Un ataúd con ruedas es la cama[19]
a las cinco de la tarde.
Huesos y flautas suenan en su oído[20]
a las cinco de la tarde.
El toro ya mugía por su frente[21]
a las cinco de la tarde.
El cuarto se irisaba[22] de agonía
a las cinco de la tarde.
A lo lejos ya viene la gangrena[23]
a las cinco de la tarde.
Trompa de lirio por las verdes ingles[24]
a las cinco de la tarde.
Las heridas quemaban como soles[25]
a las cinco de la tarde,
y el gentío rompía las ventanas[26]
a las cinco de la tarde.
A las cinco de la tarde.[27]
¡Ay qué terribles[28] cinco de la tarde!
¡Eran las cinco en todos los relojes!
¡Eran las cinco en sombra[29] de la tarde!

[1] Se superponen sucesos en Manzanares (la cogida) y en Madrid (la muerte), sin orden.

[2] La repetición obsesiva de este verso funciona como una puñalada letal e insistente: es un *ritornello*, como las trompetas reiteradas de la Quinta sinfonía de Mahler.

[3] En cumplimiento del expreso deseo del torero para que nadie lo viera muerto. Junto al verso anterior, los versos impares de esta parte son endecasílabos.

[4] *Espuerta*: Especie de pequeña cesta de esparto u otro materal con dos asas que sirve para llevar tierra, escombros o cosas semejantes. Cal: Óxido de calcio; la cal posee, en este contexto, una doble referencia: la cal de los trabajadores del coso taurino para pitar la circunferencia y, sobre todo, la cal que usan los enterradores para sepultar los cuerpos muetos (llamada paradójicamente *cal viva*). En definitiva, la cal *ya prevenida* (dispuesta o preparada) es presagio de muerte.

[5] Hora taurina por antonomasia de comienzo tradicional de las corridas. Aquí es la hora exacta de la salida del cortejo fúnebre de la clínica hacia Atocha (Madrid). La letanía, a modo de estribillo obsesivo, es un octosílabo; el octosílabo se corresponde con la escansión media de la secuencia fónica del habla popular equivalente a una frase, oración o fragmento de ella: se ajusta al habla sin afectación. Sin embargo, se produce un desajuste rítmico en los versos de ocho y de once sílabas: resulta inquietante que no se respete el esperable ritmo endecasilábicos (con versos de once y de siete sílabas métricas). Queda en el aire una melodía disonante cada vez que martillea el estribillo octosilábico.

[6] Se transmiten sensaciones de que todo se deshace (oxida) incluso el cristal y el níquel,

[7] *Algodones* (poco pesados), *cristal* y *níquel* son elementos de la enfermería. La delicadeza y la levedad de los *algodones* choca con la dureza de *cristal* y *níquel*. Se contrastarán sensaciones de frío y, después, de calor (*sudor, queman, soles*).

[8] *Leopardo*: Animal salvaje y feroz, representa al toro frente a la pacífica víctima, la frágil y volátil *paloma* (que representa al torero).

[9] *Muslo*: Lugar de la cornada.

[10] *Desolada*: Guarda relación con desolación (solo el asta en el muslo), pero también con negación de sol, asociado a vida y sangre: escena sin sangre aún; se focaliza la atención el el asta mortal. El tiempo congelado, en este doble verso (con el estribillo), se expresa sin verbo: sin movimiento o acción, a modo de retrato o instante.

[11] *Bordón*: Sonido de bajos musicales, con instrumentos de cuerda, pero asimismo podemos pensar en trombones y violoncelos. En «Muerte de la petenera» (*Poema del cante jondo*) escribió Lorca: *y el bordón de la guitarra / se rompe*. También puede referirse a las muletillas que se repiten en la conversación. Lo uno y lo otro conforman un acompañamiento tonal fúnebre. El pie quebrado (del estribillo: *a las cinco de la tarde*) constituye un bordón.

[12] El sonido tétrico de las campanas anuncia la muerte sobrevenida, así como el humo. El arsénico es producto mortal, en grandes dosis, aunque también se usaba, en dosis muy pequeñas, como analgésico, para paliar los dolores.

[13] Grupos de silencio son los visitantes a quienes no dejaba la policía entrar al sanatorio. Silencio preñado de angustia: soledad del herido.

[14] La soledad triunfadora del toro de lidia. Queda ensalzado y resaltado el toro como exponente de la muerte victoriosa.

[15] Antítesis que, probablemente, surge por una sed abrasadora, pero también como manifestación de un estado de fiebre antecesor de la fría muerte.

[15] *Yodo*: Elemento químico de color gris negruzco, que se volatiza a poca temperatura y se emplea como desinfectante. *La plaza se cubrió*, pues, de gris, de muerte. Se mezcla el dolor de la muerte con elementos de enfermería en el mismo coso; en el v. 5 había irrumpido en la escena taurina una *espuerta de cal*.

[17] Puso huevos: Desove de la muerte. La muerte personificada deposita huevos en la misma herida, huevos que crecen en forma gangrena, una de las causas de la muerte del torero.

[18] Doble verso de transición, con una variante en el estribillo: la variante de la puntualidad de la muerte (*A las cinco* en punto *de la tarde*). Sirve esta pausa como toma de aliento al poeta-cantor: una suerte de cortina musical.

[19] Cama con ruedas en el hospital. Los movimientos producidos por la agonía del torero, moribundo, hacían temblar la cama (cama del muerto: *ataúd con ruedas*). Hay constancia fidedigna de que Sánchez Mejías llegó a tirarse al suelo de dolor, y lo llegaron a atar a la cama. Los tiempos verbales alternan narrativamente para acercar imaginariamente la acción, o para distanciarla, para visualizar los acontecimientos con un aspecto progresivo o para detenerlos en el recuerdo: trajo *la blanca sábana* (v. 3), *El cuarto se* irisaba *de agonía* (v. 39), *Un ataúd con ruedas* es *la cama* (v. 33). Lo que no avanza... nunca concluye.

[20] Sonido enloquecedor cual música macabra de la medieval danza de la muerte. *Huesos* y *flautas* se identifican, o se asocian, en expresión de dolor.

[21] El mugido genera una sensación de sonido amenazante.

[22] Irisaba: Se llenaba de reflejos de colores semejantes a los del arco iris; arco iris de la agonía, es decir, una agonía de todos los colores.

[23] Personificación de la gangrena, la causa principal de la muerte.

[24] Probable alusión al Adonis mitológico, símbolo de la belleza masculina, como lo fue el torero, alto y esbelto. Adonis fue mordido en la ingle por un jabalí; la herida se extenderá como una mancha verde sobre su sexo –nos dice la leyenda–, formando una gran trompa de color morado (y ese es uno de los colores, además del blanco, del lirio), antesala de la muerte: muerte de la virilidad y muerte del varón.

[25] La paradoja de la vida y la muerte se expresa en esta comparación: el *sol* (vida), cuando se excede en su calor, *quema*. El sol, que da la vida, da la muerte (como la lidia de toros). La acumulación de imágenes (metáforas, comparaciones, antítesis, paradojas), en forma de enumeración caótica, nos sume en la confusión, en la destrucción: y es que la muerte de Sánchez Mejías acarrea el caos. Esto forma parte del elogio del poeta amigo.

[26] Posible alusión a las ventanillas de la reducida enfermería de Manzanares por donde se asomaban tumultuosamente los lugareños: y, a la vez, se resalta, por oposición, la soledad del herido.

[27] Coda de la primera parte, con ampliación inmediata del estribillo.

[28] Tres versos exclamativos. Se intensifica el efecto del estribillo con estos añadidos: el adjetivo *terribles* y el paralelismo de los dos versos siguientes. Estamos ante un estribillo final in crescendo: la *sombra* (muerte) cubre el mundo entero.

[29] La ruptura de la norma, es decir, la ruptura de la expresión esperada (*las cinco* en punto *de la tarde*) resulta de la máxima eficacia final: *las cinco* en sombra *de la tarde*. Y se resume el contraste que se ha diseminado por el poema: sol y sombra, vida y muerte. La sombra borra todas las blancuras o todos los soles radiantes: todas las esperanzas de vida; es hora del luto: es la culminación del juego tan taurino de sol y sombra.

[18] II. La sangre derramada

¡Que no quiero verla![1]
Dile[2] a la luna[3] que venga,
que no quiero ver la sangre
de Ignacio sobre la arena.[4]
¡Que no quiero verla!
La luna de par en par,[5]
caballo de nubes quietas,[6]
y la plaza gris[7] del sueño
con sauces[8] en las barreras.[9]
¡Que no quiero verla!
Que mi recuerdo se quema.[10]
¡Avisad a los jazmines[11]
con su blancura pequeña!
¡Que no quiero verla!
La vaca del viejo mundo[12]
pasaba su triste lengua
sobre un hocico de sangres
derramadas[13] en la arena,[14]
y los toros de Guisando[15],
casi muerte y casi piedra,
mugieron como dos siglos[16]
hartos de pisar la tierra.[17]
No.[18]
¡Que no quiero verla!

Por las gradas sube Ignacio[19]
con toda su muerte a cuestas.[20]
Buscaba el amanecer,
y el amanecer no era.[21]
Busca[22] su perfil[23] seguro,
y el sueño lo desorienta.[24]
Buscaba su hermoso cuerpo[25]
y encontró su sangre abierta.
¡No me digáis que la vea!
No quiero sentir el chorro[26]
cada vez con menos fuerza;
ese chorro que ilumina[27]
los tendidos y se vuelca
sobre la pana y el cuero
de muchedumbre sedienta.[28]
¡Quién me grita que me asome![29]
¡No me digáis que la vea!
No se cerraron sus ojos
cuando vio los cuernos cerca,[30]
pero las madres terribles[31]
levantaron la cabeza.
Y a través de las ganaderías,
hubo un aire de voces secretas
que gritaban a toros celestes,
mayorales de pálida niebla.[32]

No hubo príncipe en Sevilla[33]
que compararse le pueda,[34]
ni espada como su espada,[35]
ni corazón tan de veras.[36]
Como un río de leones[37]
su maravillosa fuerza,
y como un torso de mármol
su dibujada prudencia.[38]
Aire de Roma andaluza[39]
le doraba la cabeza
donde su risa era un nardo
de sal y de inteligencia.[40]
¡Qué gran torero en la plaza![41]
¡Qué gran serrano en la sierra!
¡Qué blando con las espigas!
¡Qué duro con las espuelas[42]!
¡Qué tierno con el rocío!
¡Qué deslumbrante en la feria!
¡Qué tremendo con las últimas
banderillas[43] de tiniebla![44]

Pero ya duerme sin fin.[45]
Ya[46] los musgos y la hierba
abren con dedos seguros
la flor de su calavera.[47]
Y su sangre[48] ya viene cantando:
cantando[49] por marismas y praderas,
resbalando[50] por cuernos ateridos
vacilando sin alma por la niebla,
tropezando con miles de pezuñas
como una larga, oscura, triste lengua[51],
para formar un charco de agonía
junto al Guadalquivir de las estrellas.[52]
¡Oh blanco muro de España![53]
¡Oh negro toro de pena![54]
¡Oh sangre dura de Ignacio!
¡Oh ruiseñor de sus venas![55]

No.
¡Que no quiero verla!
Que no hay cáliz que la contenga,[56]
que no hay golondrinas que se la beban,
no hay escarcha de luz que la enfríe,[57]
no hay canto ni diluvio de azucenas[58],
no hay cristal que la cubra de plata.[59]
No.
¡¡Yo no quiero verla!![60]

No hay nada que compense tanta sangre

---

[1] Nuevo estribillo: admirativo y negativo, con un expresivo comienzo con *que* expletivo. Aparece por primera vez la primera persona del singular: esta segunda parte –cohesionada por la rima asonante en los pares– es el momento de la explosión lírica de la canción: escuchamos ahora los sentimientos más personales del poeta-cantor. Una vez creado, en la parte primera, un ambiente de horror y de negrura..., en esta segunda el autor se niega a ver la sangre de la muerte. Y así fue en realidad.

[2] Dile: El poeta se dirige al tú-lector: nos implica en la acción y en los sentimientos. Ya Jorge Manrique había recurrido a este ardid poético-retórico en el siglo XV: *Decidme: la hermosura, / la gentil frescura y tez / de la cara, / el color y la blancura, / cuando viene la vejez, / ¿cuál se para?*

[3] Es la luna-noche, la luna que oscurece el ambiente para que no se vea. Es un comienzo onírico. La luna se asocia a sangre (menstruación, que es fertilidad), en este caso, en función protectora.

[4] Ciertamente, el torero dejó una gran mancha de sangre en la coso: el chorro de la hemorragia fue muy comentado. En «Muerte de Antoñito el *Camborio*» (*Romancero gitano*) dejó escrito Lorca: *Bañó con sangre enemiga / su corbata carmesí.*

[5] *De par en par*: Abierta. Presencia ya de la luna (o sea, la noche), con los ojos abiertos (paradójicamente), tapando la sangre de la tragedia. Estos alardes de retórica *sub especie* surrealista (asociaciones extrañas de términos, mezcla de posibles valores simbólicos, contrastes...) son el más preclaro exponente del arte lorquiano.

[6] Presencia del símbolo del caballo: *nubes quietas* con forma de *caballo*. Doble posible sentido: por un lado, la luna cabalga el caballo que son las nubes: asoma por las nubes (que ocultan el sol); por otro, la luna es (esqueleto de) caballo de nubes: aun siendo protectora, la luna se asocia a la muerte (esqueleto) como a la fuerza y a la virilidad. El onirismo (*sueño*) y la imaginación inundan el pasaje. La clave de la atmósfera elegíaca la ofrecen los dos versos siguientes de esta estrofilla.

[7] *Plaza gris*: sin sol, triste. Antes nombró el *yodo*, gris.

[8] *Sauces*: Sauces llorones.

[9] Ha llegado la noche: se hace la gran noche del mundo con la muerte del ínclito torero. El poeta nos induce a soñar o imaginar una especie de camposanto romántico: el de la plaza de toros.

[10] El recuerdo duele al poeta-amigo, pero lo más importante es que el recuerdo se desvanece, se va, se pierde (*se quema*). Y que no haya recuerdo –el olvido– es lo que duele al Lorca poeta-cantor.

[11] *Avisad*: Uso de la primera persona del plural al modo manriqueño. *Jazmines*: Flores blancas, menudas y olorosas, que anularán la mancha de sangre. Apréciese el rechazo de la grandilocuencia en el léxico, otro rasgo del estilo lorquiano que más llega al gusto popular.

[12] Importante cambio o punto de vista. Contemplamos el cosmos. Deja el poeta-realizador los primerísimos primeros planos de lo íntimo. La *vaca* es un tótem hispano, asociado al toro; el mundo que nos presenta Lorca ahora es viejo, como si estuviera ya extenuado, como si agonizara por la muerte del torero.

[13] El plural (sangres derramadas) designa todas las sangres de todos los tiempos: da dimensión universal y ancestral al suceso.

[14] Se trata de la luna-vaca, la que absorbe la sangre derramada en el coso: en las imágenes mitológicas arcaicas se pintaba la luna provista de un hocico para aspirar la sangre, comenta Álvarez de Miranda (2011).

[15] Recoge el mito hispánico (prerrománico) de los toros de Guisando (Ávila) como tótem

protector de los rebaños, y los «anima»: mugen. Esculpidos en granito, ya bastante deteriorado (*casi piedra*), se sobreponen al olvido (*casi muerte*).

[16] *Dos siglos*: Dos eternidades. Los toros *mugieron* con el valor mágico de lo ancestral.

[17] En realidad, tienen los cuatro toros de Guisando una basa de piedra sobre la tierra. El estatismo es lo que produce hartazgo a los toros.

[18] Esta negación, en un verso, es un hachazo emocional: un grito desesperado.

[19] Nueva escena: vemos a Sánchez Mejías en la plaza: *flash-back* de la realidad o ensoñación del más allá después del óbito.

[20] No sabemos si vivo o muerto: el misterio lo asemeja a don Juan Tenorio en el último acto de Zorrilla.

[21] El torero anhelaba ver el amanecer del día 13 de agosto –el amanecer de un nuevo día de vida–, pero no alcanzó a verlo: murió Sánchez Mejías en los albores de aquel lunes, ¡el día consagrado a la luna! Para Lorca, el amanecer simbólico contamina al deseo de nacimiento del héroe.

[22] Apréciese la alternancia de los tiempos verbales del pasado durativo (*buscaba*) y del presente histórico (*busca*) como en los romances medievales (*¡Altos son y relucían!*).

[23] *Perfil*: Imagen definitiva o lograda del héroe. En las monedas sale la figura egregia «de perfil», como murió Antonio Torres Heredia en *Romancero gitano*.

[24] *Lo desorienta* porque es inesperado el sueño de la muerte.

[25] Buscaba encontrarse hermoso o pleno físicamente.

[26] *Chorro*: Chorro de sangre, fuente de la vida. Recuerda al chorro que el bíblico Moisés hizo brotar en el desierto para calmar la sed de su pueblo.

[27] Ambivalencia: el chorro de sangre es un chorro o foco de luz que ilumina.

[28] Los campesinos ciudad-realengos, vestidos de pana y cuero, se agolpaban con morbo en la plaza de Manzanares y en su enfermería. Algunas crónicas reseñaron que la sangre había salpicado a espectadores en la grada.

[29] Alusión crística del relato del Nuevo Testamento del *Ecce homo*: el gentío romano reclama a Jesús ante Pilatos.

[30] Así fue la cornada: la recibió el torero con los ojos abiertos, valiente y lúcido. Corneado y aún siendo arrastrado –cuenta Gregorio Correchano, su subalterno–, que Sánchez Mejías le daba instrucciones para que le quitara el toro de encima (Correchano, 2000: 86).

[31] Probable alusión a las Parcas de la mitología clásica: la muerte. Estas parcas vienen a ser las madres de las que habla Mefistófeles a Fausto: «Diosas desconocidas para vosotros los mortales, y que nosotros nunca nombramos de buen talante. Para descubrir su morada, puedes cavar hasta lo más profundo. Tú mismo tienes la culpa de que tengamos necesidad de ellas» (Fausto, del alemán Goethe, 1749-1832). En conclusión: la muerte se hizo presente, se mantuvo alerta.

[32] Los cuatro últimos versos revelan una danza de la muerte (a lo taurino) descrita con la visión cósmica de la constelación de Tauro: el gran *toro celeste* (Zeus) es el fementido raptor de Europa de la mitología; los *mayorales* son los boyeros que gritan (viento cósmico) en la constelación citada (*pálida niebla*).

[33] Sevilla fue la cuna de Ignacio Sánchez Mejías.

[34] Se inicia el bloque tercero con el elogio del fallecido.

[35] Espada: Instrumento de la profesión taurina. Símbolo de valentía y caballerosidad en Sánchez Mejías.

[36] Tan humano, tan auténtico y vitalista.

[37] Río de leones. Un río formado no por agua, sino por leones: un río tan temible y feroz que arrastra, no agua, sino leones.

[38] Prudencia fría, resistente, hermosa y maleable, como el *mármol*.

[39] Símbolo del varón andaluz, con las mejores cualidades de su tierra: más allá de lo folklórico, Andalucía es compleja y mixtificada: árabe e hispano-romana, paya y gitana, fusión de Europa y África, tierra de apostura e inteligencia, de duende y razón.

[40] En los dos últimos versos, *nardo* y *sal* son elementos blancos, como los dientes: su *risa* le dejaba ver los dientes blancos. Sánchez Mejías era hombre inteligente, de idea preclara.

[41] A continuación vienen ocho versos con siete exclamaciones: es un estruendo de afectividad dolorida después de haberlo piropeado declarativamente. El recuerdo de las coplas manriqueñas es evidente: *¡Qué amigo de sus amigos! / ¡Qué señor para sus criados / y parientes!...*

[42] Espuelas: Espuelas del caballo, asociado siempre caballo –en la literatura– a lo sexual, amén de la referencia a sus dotes de jinete.

[43] Se destaca en los dos postreros versos admirativos su capacidad de banderillero –así comenzó su carrera profesional–. Se alude también a su hondura con las *banderillas de tiniebla*, las de la guadaña que anuncian la muerte.

[44] Estas virtudes obedecen a un sentido equilibrado y flexible de justicia: la equidad, para adecuar la justicia a las circunstancias. Era de conocimiento público que Sánchez Mejías trataba a cada uno como se merecía y él se comportaba según las circunstancias como torero en la plaza, como serrano en la serranía. Viril tanto como sensible y dulce y blando y tierno.

[45] *Sin fin*: Ya es cadáver: sueño (eterno), muerte.

[46] La repetición del adverbio *ya*, en este y en el verso anterior, imprime inmediatez y premura a la acción: no hay tiempo *ya*: está solo y todo es muerte.

[47] Según los tres últimos versos, ha triunfado la muerte (*musgo* y *hierba* invasores): embellece la muerte: su clavera es una flor, dotada de delicadeza. Ya es calavera: muerte física absoluta (*in ictu oculi* 'en un abrir y cerrar de ojos').

[48] Personificación de *sangre*, que viene cantando (vida-muerte): es un río cósmico (por *marismas y praderas*) como el de *Poeta en Nueva York*: «Un río de sangre tierna /.../ que viene cantando». *Marismas*: Llanuras húmedas próximas al mar. *Praderas*: Llanura extensa cubierta de hierba.

[49] Epanadiplosis: *cantando/cantando*. Son muchos los recursos de ritmo en el poema no basados en la rima.

[50] Acumulación de gerundios (*resbalando, vacilando, tropezando*) con aspecto durativo: se transmite un manantial de emociones que no cesan.

[51] *Triste lengua*: La lengua de la vaca del viejo mundo de los vv. 67-68 es ahora lengua de agua y sangre que forma un *charco de agonía*.

[52] El charco se refleja en el cielo como un pantano estelar (las estrellas son un Guadalquivir de sangre): no una «vía láctea» (de leche/vaca), sino una «vía sanguinal» (del color, el olor y el sufrimiento de la sangre).

[53] Nuevo estruendo de elogios: cuatro exclamaciones anafóricas.

[54] El *toro negro* –negro como la Pena negra– contrasta con el *blanco* del muro/España: es el muro encalado de la plaza de Manzanares o de cualquier plaza de toros. Aquí se identifica a Sánchez Mejías con el muro: un muro que aísla o reprime (como las paredes de *La casa de Bernarda Alba*). Es la síntesis del choque y de la tensión entre libertad y represión, como en la España de entonces.

[55] *Ruiseñor de sus venas*: Imagen visionaria: venas suaves como un ruiseñor. Se asocia el efecto de delicadeza y el suave silbo del ruiseñor con las venas: las venas no pueden contener la dura sangre: todo derivaría a hemorragia de muerte. Si se entiende que este verso es aposición del anterior, podría referirse a *sangre*, cantora delicada (*ruiseñor*) de sus venas. No varía el sentido.

[56] Nueva imagen crística (*cáliz*): se refiere a que no hay *cáliz* (copa) que recoja la sangre derramada por Ignacio, cual sangre de Cristo. Las anáforas de los versos que siguen (*No hay...ni cáliz, ni golondrinas...*) indican vehementemente que nada hay, que está solo el torero, que es una muerte laica, heroica, mítica si se quiere, pero nunca en clave religiosa.

[57] *Escarcha de luz*: Primeras luces del día (con el frío de la escarcha o del rocío). Quizás se asocie también a las velas o faroles de las procesiones de Semana Santa. Hay antítesis en *escarcha* (frío) y *luz* (calor, fuego): una luz/fuego que enfría. Pero, en este lance, no es capaz de enfriar.

[58] *Azucena*: Flor blanca, que, como el lirio, simboliza la pureza y la inocencia.

[59] *Plata*: Probable referencia a la plata de un relicario.

[60] El autor quiso colocar doble signo de admiración en apertura y cierre. Nótese además la incorporación sugerente del pronombre *Yo* a principio de estribillo, como colofón de la parte segunda de la elegía.

[19] III. Cuerpo presente[1]

La piedra[2] es una frente[3] donde los sueños gimen[4]
sin tener agua curva ni cipreses helados.[5]
La piedra es una espalda para llevar al tiempo[6]
con árboles de lágrimas y cintas y planetas.[7]
Yo he visto lluvias grises correr hacia las olas[8]
levantando sus tiernos brazos acribillados,[9]
para no ser cazadas por la piedra tendida
que desata sus miembros sin empapar la sangre.[10]
Porque la piedra coge simientes y nublados,
esqueletos de alondras y lobos de penumbra;
pero no da sonidos, ni cristales, ni fuego,
sino plazas y plazas y otras plazas sin muros.[11]
Ya está sobre la piedra Ignacio el bien nacido[12].
Ya se acabó; ¿qué pasa?[13] Contemplad su figura[14]:
la muerte le ha cubierto de pálidos azufres
y le ha puesto cabeza de oscuro minotauro[15].

Ya se acabó[16]. La lluvia penetra por su boca.
El aire como loco deja su pecho hundido,
y el Amor[17], empapado con lágrimas de nieve,
se calienta en la cumbre de las ganaderías.
¿Qué dicen? Un silencio con hedores reposa.[18]
Estamos con un cuerpo presente que se esfuma,[19]
con una forma clara que tuvo ruiseñores[20]
y la vemos llenarse de agujeros sin fondo.[21]

¿Quién arruga el sudario?[22] ¡No es verdad lo que dice!
Aquí no canta nadie, ni llora en el rincón,
ni pica las espuelas, ni espanta la serpiente:[23]
aquí no quiero más que los ojos redondos[24]
para ver ese cuerpo sin posible descanso.
Yo quiero ver aquí los hombres de voz dura:
los que doman caballos y dominan los ríos;
los hombres a quienes suena el esqueleto y cantan[25]
con una boca llena de sol y pedernales.
Aquí quiero yo verlos. Delante de la piedra.[26]
Delante de este cuerpo con las riendas quebradas[27].
Yo quiero que me enseñen dónde está la salida
para este capitán[28] atado por la muerte.[29]

Yo quiero que me enseñen un llanto como un río
que tenga dulces nieblas y profundas orillas,[30]
para llevar el cuerpo de Ignacio y que se pierda
sin escuchar el doble resuello de los toros.[31]
Que se pierda en la plaza redonda de la luna[32]
que finge cuando niña doliente res inmóvil;
que se pierda en la noche sin canto de los peces
y en la maleza blanca del humo congelado.[33]
No quiero que le tapen la cara con pañuelos
para que se acostumbre con la muerte que lleva.[34]
Vete, Ignacio: No sientas el caliente bramido.[35]
Duerme, vuela, reposa:[36] ¡También se muere el mar![37]

---

[1] La tercera parte del *Llanto* está saturada de un ambiente de misterio, pesadilla y alucinación en el que priman las relaciones imprevistas de la lengua. La métrica, por fin, se remansa y es uniforme: cuartetos alejandrinos –de tono serio y amplio– y versos blancos.

[2] La piedra abre esta tercera parte: se repite en las cinco estrofillas siguientes. De piedra era la mesa de operaciones en la enfermería de Manzanares, la camilla del cadáver y, finalmente, la lápida mortuoria. La piedra representa lo inmóvil, lo estéril, lo inanimado: la muerte. Imagen *corpore insepulto*.

[3] La frente de piedra es ahora, en la continuación del juego retórico, la frente del muerto.

[4] Gimen los sueños del fallecido, como gemían los toros de Guisando, porque no volverán a la vida.

[5] El lugar de los sueños carece de jardín: es una especie de cementerio donde fuentes y árboles, dos elementos vivos, ni siquiera están helados (invierno-frío-muerte): no hay nada vivo (solo piedra).

[6] Nueva imagen crística: el torero lleva la cruz (*piedra*) a cuestas: carga con su destino, como el Cronos mitológico (el Tiempo) carga con el mundo, la gran piedra.

[7] *Árboles con lágrimas*: Sauces llorones, fúnebres, que ya se mencionaron. *Cintas*: Cintas de las coronas fúnebres. *Planetas*: El universo.

[8] El agua de la *lluvia* va a las *olas* porque las olas (el mar) es lo vivo y sigue siendo agua: la lluvia solidifica en la tierra.

[9] *Acribillados*: Efecto de las gotas. asociación de ideas con violencia y muerte. Ha levantado los brazos, pero no en señal de rendición, sino de abatimiento y descontrol.

[10] La piedra desata los miembros de los seres vivos –los desmiembra–; la lluvia los abraza: la piedra no empapa la sangre, es decir, no quita el charco, lo deja visible.

[11] Según sigue comentando Amorós (2000), la piedra recibe todo lo vivo, lo que puede ser fecundo: *nublados*, que traerán lluvias; y simientes, en claro eco de la parábola evangélica –la del grano de trigo que, al caer en piedra, permanece estéril hasta que lo esparce el viento–.. También cae en piedra todo lo que tuvo vida: *esqueletos, lobos...*: ya no cantan (*sonidos*), ni brillan (*cristales*), ni tienen color ni vida (*fuego*). La piedra solo da plazas: plazas de pueblo, plazas sin muros; no son plazas taurinas: son plazas amplias y vacías.

[12] *El bien nacido*: Epíteto procedente de la épica medieval.

[13] Después de la anáfora temporal del adverbio *ya*, la pregunta retórica (*¿qué pasa?*) casi parece formulada como desplante medio en veras y medio en burlas del autor –cabe decir que a modo chulesco, como replicando la voz del homenajeado.

[14] En versos precedentes, advirtió el poeta sobre el perfil: el retrato hagiográfico de

Sánchez Mejías engloba lo físico y lo intelectual. Así y todo, Lorca pide que nos fijemos en su aspecto de hombre *claro*.

[15] *Minotauro*: Relación mítica con el toro: fuerza vital (toro) más inteligencia (hombre).

[16] Anáfora (*Ya se acabó*) que conecta con el bloque anterior tres versos más arriba.

[17] El Amor le ha abandonado: ha de calentarse con toros vivos (en las ganaderías). Sánchez Mejías está cerca de la piedra: la piedra que es muerte y olvido.

[18] Solo queda silencio y mal olor.

[19] Esta es la gran tragedia: estamos ante la muerte y el pronto entierro, y el olvido. Esta es la gran tragedia: el olvido.

[20] En efecto, *tuvo ruiseñores*, pero ya no canta el torero: no está vivo.

[21] *Agujeros sin fondo*: Se está deshaciendo.

[22] *Sudario*: Tela con la que se envuelve un cadáver. El poeta regresa a un elemento realista: la mortaja o sábana mortuoria.

[23] Ante el muerto, ¿qué hacer? No acepta el poeta lamentos de ninguna guisa: ni lloros, ni cantos, ni gestos viriles como la fiesta de picar espuelas –correr caballos– o como la mitológica espantada de sierpes –la que hacía Hércules de niño para demostrar su fuerza.

[24] A pesar de que antes se había negado a ver la sangre, esto es, a utilizar sus ojos (*No quiero verla* [la sangre]), ahora, llegados a este punto de asimilación de la muerte física del amigo, el poeta-cantor solo conoce una solución, la de abrir bien los ojos (ojos redondos) y contemplarlo en su plenitud de figura.

[25] Corregimos este verso para restaurar el alejandrino. En las versiones anteriores se repite un comienzo agramatical: *los hombres *que les suena...* (que da un tridecasílabo); y debe corregir la forma del relativo: ...*que... > *...a los que...* > *...a quienes...*

[26] La estrofilla anterior y este verso indican que el auténtico valor que exige el poeta-amigo es el de afrontar la muerte cara a cara, sin miedo. Así lo hizo Sánchez Mejías. Así lo quiere ahora Lorca. Los actos varoniles no bastan –domar caballos, cantar...–: hay que afrontar la muerte hacia el futuro, mantener el ejemplo y no olvidar.

[27] *Riendas quebradas*: Los músculos y los huesos desajustados y el sexo acabado.

[28] Con *capitán* se alude tanto al Ulises homérico –atado al palo para no sucumbir a las sirenas– como a Walt Whitman, citado en *Poeta en Nueva York*,

[29] A Sánchez Mejías hubo que amarrarlo a la cama por los dolores intensos que padecía, como dijimos, y se le ató un pañuelo en la quijada.

[30] Reclama el poeta, en primera persona, un llanto tierno y fuerte a la vez, hondo, auténtico: sin vergüenzas femeninas o masculinas: *como un río de leones* había dicho antes.

[31] *Doble resuello*: Quizás se alude a dos toros: el de lidia (en la tierra) y el metafórico (en el cielo). Así cumple Sánchez Mejías su destino, ahora que ha «terminado» con los dos.

[32] Toda la estrofilla va precedida del verbo quiero (cuatro versos más arriba). *Luna*: Símbolo asociado, como sabemos, a la muerte (amén de la a la fecundidad, etc.); cuando la luna es creciente, se asocia al toro, y, cuando es luna llena, a la plaza de toros, al albero.

[33] *Noche sin canto de los peces*: En el silencio del fondo del mar. *Maleza blanca*: El aire, como el humo congelado. Esto es, *Requiescat in pace* (RIP, 'descanse en paz').

[34] No es que el poeta esté en contra de la voluntad del torero –la de ser tapado–, sino que –forzando el juicio– desea que el difunto acepte la muerte y se identifique con ella.

[35] Exhortación al homenajeado. Le pide el poeta-cantor que no luche más: *el caliente bramido* es la animación en metáfora taurina del calor de la muerte.

[36] Impreca Lorca al torero con tres imperativos: *duerme* y *reposa* ya han sido mencionados (duerme el sueño eterno y descanse en paz). *Vuela* hace referencia al vuelo de la muerte en el sentido de trascendencia casi divina o mística, heroica; recuerda el «voy de vuelo» del *Cántico espiritual* de San Juan de la Cruz. El granadino recurrió a este símbolo en otros poemas elegíacos, como el dedicado «A Mercedes, en su vuelo».

[37] Comparación que asocia hiperbólicamente la muerte del hombre con la muerte del mar. ¿Cuál es su sentido? Lorca postula que incluso lo más grande e imperecedero en la tierra –el *mar*– está sujeto a la inexorabilidad de la muerte. Ya lo había anunciado el poeta bíblico: «El mar no existiría ya». Es el Apocalipsis. En este llanto, a la desolación se le va imponiendo serenidad, aceptación y belleza. Así y todo, no vale esto para consuelo del hombre en la Tierra: este es punto en que el poeta-cantor pone fin a la vida del torero como ser de vida terrena. Luego vendrá, si viene, su resurrección como ser de la Fama: la vida perecedera en el recuerdo de los que quedan.

[20] IV. Alma ausente[1]

No te conoce el toro ni la higuera,
ni caballos ni hormigas de tu casa.
No te conoce el niño ni la tarde
porque te has muerto para siempre.[2]
No te conoce el lomo de la piedra,
ni el raso negro donde te destrozas.
No te conoce tu recuerdo mudo
porque te has muerto para siempre.
El otoño[3] vendrá con caracolas[4],
uva de niebla[5] y montes agrupados[6],
pero nadie querrá mirar tus ojos[7]
porque te has muerto para siempre.
Porque te has muerto para siempre,
como todos los muertos de la Tierra,
como todos los muertos que se olvidan
en un montón de perros apagados.[8]

No te conoce nadie.[9] No. Pero yo te canto.[10]

Yo canto para luego tu perfil y tu gracia[11]
la madurez insigne de tu conocimiento,[12]
tu apetencia de muerte y el gusto de tu boca,
la tristeza que tuvo tu valiente alegría.
Tardará mucho tiempo en nacer, si es que nace,
un andaluz tan claro, tan rico de aventura.
Yo canto su elegancia con palabras que gimen[13]
y recuerdo una brisa triste por los olivos.[14]

[1] Al título de la tercera parte («Cuerpo presente») contrapone Lorca el de la cuarta parte y final («Alma ausente»): estamos ante un enfoque más espiritual. ¿Cómo lo afronta Lorca? La alusión del título niega el punto de vista religioso: no es lo religioso lo que interesa al poeta. Lo que incumbe al granadino es recalcar la ausencia en Tierra del héroe. Parece que se va a imponer el olvido.

[2] Este verso sirve de estribillo en cuatro de las estrofillas de esta parte. El poeta sigue dirigiéndose al fallecido. Nadie conoce ya –ni recuerda– al torero; Lorca lo expresa con un *diminuendo*, o *decrescendo* (*toro, higuera, caballos, hormigas; niño, tarde*): personas, animales, plantas, cosas familiares que lo olvidaron ya. Desde la gloria del toro hasta el niño que, al principio del poema, *trajo la blanca sábana*, lo olvidó esa misma tarde; el olvido ha sido inmediato *porque has muerto para siempre*, dice el implacable estribillo: *para siempre*. Como el poeta se dirige al torero, para el cantor-poeta-amigo, su amigo aún *está* ahí.

[3] El torero fallece en verano: en otoño se encuentra el poeta escribiendo este *Llanto*. El 4 de noviembre de 1934 parece que ya la ha acabado, pues hace una lectura en casa del diplomático chileno Carlos Morla Lynch.

[4] *Caracolas*: Caracolas de pastores que convocan a su rebaño.

[5] *Uva de niebla*: Lluvia.

[6] Agrupados: Difuminados. Es el paso del tiempo: el tránsito de las estaciones del año. Toda la naturaleza sigue su ritmo a pesar de que Sánchez Mejías haya muerto.

[7] Nadie tiene ya la voluntad de mantenerlo vivo en el recuerdo.

[8] Insiste el poeta en esta estrofilla en el destino común de la muerte: el olvido. Equipara al ser humano con un despojo de animales: *un montón de perros apagados*. Apréciese la diferencia con la versión primitiva de la elegía; Lorca había escrito: «un montón de soles apagados». La muerte es contemplada como un inmenso pudridero: putrefacción telúrica.

[9] Después de otras anáforas y repeticiones completas de estribillo, retoma el principio de verso en forma anafórica (*No te conoce...*). El torero es uno más; la muerte es inexorable: el olvido se impone (si no hay una intervención del poeta, y esto se ocurrirá y está ocurriendo, pues existe ya la elegía cuya lectura estamos terminando).

[10] Este es el verso central de la elegía: el verso que declara la justificación de la elegía. El poeta se sobrepone y canta para el futuro la fama y el mito del torero-amigo-héroe: *Pero yo te canto*. Lo explicitará en la última estrofilla del poema, que comienza con una epanadiplosis (*canto / canto*). El poeta irrumpe con el *yo*-creador que da la vida: se rebela contra el olvido. Y se dirige al *tú*: no a lector, sino al propio torero (*te canto*, y luego, finalmente, *tu perfil..., tu valiente..., tu apetencia...*).

[11] He aquí la trascendencia del *Yo canto para luego...* Es la justificación glosada de la elegía. Así lo había hecho el modelo: «Y, aunque la vida perdió, / nos dejó harto consuelo / su memoria« (Jorge Manrique, *Coplas por la muerte de su padre*).

[12] *Conocimiento*: Hombre sabio que une en una especie de mestizaje las polaridades de hombre de acción y aficiones lúdicas (pasión de torero, gestor de fútbol) y hombre de genio (intelectualidad como escritor, organizador cultural); joven y maduro.

[13] En los dos últimos versos, el autor finaliza con su *yo*, pero ya no se dirige al tú del homenajeado ni al lector. Queda el yo con la intimidad lírica de su tributo al torero: *Yo canto... y recuerdo...*

[14] El último verso es anticlimático, hermoso verso, pero anticlimático: es la delicadeza última después de tantísimo dolor expresado. Lorca tenía escrito un verso final diferente: «bajo la muchedumbre de los olivos», es decir, bajo tierra andaluza) y lo cambió por este (*y recuerdo una brisa triste por los olivos*) mucho más poético y melancólico: queda la *brisa triste* (debida a la muerte) acariciando los olivos. La brisa (triste, pero agradable) evoca una suerte de ovación; solo nos faltaría por ver, en nuestra imaginación, al propio torero saludando aún a esa brisa solitario y exitoso, vencedor ante el olvido. El final ante la muerte es muy comedido: no hay alegría, pero tampoco desesperación; prevalece la nostalgia, porque hay aceptación de la muerte física.

SONETOS [DEL AMOR OSCURO]

El libro último, póstumo, de García Lorca sólo llevaba el título provisional y genérico de «Sonetos»[I] [Antología 21-23]. El granadino declara a la prensa de la época que está recurriendo a las armas líricas de los jóvenes poetas (Miguel Hernández, Juan Gil-Albert, Luis Rosales) que han reavivado la multiestrofa clásica de Garcilaso y la temática amorosa: «En España, el grupo de poetas jóvenes emprende hoy esta cruzada»[II]. El título, tal como conocemos este poemario, lo decidió Vicente Aleixandre: *Sonetos del amor oscuro*. Con oscuro, Lorca se refería a querencia homoerótica, y así lo empleó él mismo, en una de sus conferencias, al recordar los «amores oscuros» del conde de Villamediana, el culterano escritor de principios del XVII asesinado por motivos de homosexualidad.

Lorca, para Aleixandre, es un «poeta en trance de destrucción» y cada uno de estos sonetos es un «prodigio de pasión, de entusiasmo, de felicidad, de tormento, puro y ardiente monumento de amor, en que la primera materia es ya la carne, el corazón, el alma del poeta en trance de destrucción»; el sujeto lírico –que se identifica con el autor literario– se proyecta en el objeto deseado, en el objeto amado, esto es, se diluye en el otro por amor, como también hicieron el romántico G. A. Bécquer o los contemporáneos Pablo Neruda y Miguel Hernández. Véase el «Soneto de la dulce queja» [Antología 21].

Federico con Rafael Rodríguez Rapún, inspirador de Sonetos del amor oscuro *(Madrid, c. 1936)*

[I] Conocidos hoy como *Sonetos del amor oscuro*, son poemas dedicados, posiblemente, entre otros, a Rafael Rodríguez Rapún (su *secretario*: secretario del Teatro Universitario La Barraca), estudiante de Ingeniería de minas, y a Juan Ramírez de Lucas. La primera edición completa de este poemario se publicó el 17 de marzo de 1984, en las páginas del periódico madrileño *ABC*, a cargo de Miguel García Posada.

[II] «Conversaciones literarias. Al habla con Federico García Lorca», entrevista de Felipe Morales (*La Voz*, Madrid, 7 de abril de 1936).

AMANCIO PRADA
SONETOS
DEL AMOR
OSCURO
Federico García Lorca

• *Sonetos [del amor oscuro]* (1936)

[21] «Soneto de la dulce queja»[1]

Tengo miedo a perder la maravilla
de tus ojos de estatua[2] y el acento[3]
que de noche me pone en la mejilla
la solitaria rosa de tu aliento.[4]

Tengo pena de ser en esta orilla
tronco sin ramas, y lo que más siento
es no tener la flor, pulpa o arcilla,
para el gusano de mi sufrimiento.[5]

Si tú eres el tesoro oculto[6] mío,
si eres mi cruz[7] y mi dolor mojado,
si soy el perro de tu señorío,[8]

no me dejes perder lo que he ganado
y decora las aguas de tu río[9]
con hojas de mi otoño enajenado.[10]

[1] *Yerma* se estrenó en Valencia en octubre de 1935 por la compañía de la Xirgú y Lorca, aun estando en la ciudad del Turia, no asistió a la función. Según Antonina Rodrigo, «Federico se trasladó al aeropuerto, acompañado por Mauricio Torra-Balari (un amigo barcelonés del poeta) a esperar a alguien. Luego fueron a la estación pero la persona esperada no llegó». La persona en cuestión a la que aguardaba Lorca era, según Gibson, un «íntimo amigo», Rafael Rodríguez Rapún. El hecho de no presentarse en Valencia Rodríguez Rapún pudo asustar a Lorca, quien seguramente debió pensar en un abandono de su amante, muy dado por otra parte a actividades heterosexuales. Así se explica que, en papel con membrete del hotel Victoria de Valencia, donde se hospedaba el poeta–, Federico escribiese versos como estos del «Soneto de la dulce queja». *La dulce queja* del título es un oxímoron que parece provenir de *la dulce llaga* a la que rezaba la poesía mística de San Juan de la Cruz y del *dulce lamentar de dos pastores*, de Garcilaso. Desde la perspectiva romántica, queja viene a sumar el significado de amor, goce y sufrimiento. El sufrimiento derivará, en este poema, del miedo a perder la compañía –el amor– de la persona que tanto deleite proporciona. Después de recordar a la persona amada lo mucho que para el sujeto lírico representa, se concluye con una petición: que se mantenga el lazo entre ambos.

[2] *Ojos de estatua*: Ojos imperturbables, serenos.

[3] *Acento*: El significado genérico de énfasis o intensidad, aquí revierte en voz, canto o inflexión de voz. Miguel Hernández lo emplea en uno de los sonetos de *El rayo que no cesa*: «Una querencia tengo por tu acento».

[4] El *aliento*, o el beso, huele bien, como una solitaria rosa: sabe bien y enamora.

[5] Se queja el poeta, en este segundo cuarteto, de la más que posible soledad: otro tipo de pena, como la pena negra, la pena andaluza, pero sufrida en su propia intimidad. La pena es *gusano* (v. 6) insaciable que puede dejar el *tronco sin ramas* (v. 8): y llevarlo a la agonía y a la muerte.

[6] Relación oculta, según el propio autor: una relación prohibida socialmente en la época, esto es, no aceptada. Se trata de una relación homoerótica.

[7] *Cruz*: Dolor (y salvación). Uso poético desde el punto de vista crístico una vez más. Nótese el contraste paradójico *tesoro* y *cruz* (dolor).

[8] *El perro de tu señorío*: Imagen degradante y servil. El poeta (sujeto lírico) prefiere ser antes un subordinado a su amado que perderlo, prefiere ser el amante en la sombra.

[9] El amor es un río, al modo del decir de Luis Cernuda: *Un río, un amor*, poemario que, junto a *Los placeres prohibidos*, confecciona en esta atmósfera. En este sentido, el fluir del agua es vida.

[10] *Hojas*: Poemas, recuerdos. *Otoño enajenado*: Madurez ya fuera de la realidad –arrebatado–, solo viva por el deseo de amar.

[22] «El poeta pide a su amor que le escriba»[1]

Amor de mis entrañas, viva muerte,[2]
en vano espero tu palabra escrita[3]
y pienso, con la flor que se marchita,[4]
que, si vivo sin mí[5], quiero perderte.[6]

El aire es inmortal. La piedra inerte[7]
ni conoce la sombra ni la evita.[8]
Corazón interior no necesita
la miel helada que la luna vierte.[9]

Pero yo te sufrí. Rasgué mis venas,[10]
tigre y paloma[11], sobre tu cintura[12]
en duelo de mordiscos y azucenas.[13]

Llena, pues, de palabras mi locura[14]
o déjame vivir en mi serena
noche del alma para siempre oscura.[15]

---

[1] Entre otras muchas interpretaciones, puede escucharse la de la cantante colombiana Marta Gómez, en su disco (CD) *El corazón y el sombrero.*

[2] Se abre el soneto con dos apóstrofes dirigidos a la persona amada del sujeto lírico (en 1.ª pers. sing.: *mis*). El verso se divide en dos hemistiquios: se equipara *Amor de mis entrañas* y *viva muerte* (oxímoron); el amor interior y profundo, íntimo (*de mis entrañas*) se asocia con la muerte: se trata de un amor que produce la muerte. Principio de punta de vista sentimental y muy subjetivo, expresado con sinceridad.

[3] El sujeto lírico ha perdido la esperanza de recibir noticias (cartas) del amado: *en vano espero*. La *palabra escrita* es una manifestación de amor externa, pero no parece que vaya a hacerse realidad.

[4] El tópico de *la flor que se marchita* indica el paso del tiempo, la fugacidad de la vida y la belleza efímera.

[5] *Vivo sin mí*: Paradoja mística que recuerda (desde la retórica cancioneril del humanismo del siglo XV) el amor profundo y en éxtasis de los clásicos renacentistas san Juan de la Cruz y santa Teresa: «Vivo sin vivir en mí, / y tan alta vida espero / que muero porque no muero. // Vivo ya fuera de mí, / después que muero de amor...».

[6] El malestar y la agonía por un amor en soledad, con la persona amada distante o ausente, provocan la contradicción de querer perder a esa persona por la que suspira (*pienso... que... quiero perderte*, vv. 3-4). Obcecación del amante obnubilado por el desasosiego de la incomunicación. El poeta sufre por el amor que siente al no tener respuesta. Conociendo el contexto, sabemos que es el amor a otro varón, no a una mujer. Anhela recibir una carta, unas palabras que no llegan (v. 2). El poeta, sujeto lírico, siente que muere, que desvanece su ánimo, ante la espera, ante el tiempo que pasa (como pasa *con la flor que se marchita*, v. 3). La incomunicación y la soledad, lo repetiremos, quita la vida.

[7] Se inicia el segundo cuarteto con un verso partido en dos hemistiquios: se destacan

dos elementos de la naturaleza (*aire*, *piedra*): *inmortal*, el primero; *inerte* ('falto de vida, sin movilidad'), el segundo.

[8] Continúa el rimo binario: nuevo verso en dos hemistiquios: *ni... ni...* La naturaleza que rodea al amante solitario es inmortal, frente al riesgo de mortalidad del propio sujeto lírico, e insensible, frente a la agonía que ya experimenta.

[9] Los vv. 7-8 se han presentado con un claro hipérbaton; debe ordenarse para comprenderlo mejor: *La miel helada que la luna vierte no necesita corazón interior*. La luna –símbolo lorquiano de amor y muerte– exhala o rebosa rayos a modo de ambrosías (*miel*: como si la luna fuera un panal de rica miel); pero esa miel, sabrosa normalmente (como el amor) cae *helada*: el frío se asocia a la muerte (por medio de la incomunicación y de la noche gélida, frígida). El ambiente de la naturaleza es adverso para el amante-sujeto lírico: *aire, piedra, miel-luna* (vv. 5-8). Al ardor de su amor se opone la frialdad de la miel.

[10] El primer terceto del soneto se abre con una conjunción adversativa (*Pero*): la contrariedad se acentúa con la expresión taxativa y concisa del sufrimiento con el pronombre personal explícito (*yo*); se refiere al pasado ya perfecto, es decir, de aspecto verbal acabado: *yo te sufrí*. El poeta padece por no tener respuesta del amado: incomunicación, soledad, se imponen; falta de amor activo. Estamos ante un nuevo verso dividido, escindido, en dos hemistiquios. En los cuartetos se ha usado el presente de indicativo: *espero* (v. 2), *pienso* (v. 3)..., *es* (v. 5), *conoce* (v- 6)..., *necesita* (v. 7)... La expresión de amargura y de violencia, con autolesión (*Rasgué mis venas*, v. 8).

[11] Tigre y paloma: recuerda al l*eopardo* y la *paloma* de la parte primera del *Llanto por Ignacio Sánchez Mejías*. Es una alusión erótica ahora: el salvajismo y la ferocidad del tigre –en clave también sexual– y la delicadeza de la paloma –fragilidad de la paloma no concupiscente, porque, representando al amado, no se comunica, adopta una actitud pasiva–.

[12] La escena sexual parece evidente: *Rasgué mis venas* (v. 9)... *sobre tu cintura* (v. 10). La referencia lorquiana a la cintura siempre aparece en contextos de subido tono sexual.

[13] Fin de la escena de evocación del sexo: el amor-el sexo provoca heridas y entra en liza de dolores y agresiones (*mordiscos*) y de momentos placenteros y hermosos (*azucenas*). El amor oscuro que experimenta y recuerda el poeta es doliente: tiene sabores y sinsabores. La azucena es símbolo de la inocencia y de la castidad., pero también la esperanza y la fertilidad. El contraste entre animal salvaje y feroz (*tigre*), que parece incitar a la muerte y la agresividad (*mordiscos*), y la delicadeza del ave (*paloma*) y de la flor (*azucena*), que parece llamar a la nueva vida y la conciliación, la armonía, es muy expresivo en la concisión lírica del soneto.

[14] El último terceto comienza con un imperativo verbal (*Llena... de palabras*), al modo de *carpe diem*, con todas las novedades que la situación exige. El amor (y la imaginación obsesionada) se ha convertido en *locura* para el poeta-amante. Y no es una convención de tradición literaria: es una realidad sentida. *El poeta* (en el v. 10) *pide a su amor que le escriba* –éste es el título del soneto–. La escritura (la comunicación que se exterioriza y permanece para que los demás la vean) quita penas, alivia la locura de amor.

[15] El cierre se inspira, como renovado homenaje, en la «noche oscura del alma» de san Juan de la Cruz: sublimación del sentimiento del amor sin el amado presente. No es que se sienta el poeta no correspondido en su amor: sencillamente, no recibe cartas ni declaraciones externas de amor. ¿Acaso podemos pensar en que no le corresponde el amado? El poeta-amante opta (vv. 13-14) por preferir saberse rechazado y poder así sufrir su amor y, por fin, seguir su vida, a continuar su moribunda vida ante el silencio y la constante duda de barruntar o sospechar que no pueden estar juntos (por el motivo que fuere). Los contrastes son incesantes (amor-dolor): *serena* (v. 13)-*locura* (v. 12) / *oscura* (v. 14); *palabras* (v. 12)-*alma* (v. 14). Poema sincero, que no revela, empero, sus claves: discreción, por una lado, sensibilidad, por otro, y, siempre, misterio.

[23] «El poeta dice la verdad»[1]

Quiero llorar mi pena, y te lo digo
para que tú me quieras y me llores
en un anochecer de ruiseñores,[2]
con un puñal, con besos y contigo.[3]

Quiero matar al único testigo
para el asesinato de mis flores[4]
y convertir mi llanto y mis sudores[5]
en eterno montón de duro trigo.[6]

Que no se acabe nunca la madeja[7]
del te quiero me quieres[8], siempre ardida[9]
con decrépito sol y luna vieja.[10]

Que lo que no me des y no te pida
será para la muerte[11], que no deja
ni sombra[12] por la carne estremecida[13].

---

[1] Leamos la composición con esta clave de sinceridad (*verdad*): el poeta quiere superar el dolor –dolor de amor– con la ayuda del sentimiento amoroso, del amor activo. En los cuartetos, expresa el dolor sentido. «En los sonetos –comenta García Montero (2013: 57-58)– hay, claro, una conciencia poética de la muerte, y de las dificultades de diálogo en una pareja que busca la plenitud, y de las sombras y las escisiones de la propia personalidad , y de los inconvenientes que sufre un homosexual en una sociedad represiva... Pero también está la verdad del amor, la posibilidad de aprovechar el tiempo y de embellecer la existencia con las guirnaldas de la felicidad. Vivir es, ya se sabe, una "angustia de cielo, mundo y hora". Pero los clásicos le han enseñado al poeta que es conveniente disfrutar la vida antes de que llegue el invierno, aprovechar el cuerpo, los días, la juventud. Y el amante sabe *que lo que no mes y no te pida / será para la muerte* (vv. 12-13). Y por eso le da una oportunidad al sol: *La aurora nos unió sobre la cama, / las bocas puestas sobre el chorro helado / de una sangre sin fin que se derrama. // Y el sol entró por el balcón cerrado / y el coral de la vida abrió su rama / sobre mi corazón amortajado* (Soneto «Noche del amor insomne», vv. 9-14)». Puede escucharse este soneto cantado por el uruguayo Garo Arakelian y su grupo La Trampa, en grabación que data de 2005.

[2] El poeta parece estar lejos de la persona amada: el amado disfruta plácidamente de un *anochecer de ruiseñores* (v. 3) frente al sentimiento de agonía y soledad del autor.

[3] La puntuación –las comas de los vv. 1 y 3– nos indica que el cuarteto debe interpretarse así: *Quiero llorar mi pena... con un puñal, con besos y contigo* (vv. 1 y 4). El v. 4, trimembre, es sumamente expresivo y recoge una escena erótica o un recuerdo erótico: un puñal (de dolor y muerte, símbolo fálico asimismo), *besos* (de dolor y muerte), *contigo* (de vida y muerte, como todo amado en situación problemática).

[4] El cuarteto segundo es extremadamente doliente. Se inicia con la anáfora que lo une con el primer cuarteto: *Quiero* (vv. 1 y 5),

que no tiene el significado de amar, sino de volición, es decir, de desear algo (expresado con un verbo en infinitivo): *llorar* (v. 1), *matar* (v. 5), *convertir mi llanto* (v. 7). El poeta desea olvidar el dolor (dolor de amor) y transformarlo en amor. Agresivo deseo vehemente y poético para deshacerse del amado que no es amante (vv. 5-6).

[5] *Llantos y sudores*: bimembración. Quizás, para no resultar sensiblero, añade el poeta el sudor del trabajo o el sudor de sangre.

[6] Transformación de los fluidos corporales (lágrimas, sudor) en elementos sólidos: trigo (*duro trigo*, v. 8), de manera eterna: *eterno montón* (v. 8), para siempre. En los cuartetos parece que el amor se ha acabado: el poeta ha quedado destrozado.

[7] El terceto primero solicita un deseo de amor futuro, con otra nueva anáfora (*Que*, vv. 9 y 12). *Madeja*: Hilo recogido en vueltas iguales para que luego se pueda devanar fácilmente. Alude al hilo de la vida (y del amor). A pesar de todo lo pasado, del amor dejado entre los dos amantes, el poeta –el amante– pide al amado que vuelva con él y que olvide la desunión o el abandono y que vuelvan a estar juntos y ofrecerse en el amor vivo y dinámico para los dos.

[8] Sustantivación de la doble proposición te quiero me quieres, con una sensación dinámica de ida y vuelta, o de circularidad feliz.

[9] *Siempre ardida*: Siempre encendida, en llamas; que arde o se hizo arder *con decrépito sol y luna vieja* (vv. 10-11).

[10] Bimembración *sol-luna*. Tono pesimista (*decrépito* y *vieja*). En los tercetos desea el poeta que, una vez que se ha rehecho o ha regresado al amor, no acabe nunca. No obstante, el tono pesimista de esa relación amorosa todo lo anega.

[11] Aviso para gozar más y mejor del amor (vv. 12-13). Nueva estructura bimembre con sensación de ida y vuelta: *dar-pedir*. Todo lo que no se da (por cuenta del amado) o no se pida (por cuenta del amante) se desperdiciará: quedará en nada. irá a la muerte; lo que no es amor activo, esto es, acción, es nada, es muerte.

[12] Homenaje al famoso verso postrero de Góngora en su magistral soneto del *carpe diem* barroco «Mientras por competir con tu cabello»: [todo lo que no se goza cuando se es joven o se puede se vuelve o se convierte] *en tierra, en humo, en polvo, en sombra, en nada.*

[13] *Estremecida*: Conmovida, impresionada; en este contexto (vv. 13-14), la muerte no deja ni la huella de la sombra del placer o de la dicha aunque la felicidad erótica (la *carne estremecida*, v. 14) haya existido en el pasado o persista en el recuerdo.

REFERENCIAS BIBLIOGRÁFICAS SELECTAS[I]

Alvar, Manuel, ed. (1988): *Homenaje a FGL*, Málaga, Ayuntamiento.

Álvarez de Miranda, Ángel (2011): *La metáfora y el mito. Intuiciones de la religiosidad primitiva en la obra de Lorca*, Sevilla, Renacimiento. (1.ª ed., incompleta, en forma de artículo, 1953).

Amorós, Andrés (2000): *El «Llanto por Ignacio Sánchez Mejías» de FGL*, Madrid, Biblioteca Nueva.

Arango, Manuel Antonio (1995): *Símbolo y simbología en la obra de FGL*, Madrid, Fundamentos.

Armiño, Mauro (2016), «Vida y muerte de un poeta», prólogo a *Lorca esencial*, Madrid, EDAF.

Auclair, Marcelle (1972; en francés, 1968[1.ª]): *Vida y muerte de FGL*, México D. F., Biblioteca Era.

Beltrán Fernández de los Ríos, Luis (1986): *La arquitectura del humo: una reconstrucción del* Romancero gitano *de FGL*, Madrid, Castalia.

Bodini, Vittorio (1971): *Los poetas surrealistas españoles*, Barcelona, Tusquets.

Camacho Rojo, José María, ed. (2006): *La tradición clásica en la obra de FGL*, Granada, Ediciones de la Universidad de Granada.

Correa, Gustavo (1970; 1957[1.ª]): *La poesía mítica de FGL*, Madrid, Gredos.

Corrochano, Gregorio (1992): *La edad de oro del toreo*, Madrid, Espasa Calpe, col. La Tauromaquia.

Domínguez Gil, José (2008): *La voz de la piedra. Lorca y la «muerte oscura» del verbo*, Cáceres, Universidad de Extremadura.

Fernández Cifuentes, Luis (2005): *Estudios sobre la poesía de Lorca*, Madrid, Istmo, colección Fundamentos. Clásicos y críticos.

Flys, Jaroslaw M. (1955): *El lenguaje poético de FGL*, Madrid, Gredos.

Fuentes, Tadea (2004): *El folclore infantil en la obra de FGL*, Granada, Universidad de Granada.

García Lorca, Federico: *Obras completas*, ed. de Arturo del Hoyo, (1974[18.ª]; 1.ª de 1954), Madrid, Aguilar.

______: *Sonetos (1924-1936)*, ed. de Mario Hernández (1981), Madrid, Alianza editorial.

______: *Canciones*, ed. de Mario Hernández (1982), Madrid, Alianza editorial.

______: *Obras completas*, ed. de Miguel García Posada (1997), 4 vols., Madrid, Galaxia Gutenberg/Círculo de lectores.

______: *Epistolario completo*, ed. de Andrew Anderson y Christopher Maurer (1997), Madrid, Cátedra.

García Lorca, Francisco (1981): *Federico y su mundo*, ed. y prólogo de Mario Hernández, Madrid, Alianza editorial.

García Montero, Luis (1996): *La palabra de Ícaro. Estudios literarios sobre GL y Alberti*,

[I] Utilizamos las siglas FGL (Federico García Lorca) y GL (García Lorca) en esta sección.

Grabada, Cátedra FGL, Universidad de Granada.
______ (2013): «La poesía de FGL», prólogo a *FGL. Antología poética*, Madrid, Colección Visor de poesía, n.º 836.
______ (2015): «FGL, poeta de Granada», en *La literatura no ha existido siempre. Homenaje a Juan Carlos Rodríguez*, Miguel Ángel García, Ángela Olalla y Andrés Soria (eds.), Granada, Universidad de Granada, pp. 245-259.
García Posada, Miguel (1979): *FGL*, Madrid, EDAF.
______ (1982): *Lorca: interpretación de* Poeta en Nueva York, Akal, Madrid.
Gibson, Ian (2009): *Lorca y el mundo gay*, Barcelona, Planeta.
______ (2011): *FGL*, Madrid, Editorial Crítica.
______ (2016): *Vida, pasión y muerte de FGL (1898-1936)*, Barcelona, De Bolsillo (ed. revisada y aumentada de la de Plaza y Janés, 1998).
Gil, Ildefonso Manuel, ed. (1973): *FGL: El escritor y la crítica*, Madrid, Taurus.
Grande, Félix (1992): *GL y el flamenco*, Madrid, Mondadori.
Guerrero Ruiz, Pedro, ed. (1998): *FGL en el espejo de su tiempo*, Alicante, Caja de Ahorros/Aguaclara.
Hernández, Mario (1984): «Jardín deshecho: los Sonetos de GL», *El Crotalón. Anuario de Filología Española. I*, Madrid, pp. 193-228.
Herrero, Félix (2005): «El gitano en la obra de FGL», *Revista de Pedagogía de la Universidad de Salamanca*, n.º 3, pp. 9-20.
Lázaro Carreter, Fernando (1984): «Lectura del "Llanto" de GL», *Los Domingos de ABC*, Madrid, 12 de agosto.
Loureiro, Ángel G., coord. (1988), *Estelas, laberintos, nuevas sendas. Unamuno. Valle Inclán. García Lorca. La Guerra Civil*, Barcelona, Anthropos, editorial del hombre.
Manrique de Lara, José Gerardo (1988): «El sentido de la muerte en la obra de F. G. Lorca», en Alvar (1988), pp. 127-168.
Martín, Eutimio (1986): *FGL, heterodoxo y mártir. Análisis y proyección de la obra juvenil inédita*, Madrid, Siglo XXI.
______ (1988): *FGL. Antología comentada*, 2 vols. (Tomo I. Poesía), Madrid, Ediciones de la Torre.
Martínez Nadal, Rafael (1980): *Cuatro lecciones sobre FGL*, Madrid, Cátedra.
______ (1992): *FGL*, Madrid, Casariego.
Maurer, Christopher (1983): *FGL, «Epistolario I, II»*, Madrid, Alianza Editorial.
______ (1998): *FGL (1898-1936)*, Madrid, Fundación Autor.
______ (2000): *FGL y su arquitectura del cante jondo*, Granada, Comares.
Menarini, Piero (2007): «Introducción», en FGL, *Poeta en Nueva York*, Madrid, Austral Poesía, pp. 11-41.
Merlo Calvente, María José (2015): Tesis doctoral «Para una edición del *Diván del Tamarit*, de FGL», Universidad de Granada, Facultad de Filosofía y Letras, Departamento de Literatura.
Millán, M.ª Clementa (1988): «Introducción», en FGL, *Poeta en Nueva York*, Madrid, Cátedra, pp. 15-105.

Morla Lynch, Carlos (1959): *En España con FGL. (Páginas de un diario íntimo. 1928-1936)*, Madrid, Aguilar. [Sevilla, Renacimiento, 2008]
Paepe, Cristian (2006), prólogo y edición de *Romancero gitano*, Madrid, Austral.
Páez Castro, Rafael (2010): «Comentario sociológico de "Grito hacia Roma", de FGL», *Tarbiya, Revista de investigación e innovación educativa*, n.º 41, UAM, Madrid, pp. 145-163.
Ramond, Michèle (2002): *FGL. L'oeyvre et les sexes imaginaires*, Aix-en-Provence, ÉDISUD.
Rodríguez, Juan Carlos (1994): *Lorca y el sentido. Un inconsciente para una historia*, Madrid, Akal.
Sahuquillo, Ángel (1986): *FGL y la cultura homosexual*, Estocolmo, Akademitryck.
Soria Olmedo, Andrés, ed. (1986): *Lecciones sobre FGL*, Granada, Comisión nacional del cincuentenario de la muerte del escritor.
_______ (2004): *Fábula de fuentes. Tradiciones y vida literaria en FGL*, Madrid, Publicaciones de la Residencia de Estudiantes.
_______, ed. (2007): *Las Vanguardias y la Generación del '27*, Madrid, Colección Visor de poesía.
Story, Isabel (2011): «Arquitectura y denuncia en Poeta en Nueva York», *El Genio Maligno (EGM), Revista de Humanidades y Ciencias sociales*, n.º 8, marzo, Universidad de Granada.
Umbral, Francisco (1968): *Lorca, poeta maldito*, Madrid, Biblioteca Nueva.
Valdivia Martín, Pablo (2009): *La vereda indecisa. El viaje hacia la literatura de FGL*, Granada, Colección Genil de Literatura, Diputación de Granada.

Prácticas de actividades EBAU

• Cuestiones de Literatura en la EBAU (resueltas)

Pasos previos a todo análisis y comentario

1. Numeramos el texto, en el margen izquierdo, de 5 en 5 líneas si no lo está.
2. Leemos de un tirón el texto literario propuesto y las cuestiones. Nos habremos fijado en el encabezamiento –epígrafe: título, titular– y en el pie de texto si lo hay. En nuestro caso no lo habrá, puesto que es una de las preguntas más probables: quién es el autor y a qué obra pertenece.
3. Leemos de manera atenta, concentrada y comprensiva el texto literario.
4. Reiniciamos la lectura anotando básicamente lo necesario –en el mismo folio que nos han repartido– para poder responder con una redacción más rápida y fluida de inmediato. No disponemos de mucho tiempo, pero, se supone, que la obra ha sido leída y comentada en el aula previamente.
5. Con los conocimientos adquiridos y las destrezas puestas en práctica, se intentará responder adecuadamente, redactando de manera concisa y correcta. Se nos piden respuestas muy ajustadas y concretas, de no más de unas cuatro líneas en ocasiones; en otras, de 200 a 300 palabras. Conviene que conozcas la cuantificación exacta de tu escritura manuscrita: saber cuántas palabras suelen tener tus líneas. Respetaremos, por tanto, la coherencia, cohesión, adecuación y corrección de nuestra respuesta. Cuidado con la ortografía y la claridad de nuestro escrito.

Es muy probable que en la prueba de EBAU se nos propongan dos opciones: dos textos (íntegros o fragmentos) de dos literatos distintos. Seguramente solo habrá tres cuestiones en cada una de las opciones y las tres son obligatorias. Cada una de ellas tiene un valor de un (1) punto. Añadimos algunas más como posibles modelos (de manera orientativa): unas son de respuesta breve, otras exigen una extensión mayor que, de no limitarse explícitamente, nunca debe superar las 400 palabras (unas 32 líneas).

Las respuestas que ofrecemos son meramente orientativas: de ellas nos interesa que extraigas lo necesario para que tú puedes afrontar una respuesta personal en la medida de lo posible y con una extensión similar.

• Ejemplo 1

La aurora

La aurora de Nueva York tiene
cuatro columnas de cieno
y un huracán de negras palomas
que chapotean las aguas podridas.
La aurora de Nueva York gime
por las inmensas escaleras
buscando entre las aristas
nardos de angustia dibujada.
La aurora llega y nadie la recibe en su boca
porque allí no hay mañana ni esperanza posible.
A veces las monedas en enjambres furiosos
taladran y devoran abandonados niños.
Los primeros que salen comprueban con sus huesos
que no habrá paraíso ni amores deshojados;
saben que van al cieno de números y leyes,
a los juegos sin arte, a sudores sin fruto.
La luz es sepultada por cadenas y ruidos
en impúdico reto de ciencia sin raíces.
Por los barrios hay gentes que vacilan insomnes
como recién salidas de un naufragio de sangre.

• **Cuestionario**

1. ¿A qué poema pertenecen estos versos? ¿Conoce el título del poema? ¿En qué libro aparece el poema? ¿Quién es su autor?

2. Escriba una breve paráfrasis comprensible del texto a modo de aclaración de su contenido. [Máximo 110 palabras]

3. Indique concisamente el tema del texto y comente su sentido en su contexto histórico. [Máximo: 250 palabras]

4. Exponga la organización o estructura de las ideas del texto: realice un esquema sinóptico de su estructura.

5. Explique brevemente la métrica del poema en relación con el contenido.

6. En el texto hay dos términos (símbolos, temas) utilizados en la obra de este autor: *aurora* y *sangre*. Explique brevemente el significado de ambos. [Entre 2 y 6 líneas]

7. Señale y comente en pocas palabras algunos de los elementos rítmicos que hacen de este texto un poema en verso.

8. Indique algunas de las metonimias esparcidas en el poema y su posible significado.

9. Dentro de la producción del poeta que escribió estos versos, ¿a qué etapa pertenece esta obra? Defínala en un máximo de cuatro líneas.

10. ¿Con qué generación literaria se identifica el autor del poema? Enumere y comente sucintamente tres características de la misma. [Entre 3 y 9 líneas]

11. Señale tres movimientos vanguardistas que se desarrollaron durante el primer tercio de siglo XX y el nombre de un escritor español que lo cultivara. [Máximo: cuatro líneas]

12. Redacte un comentario crítico sobre el contenido del texto y la peripecia de su autor. [Máximo: 400 palabras]

RESPUESTAS AL CUESTIONARIO EBAU

1. ¿A qué poema pertenecen estos versos? ¿Conoce el título del poema? ¿En qué libro aparece el poema? ¿Quién es su autor?

Se trata del poema completo titulado «La aurora»: veinte versos. Es el poema inicial del libro *Poeta en Nueva York* que escribió Federico García Lorca entre 1929 y 1930, y fue publicado al año siguiente.

2. Escriba una breve paráfrasis comprensible del texto a modo de aclaración de su contenido. [Máximo: 110 palabras]

Entrada de las primeras luces solares en la ciudad de Nueva York: las moles construidas y su suciedad no permiten el brillo de la naturaleza. La esperanza del nuevo día es estéril. Los neoyorquinos acuden al trabajo esclavizados por el dinero; las industrias destruyen con humos la luz del día, no hay sonido de pájaros, solo ruidos, y los niños –la ternura y la inocencia– mueren por las calles (vv. 1-12). Los rayos del amanecer apenas pueden iluminar Nueva York, porque solo producen sombras y contaminación, negrura y podredumbre, ausencia de naturaleza, insolidaridad e inhumanidad por la explotación económica; el trabajo, extenuante, permite una sobrevivencia amarga (vv. 13-20).

3. Indique concisamente el tema del texto y comente su sentido en su contexto histórico. [Máximo: 250 palabras]

Repulsa de la vida inhumana y capitalista que significa Nueva York en 1929-1930, en el momento en que García Lorca visita la ciudad norteamericana, en plena crisis económica (*crash* del 29). En definitiva, la esencia profunda de la temática lorquiana se desprende también de este poema: lucha y destino trágico de la vida: desolación de una realidad sin remedio, de una realidad sobrevenida.

El destino trágico de personas marginales y vulnerables conlleva a la frustración por la desilusión de la vida. Es lo que ocurre a los niños, y a todos los ciudadanos, de Nueva York, que el poeta convierte en arquetipo de metrópoli desmesurada y de cultura mercantilista y explotadora, que atrapa a los hombres en un ambiente de patético progreso; Lorca habló en una de sus conferencias de *geometría y angustia*. El poeta se identifica y se solidariza con la gente llana, con el común del pueblo oprimido. En este poemario (*Poeta en Nueva York*) Lorca empatiza y se pone en el lugar de los sectores más deprimidos de la sociedad: negros, niños, pobres... En la obra que le había dado fama en el mundo hispano, *Romancero gitano*, pocos años antes (...1928), había personificado la *pena negra* en la raza gitana. Sectores sociales, junto al de las mujeres, desahuciados o desprotegidos por la sociedad de la época.

4. Exponga la organización o estructura de las ideas del texto: realice un esquema sinóptico de su estructura.

Para establecer la estructura del contenido, supongamos didácticamente que la composición está forjada en cinco subestrofillas de cuatro versos, ya que las anáforas («La aurora...» así lo determinan en tres ocasiones al comenzar el poema (vv. 1, 5 y 9). En el verso 9 hay un cambio en la métrica: se pasa del verso corto al verso de arte mayor. La organización es la siguiente:

Subestrofillas	Contenido	Técnica cinematográfica de la descripción-narración	Rasgos formales y semánticos
Estrofillas 1-2: vv. 1-8	I. El amanecer sombrío de Nueva York. Descripción del deprimente y contaminado paisaje urbano	Panorámica (Gran plano general)	Anáfora en vv. 1, 5. Grupo de versos cortos
Estrofilla 3: vv. 9-12	II. Transición al paisaje humano	*Zoom*: acercamiento a Plano general y Primer plano (El poema transita de lo general a lo particular y al detalle)	Cambio en la anáfora del v. 9. a) vv. 9-10. Probable alusión de lo mítico: lo religioso b) vv. 11-12: Lo patético: niños abandonados o muriendo
Estrofillas 4-5: vv- 13-20	III. Despertar de la ciudad: los habitantes deambulan aturdidos o zozobrantes	Desesperanza: la luz no se impone a la ciudad, al hombre moderno, al progreso salvaje	Destino trágico. Único uso del futuro ("habrá", v. 14) como tiempo verbal: frente al generalizado presente actual

5. Explique brevemente la métrica del poema en relación con el contenido.

La composición es un todo: no hay estrofas tradicionales: ni medida regular ni rima; son versos blancos: sin rima. El poeta huye de lo tradicional. Los ocho primeros versos, que constituyen la primera parte de la estructura del poema, son versos simples y de una escansión variable (entre las 8 sílabas y las 11); gráficamente. Esto es, visualmente, forman un bloque más reducido que el resto del poema. Parece imponerse el caos: la irregularidad, el desorden, el descontrol, la irracionalidad...; se impone la sensación de incomodidad, carencia y, en cierto modo, vacío o falta de respeto a las normas; es la nueva incongruencia de la vida (y la poesía). A partir del verso 9, desde la subestrofilla 3, se regulariza el verso con un verso compuesto: serán doce versos (tres subestrofillas finales) de alejandrinos (versos de 14 sílabas). La amplitud del alejandrino imprime carácter reflexivo a lo expuesto, a lo descrito: el ritmo se hace lento; vence la "noche" al día: había más celeridad al amanecer por la vertiginosa velocidad de la luz (ralentizada por las sombras); sin embargo, la rapidez del nacimiento del día se paraliza en Nueva York y se crea un nuevo orden: el orden pesimista del sufrimiento vital en la moderna gran ciudad, en la nueva civilización desmesurada, en la devastación de la naturaleza. La métrica coadyuva a la sensación de pesadez y agobio.

6. En el texto hay dos términos (símbolos, temas) utilizados en la obra de este autor: *aurora* y *sangre*. Explique brevemente el significado de ambos. [Entre 6 y 16 líneas]

La aurora es el nacimiento del día, la llegada de la luz, y, por tanto, representa el nacimiento feliz de la nueva vida y de lo cíclico, la esperanza; la luz constituye alimento. En este poema de *Poeta en Nueva York* se impone la ausencia o inoperancia de la poca fuerza de la aurora/luz hasta convertir el negado amanecer en una tragedia: la imposibilidad de una vida dichosa.

La sangre tiene dos acepciones contradictorias, como tantos símbolos lorquianos: por un lado, se asocia al riego de vida: fecundidad, incluso con resonancia sexual; si es producto de la herida, simboliza la muerte. Es símbolo recurrente, desde el título, en la tragedia teatral de nuestro autor, *Bodas de sangre*. En este poema, el símbolo da sentido negativo a toda la composición: la tremenda impresión que nos deja esta truculenta imagen («naufragio de sangre») es asfixiante, asqueante –ya que nos activa muecas de repulsa y asco al escucharla–. Es una tragedia enorme: la destrucción del hombre es la impronta de la vida en esa maldita ciudad, en una maldita cultura mercantilista: huesos, sangre... lo delatan.

7. Señale y comente en pocas palabras algunos de los elementos rítmicos que hacen de este texto un poema en verso.

El poeta, en esta etapa de su producción literaria, ha recurrido al versolibrismo: emplea una serie de versos o segmentos fónicos que distribuye sin el ritmo cuantitativo de la medida: no tienen una medida fija en los primeros ocho versos; y tampoco se atienen al ritmo de la repetición de sonidos a final de verso, es decir, no tiene rima en ninguno de los 20 versos. Solo es regular el verso empleado hasta el final del poema (del v. 9 al v. 20): son versos alejandrinos –de catorce sílabas– que suelen estar dividido en dos hemistiquios por una cesura ("a los juegos sin arte, / a sudores sin fruto", v. 16).

El ritmo poético de los versos se logra, entre otros recursos, por elementos repetitivos tanto gramaticales como léxico-semánticos ("salen / recién salidas",

vv. 13 y 19): las anáforas de los vv. 1, 5 y 9 ("La aurora..."), las agrupaciones de cuatro en cuatro de los versos con pausa final (y, a veces, de dos en dos), los contrastes que hacen avanzar el texto (símbolos positivos -aurora/luz, amanecer, esperanza–, símbolos negativos -huracán, palomas/negras, oscuridad, angustia–, la reiteración de palabras ("cieno"), la gradación de términos ("La aurora tiene..., gime..., llega y nadie la recibe..."); en esta gradación se aclara el sentido pesimista del cuadro descrito: se ve en lontananza, se acerca > se oye, se aproxima > está presente. También se recurre a paralelismos y bimembraciones ("taladran y devoran", v. 12; "números y leyes", v. 15; "cadenas y ruidos", v. 17) y algunas asociaciones de ideas que retumban rítmica o cíclicamente: así en los vv. 10 y 14 (sin mañana, sin esperanza → sin paraíso, sin amores).

8 Indique algunas de las metonimias esparcidas en el poema y su posible significado.

Entre otras, podemos destacar las siguientes: "monedas" (v. 11) que representan el dinero y el afán mercantilista que oprime a seres humanos; "niños" (v. 12) que, más allá de su significado recto, se ha de asociar a los seres desvalidos y vulnerables; "huesos" (v. 13), que designan a toda la persona (y que es expresión poética similar a la popular «sufrir en sus propias carnes»). Merece detenerse en la metonimia bimembre "números y leyes" (v. 15), que, interpretada en su contexto lingüístico, nos transmite lo siguiente: los niños -la explotación infantil- son conscientes de que van al mundo del trabajo como si fueran «números», no personas: contabilidad y finanzas, es decir, un ámbito deshumanizado -no olvidemos que estamos en plena crisis económica de 1929–, y «leyes» (mención lacónica que permite la reflexión sobre la oposición entre ley y justicia): más que lo solidario parece imponerse el peso de una ley represiva (lo administrativo, lo penal, lo jurídico y lo político es el imperio de una ley, parece susurrar el poeta, que no es justa). Finalmente, "cadenas y ruidos" (v. 17) son metonimia del mundo fabril: la palabra *cadena* está usada anfibológicamente: el trabajo en cadena (la nueva producción en serie de las incipientes multinacionales) y la opresión por falta de libertad que connotan las cadenas. La esperanza, por tanto, muere soterrada o anclada por la falta de libertad, por la esclavitud, por el trabajo excesivo y el dinero escaso: sin duda, por el poder del dinero. Además, la palabra *ruido* se opone a los sonidos naturales -inexistentes–, puesto que el ruido industrial o urbano mitiga o apaga, anula, el sonido natural. Se trata, pues, poetiza el autor, del desafío desvergonzado -"impúdico reto" (v, 18)– del hombre contra la naturaleza (mediante la «ciencia sin raíces», v. 18).

9. Dentro de la producción del poeta que escribió estos versos, ¿a qué etapa pertenece esta obra? Defínala en un máximo de catorce líneas.

Este poema abre el libro *Poeta en Nueva York*, escrito por García Lorca entre 1929 y 1930. Fue publicado en 1931. Pertenece a la etapa surrealista del escritor granadino. Su obra se suele dividir en cuatro etapas:

1.ª Neopopularismo (Mundo infantil y doméstico), con canciones de raigambre popular, durante el periodo de inocencia y felicidad de la infancia en su casa/jardín.

2.ª Neotradicionalismo del flamenco y otros palos, con dominancia de la *pena negra* como destino trágico y frustración vital del Mundo gitano, en Andalucía.

3.ª Etapa surrealista: la que corresponde a nuestro poema, expresado en términos artísticos de vanguardia, como expresión adecuada frente al choque, en EE. UU., de una opresión social más generalizada (niños, negros...).

4.ª Etapa intimista de retorno al clasicismo: influencias arábigo-andaluzas y cultivo del soneto sobre la infancia perdida y el amor homoerótico (o amor oscuro).

10. ¿Con qué generación literaria se identifica el autor del poema? Enumere y comente sucintamente, al menos, tres características de la misma. [Entre 6 y 20 líneas]

García Lorca pertenece a la generación del 27: es el miembro más destacado, famoso internacionalmente y traducido del grupo. Dado su carácter cancioneril y romancero, apto para gran público, sus poemas han sido musicados innumerables veces.

Entre otras, podemos destacar los siguientes rasgos que caracterizan la generación del 27 aunque, entre sus componentes, existe mucha diversidad, especialmente a partir de 1936:

a) Sincretismo de tradición popular (lo cantado por el pueblo llano) y tradición culta (lo compuesto por autores conocidos, pertenecientes al canon clásico)

b) Uso de tradición (literatura tradicional clásica española) y vanguardia (los -ismos)

c) Evolución y equilibrio entre poesía intelectualizada y supuesta espontaneidad pasional

d) Predominio del lirismo (con una lengua muy actual, pero selecta): irrupción posterior de la vehemencia épica (como mensaje para las masas, con un registro común, sencillo y claro)

e) Usos métricos de hogaño y antaño:

- Versículo y verso libre de la vanguardia: ritmo logrado por repetición o progresión de ideas, paralelismos, gradaciones...
- Estrofas y medidas tradicionales: octavas, décimas, sonetos, romances; versos endecasílabos, octosílabos.

11. Señale tres movimientos vanguardistas que se desarrollaron durante el primer tercio de siglo XX y el nombre de un escritor español que lo cultivara. [Máximo: cuatro líneas]

Ultraísmo: Guillermo de Torre (caligramas)
Futurismo: Rafael Alberti
Dadaísmo: Pedro Salinas (parodias)
Surrealismo: Vicente Aleixandre, García Lorca

12. Redacte un comentario crítico sobre el contenido del texto y la peripecia de su autor. [Máximo: 400 palabras]

Lorca, a lo largo de su obra, se identificó con seres marginados: con los solitarios de su tierra (bandoleros), con el pueblo gitano, con las clases bajas y vulnerables de Nueva York –esto es, del sistema capitalista– (negros, judíos, niños...) y, en su obra póstuma (*Sonetos del amor oscuro*), con los homosexuales.

Su protesta social –contra la injusticia que se observa en Nueva York– es una denuncia humana, una queja contra el dolor de la especie humana, no una opción declarada a favor de un partido político.

Prevalece en su poema un sentimiento de desamparo y amargura producido por la impresión de una ciudad (o una cultura) inicua en sus fundamentos a causa del poder del dinero, la pobreza y el abandono infantil, la esclavitud materialista, la contaminación industrial. «La aurora» deja un poso de vacío al contemplar lo absurdo, la falta de humanidad y de naturaleza.

Poeta en Nueva York, el libro al que pertenece «La aurora», es la sentida percepción que tuvo García Lorca de un mundo desequilibrado: la pugna entre individuo y sociedad, entre naturaleza y civilización materialista. El libro fue escrito entre 1929 y 1930, en el momento de la Gran depresión económica producida por el *crash* de la bolsa de Nueva York.

En Nueva York concurren todas las fuerzas enemigas de la vida (entendida como armonía de la naturaleza y creación del arte con raíces humana): la muerte, la soledad, la reducción del hombre a «números y leyes» como hace la política del desarrollismo capitalista –o el capitalismo salvaje– y la injusticia que esclavizan al hombre y su entorno. El ser vivo –lo vivo: la naturaleza– es convertido en mercancía. El ciudadano es un número y la vida se reduce a números de contabilidad dineraria. He aquí el capitalismo salvaje.

Parece como si en Nueva York no hubiera ni muertos ni vivos: se vive en letargo, que es la mejor manera de evitar sufrimientos y dolores. Estaríamos rodeados de una muchedumbre lúgubre. La naturaleza pervertida por la ciencia y la artificiosidad de Nueva York, de la modernidad de sus rascacielos, es para Lorca falta de autenticidad. Apréciese el contraste con la armonía y el orden de la naturaleza como creación divina perfecta en los poemas renacentistas de Fray Luis de León o en el primer Miguel Hernández del «Silbo de afirmación en la aldea» escrito a principios de 1935.

• Ejemplo 2

El poeta pide a su amor que le escriba

Amor de mis entrañas, viva muerte,
en vano espero tu palabra escrita
y pienso, con la flor que se marchita,
que, si vivo sin mí, quiero perderte.

El aire es inmortal. La piedra inerte
ni conoce la sombra ni la evita.
Corazón interior no necesita
la miel helada que la luna vierte.

Pero yo te sufrí. Rasgué mis venas,
tigre y paloma, sobre tu cintura
en duelo de mordiscos y azucenas.

Llena, pues, de palabras mi locura
o déjame vivir en mi serena
noche del alma para siempre oscura.

- **Cuestionario**

1. ¿A qué poema pertenecen estos versos? ¿Conoce el título del poema? ¿En qué libro aparece el poema? ¿Quién es su autor?

2. Escriba una breve paráfrasis del texto a modo de aclaración de su contenido. [Máximo 160 palabras]

3. Indique concisamente el tema del texto y comente su sentido en su contexto íntimo. [Máximo: 150 palabras]

4. Exponga la organización o estructura de las ideas del texto: realice un esquema sinóptico de su estructura.

5. Explique brevemente la métrica del poema.

6. ¿Qué quiere expresar el autor con las expresiones «si vivo sin mí» (v. 4) y «Llena de palabras mi locura» (v. 12)? Explique brevemente el significado de ambas expresiones. [Entre 8 y 14 líneas]

7. Señale y comente en pocas palabras algunos de los elementos rítmicos que no pertenecen a la métrica, pero que son relevantes en este texto.

8. Indique algunas de los tropos o figuras retóricas de contenido esparcidas en el poema y su posible significado o funcionalidad expresiva.

9. Dentro de la producción del poeta que escribió estos versos, ¿a qué etapa pertenece esta obra? Defina las etapas de la trayectoria literaria de nuestro autor en un máximo de veinte líneas.

10. Cite, al menos, el nombre de cinco miembros de la generación a la que pertenece el autor y una obra literaria de cada uno de ellos.

11. ¿A qué nos referimos con la expresión *las sinsombrero*? Cite, al menos, dos nombres y otras tantas obras literarias.

12. ¿Qué relación hay entre la Guerra Civil y el autor de estos versos?

RESPUESTAS AL CUESTIONARIO EBAU

Recuerda que solo habrá tres cuestiones en el apartado de Literatura de la EBAU. Las respuestas que ofrecemos son meramente orientativas: de ellas nos interesa que extraigas lo necesario para que tú puedes afrontar una respuesta personal en la medida de lo posible y con una extensión similar.

1. ¿A qué poema pertenecen estos versos? ¿Conoce el título del poema? ¿En qué libro aparece el poema? ¿Quién es su autor?

Se trata del poema completo bautizado con el título de «El poeta pide a su amor que le escriba» (conocido también como «soneto de la carta»: uno de los sonetos que aparece en el libro póstumo de Federico García Lorca (1898-1936) titulado, con posterioridad, *Sonetos del amor oscuro*. El escritor granadino escribió la casi totalidad de este poemario entre 1935 y 1936, aproximadamente, pero también rehizo algunas composiciones que procedían de 1932, inicialmente pensadas en el contexto del libro nonato *Tierra y Luna*, de la época de *Poeta en Nueva York*. *Sonetos del amor oscuro* fue publicado, como obra definitiva –once sonetos– y de manera excepcional, en el diario madrileño *ABC* en 1984, casi 50 años después de su composición.

2. Escriba una breve paráfrasis del texto a modo de aclaración de su contenido. [Máximo: 160 palabras]

El poeta, enamorado, apela a la persona que ama y de la que querría recibir una carta, para saber que aún está unido, o conecta, sentimentalmente con él. Pero, transcurrido el tiempo, al no recibir nada, piensa incluso en la conveniencia de olvidarlo. (Cuarteto 1). Frente a su estado de ánimo, la naturaleza se muestra fuerte y constante, porque no tiene sentimientos o no se postra ante ellos. (Cuarteto 2). El poeta recuerda la inestabilidad de la relación sentimental: los avatares del tópico místico de la «concordia discors», esto es, de las fluctuaciones del amor expresado en su «dolorosa voluptuosidad», es decir, el dulce dolor de la experiencia erótica (aunque aquí esté tomada de la tradición mística sanjuanesca). (Terceto 1). Reclama el poeta a la persona amada que le escriba, que rompa su silencio (la incomunicación), o que dejen la relación para vivir él –el poeta-amante– sin el sobresalto de la incertidumbre. (Terceto 2).

3. Indique concisamente el tema del texto y comente su sentido en su contexto íntimo. [Máximo: 150 palabras]

Dolor por el amor que el poeta-amante no puede disfrutar debido a la incomunicación con la persona amada. El poeta solicita para que finalice su agonía amorosa bien que se restablezca la relación sentimental con la interacción de los amantes bien que se ponga fin a tan dolorosa situación. El amor oscuro se refiere al amor secreto: es un amor secreto por ser amor homoerótico. García Lorca se está refiriendo, en todo el libro *Sonetos del amor oscuro*, a la tortuosa relación con un varón, probablemente a la de su amigo Rafael Rodríguez Rapún. La queja de Lorca consiste en no poder expresar abiertamente su amor, en no poder confesarlo y disfrutarlo por las convenciones sociales de la época. Su amado tampoco podía vivir abiertamente esa relación; además, se sabe que Rodríguez Rapún mantenía una actividad heterosexual también incesante.

4. Exponga la organización o estructura de las ideas del texto: realice un esquema sinóptico de su estructura.

Para establecer la estructura del contenido, nos fijamos en la composición subestrófica del soneto y en los nexos textuales (v. 9, *Pero*, que da inicio al terceto 1, y v-12, *pues*, que marca el enlace de lo anterior con el desenlace del poema, terceto 2).

La organización del soneto se puede ilustrar con el siguiente cuadro:

Apartados: tiempo aludido	Contenido general (categoría o trascendencia)	Rasgos formales y semánticos	Subestrofas
El presente	Amor-dolor por ausencia del amado (inquietud del amante)	Apóstrofe al amado: a) queja por su incomunicación b) opción de terminar la relación si el poeta no es dichoso sin la voz (o presencia) del amado	Cuarteto 1
		Frente al desánimo del poeta, la naturaleza es insensible, pero fuerte y constante. Transmite insulsa frigidez a la relación.	Cuarteto 2
El pasado	Evocación de la convulsa relación de amor (reproche)	Concordia y discordia de la voluptuosidad o erotismo entre la pareja. Entrega del amante: posible pasividad, desinterés o despreocupación del amado.	Terceto 1. Conjunción adversativa *Pero*.
El futuro inmediato	Propuesta del poeta-amante: una solución al silencio y la ausencia (desasosiego)	Para conjurar el peligro de la agonía y la tortura (locura) por amor, el poeta pide acción: o escribe el amado –se restablece la comunión– o rompen relaciones –quedará el poeta viviendo el amor que pudo ser más duradero y ya no fue. Anula o vive el poeta en el sufrimiento.	Terceto 2. Imperativo verbal. Conjunción consecutiva *pues* 'por tanto, por consiguiente'.

5. Explique brevemente la métrica del poema.

Estamos ante un soneto clásico, que retoma la tradición heredada de Petrarca, a través de Garcilaso, en España. Una composición de catorce versos endecasílabos (11 sílabos) dispuesta o formada por cuatro subestrofas: dos cuartetos y dos tercetos. La rima es consonante y queda repartida de la siguiente manera: ABBA, ABBA, CDC, DCD.

Si se nos pidiera la partitura métrica del soneto que analizamos, podríamos visualizarla con el siguiente esquema (sin especificar aquí las sinalefas aplicadas):

—Ritmo cuantitativo: número de sílabas: medida o escansión del verso (y licencias poéticas)

—Ritmo tímbrico: la rima o coincidencias de sonidos al final de los versos

—Ritmo intensivo o acentual: lugar de los acentos prosódicos en el verso

—Ritmo tonal o melódico: entonación y pausas (pausas intraversales /, pausas a final de verso //, pausa mayor ///, cesuras ǁ, encabalgamientos suaves > o abruptos >>)

__ ´__ __ __ __ ´__ __ / ´__ __ ´__ __ //		11 A Encabalgamiento suave
__ ´__ __ ´__ __ __ __ ´__ __ ´__ __ //		11 B
__ ´__ __ / __ __ ´__ __ __ __ ´__ __ //	>	11 B
__ / __ ´__ __ __ ´__ / ´__ __ __ ´__ __ ///		11 A (Cuarteto 1)
__ ´__ __ __ __ ´__ / __ ´__ __ ´__ __ // >>		11 A
__ __ ´__ __ __ ´__ __ __ __ ´__ __ //		11 B
__ __ ´__ __ __ ´__ __ __ __ ´__ __	>	11 B
__ ´__ __ ´__ __ __ __ ´__ __ ´__ __ ///		11 A (Cuarteto 2)
__ __ ´__ __ __ ´__ / __ ´__ __ ´__ __ //	>	11 C
´__ __ __ ´__ __ / __ __ __ __ ´__ __	>	11 D
__ ´__ __ __ __ ´__ __ __ __ ´__ __ ///		11 C (Terceto 1)
´__ __ / ´__ / __ __ ´__ __ __ __ ´__ __	>	11 D
__ ´__ __ __ __ ´__ __ __ __ ´__ __	>>	11 C
´__ __ __ ´__ __ __ __ ´__ __ ´__ __ ///		11 D (Terceto 2)

6. ¿Qué quiere expresar el autor con las expresiones «si vivo sin mí» (v. 4) y «Llena de palabras mi locura» (v. 12)? Explique brevemente el significado de ambas expresiones. [Entre 8 y14 líneas]

La primera expresión «si vivo sin mí» pertenece a la tradición mística española, pero también fue usada, *mutadis mutandis*, en la poesía cancioneril del siglo XV castellano. El poeta considera que vivir sin el amor del otro es como sin no vivir (vivir sin mí), porque él se considera que está completo, como ser humano, afectivamente, cuando puede complementarse con el amado. En la segunda expresión, «Llena de palabras mi locura», la locura es su situación anímica como amante desolado, como amante incomunicado por voluntad del displicente amado que se pone en contacto con él, es decir, en el contexto poemático, que no le escribe. El dolor de amor se impone y le avoca al sufrimiento y, a veces, a la muerte (en sentido lírico, esto es, a la anulación de su ser).

7. Señale y comente en pocas palabras algunos de los elementos rítmicos que no pertenecen a la métrica, pero que son relevantes en este texto.

Desde el punto de vista rítmico, obviando los elementos métricas convencionales (medida, rima, acentos y pausas), podemos destacar otros elementos repetitivos tanto gramaticales como léxicos o semánticos:

—A la misma familia léxica pertenecen *palabra, palabras*, vv. 2 y 12; *muerte, inmortal*, vv. 1 y 5; *viva, vivo, vivir*, vv. 1 , 4 y 13.

—Algunas recurrencias léxicas crean una atmósfera de pesimismo o agonía que se repite obsesivamente: *marchita, perderte, sombra, helada, sufrí, locura, oscura...*

—Uso de expresiones bimembres: bien sintagmáticas, *tigre y paloma*, v. 10; *mordiscos y azucenas*, v. 11, bien proposicionales, *espero... y pienso...*, vv. 2-3, *ni conoce la sombra ni la evita*, v. 6, Llena... o déjame..., vv. 12-13.

—Progresión amplificada sintácticamente en las tres proposiciones del cuarteto 2: son tres proposiciones cada vez con más elementos, vv. 5-8.

8. Indique algunas de los tropos o figuras retóricas de contenido esparcidas en el poema y su posible significado o funcionalidad expresiva.

Los tropos más significativos en este poema son los que producen cambios de significado (metonimias, metáforas, símbolos) y los que suponen contrastes o contradicciones de significado (oxímoron, paradojas).

—Entre las metonimias literarias tópicas, destacan las expresiones *palabra escrita* (v. 2), esto es, carta o misiva, pero con el significado general de comunicación humana; *corazón interior* (v. 7), como sentimiento íntimo y profundo.

-Entre las metáforas y símbolos, *flor [que se marchita]*, v. 3, en el sentido tópico de juventud y belleza que se pierden con el paso del tiempo, se afean, se deterioran; *miel [helada]*, v. 8, rayos lunares de reflejos de luz, dulces, que empalagan y gustan (pero helados, con probable alusión a sabores y ambientes dichosos, mas con los sinsabores de la frialdad en los sentimientos); *la luna* (v. 8) es un símbolo típico de la estética lorquiana: en este contexto, parece crear atmósfera erótica y, al unísono, letal; *venas rasgadas* (v. 9), como expresión de cuerpo herido que se ofrece al amado, remite tanto a un homenaje a la poesía de san Juan de la Cruz –el silbo vulnerado, por ejemplo– como a la leyenda del martirio de san Sebastián –recordemos, por ejemplo la imagen *effeminatus* del santo en el cuadro *San Sebastián* de José de Ribera; la imagen afeminada del santo –como ocurría con la iconografía de alguno de los arcángeles de *Romancero gitano*– llegó a convertirse en un mito homoerótico que fascinaba tanto a Lorca como a Salvador Dalí: una «lenguaje privado de la sexualidad» entre ambos artistas, según revela su correspondencia. Subsiste, en cierto modo, en todo el poema el sentido paradójico de la «herida feliz», aquel dolorido malestar de los pastores (en la poesía profana renacentista de Garcilaso) aquel dulce dolor de la experiencia mística del seiscientos español.

—Entre otros símbolos (*tigre, paloma, luna*), destacamos el de la azucena (v. 11): es otro tributo a san Juan de la Cruz y a su *Noche oscura*, que se cierra con el verso «entre azucenas olvidado»; asimismo en el *Cantar de los cantares*, la imagen de la *azucena* mantiene una carga erótica y sexual intrínseca al tiempo que, debido a la transformación a lo divino de la obra, se convierte en una imagen clave del lenguaje místico. Lorca no anda lejos poéticamente. En su correspondencia, en su primera carta al poeta sevillano Adriano del Valle, dejó un comentario que nos ilustra este símbolo y lo acerca a su realidad íntima: «Soy un pobre muchacho apasionado y silencioso que, casi casi como el maravilloso Verlaine, tiene dentro una azucena imposible de regar y presento a los ojos bobos de los que me miran una rosa muy encarnada con el matiz sexual de peonía abrileña, que no es la verdad de mi corazón».

San Sebastián *(1651) de Ribera*

—Los recursos retóricos basados en la contradicción de términos –el oxímoron de *viva muerte* (v. 1), las paradojas de *amor... quiero perderte* (vv. 1-4) o *vivo sin mí* (v. 4) o las antítesis bimembres de *tigre y paloma* (v. 10), *mordiscos y azucenas* (v. 11) reflejan un estado de incertidumbre y duda del enamorado: estado de ánimo de congoja y desconsuelo, de insatisfacción personal debida a un amor incompleto.

9. Dentro de la producción del poeta que escribió estos versos, ¿a qué etapa pertenece esta obra? Defina las etapas de la trayectoria literaria de nuestro autor en un máximo de veinte líneas.

Este poema está incluido en el libro póstumo *Sonetos del amor oscuro*, escrito, sobre todo, en 1935 y 1936. El autor, Federico García Lorca (1898-1936), dedicó el último año de su vida a fijar los textos de las composiciones con múltiples versiones anteriores. El poemario fue publicado después de la muerte del autor: se recopiló en ediciones clandestinas, hasta que, en 1984, fue rigurosamente editado por Miguel García Posadas en el diario madrileño *ABC*. Pertenece a la etapa intimista y de retorno al clasicismo del escritor granadino. Su obra se suele dividir en cuatro etapas de técnicas diferenciadas y temas diversos (aunque la cronología, en ocasiones, es discontinua y solapada):

1.ª Neopopularismo (Mundo infantil y doméstico), con canciones de raigambre popular, durante el periodo de inocencia y felicidad de la infancia en su casa/jardín.

2.ª Neotradicionalismo del flamenco y otros palos, con dominancia de la *pena negra* como destino trágico y frustración vital del Mundo gitano, en Andalucía.

3.ª Etapa surrealista: la que corresponde a nuestro poema, expresado en términos artísticos de vanguardia, como expresión adecuada frente al choque, en EE. UU., de una opresión social más generalizada (niños, negros...).

4.ª Etapa intimista de retorno al clasicismo: influencias arábigo-andaluzas y cultivo del soneto sobre la infancia perdida y el amor homoerótico (o amor oscuro).

10. Cite, al menos, el nombre de cinco miembros de esa generación y una obra de cada uno de ellos.

Rafael Alberti: *Marinero en tierra*

Jorge Guillén: *Cántico*

Vicente Aleixandre: *La destrucción o el amor*

Luis Cernuda: *La realidad y el deseo*

Pedro Salinas.: *La voz a ti debida*

Ernestina de Champurcín: *En silencio*

11. ¿A qué nos referimos con la expresión *las sinsombrero*? Cite, al menos, dos nombres y otras tantas obras.

Las *sinsombrero* fue el nombre que recibieron algunas mujeres artistas y escritoras que se adscriben al grupo o generación del 27 y que fueron bautizadas así porque se atrevieron a desprender del sombrero (o tocado) que, preceptivamente, cubría la cabeza de las mujeres en ámbitos formales o cuando se vestían con elegancia en los paseos por la calle. Fue una muestra de su postura en contra de las normas anticuadas e improcedentes, y, sobre todo, una prueba de su expresión de libertad. Una de estas mujeres que protagonizó la anécdota, Maruja Mallo, la explicó así: «Un día [en el Madrid de los años 20] se nos ocurrió a Federico [García Lorca], a Dalí, a Margarita Manso y a mí quitarnos el sombrero porque decíamos que parecía que estábamos congestionando las ideas y, atravesando la Puerta del Sol, nos apedrearon llamándonos de todo». Quitarse el sombrero, los convirtió en rebeldes, especialmente a las mujeres. Para ellas, prescindir del sombrero implicaba abandonar el corsé de la época y, por tanto, no conformarse con el papel de esposas y madres.

Entre otras, destacaron Ernestina de Champourcín (con *En silencio* y *La voz en el viento*) y Concha Méndez (con *Inquietudes* y *Vida a vida*).

12. ¿Qué relación guarda el autor de estos versos con la Guerra Civil española?

La Guerra Civil «estalló» el 18 de julio de 1936. Lorca tenía muchos detractores, envidiosos de su fama y de su popularidad, que no toleraban su manera progresista de ser, de opinar, de crear y de vivir. Un grupo de nacionales golpistas –*incontrolados*, se decía–, pertenecientes a las facciones reaccionarias del espectro político, lo detuvo en casa de la familia del poeta Luis Rosales, familia falangista que lo había protegido, y lo fusiló el 18 de agosto de 1936, en el camino de Víznar a Alfacar (Granada), al mes de haberse declarado el *alzamiento nacional* de Franco. Al decir popular, parece ser que era acusado de «rojo, homosexual». «Político no lo seré nunca, ¡nunca!», acabada de declarar a su amigo Dámaso Alonso. Sus restos todavía no han sido recuperados y han suscitado una de las polémicas más recurrentes en torno a la *Memoria histórica*. Había dejado escritos dos libros póstumos, dos de sus mejores obras: el poemario *Sonetos del amor oscuro y el drama socio-rural de mujeres La casa de Bernarda Alba.*

El objetivo de las fichas del material didáctico que viene a continuación es proporcionar al alumnado de la EBAU la respuesta a algunas de las preguntas que se pueden formular sobre el poema seleccionado. Por ello no se ha pretendido la exhaustividad, sino la concreción y la síntesis propias de la practicidad. Además, en todos los poemas se ha mantenido un esquema similar para facilitar su comprensión y su análisis básico.

FICHAS DIDÁCTICAS

Juan A. Olmedo

1. EL LAGARTO ESTÁ LLORANDO

- **Localización:** Este poema pertenece a la obra *Canciones* de Federico García Lorca escrita entre 1921 y 1924. La composición corresponde a la primera etapa de este autor (junto con las *Suites*) y está formada por poemas breves que combinan lo popular (juegos y canciones infantiles) con imágenes innovadoras. Asimismo, en esta obra ya aparece el tema andaluz de tono trágico.

- **Título:** Recuerda a una canción infantil.

- **Tema:** La pena por el paso del tiempo.

- **Resumen:** Un lagarto y una lagarta que son pareja están tristes porque han perdido su anillo de casados. Además se remarca su vejez.

- **Características de la poesía de Lorca en este poema:**
  - Influencia de la literatura tradicional: el poema está inspirado en una canción infantil de base oral; se aprecia en las repeticiones, que le proporcionan musicalidad. Esta influencia también se observa en la métrica: se trata de un romance
  - No obstante, el mensaje que transmite es triste: recordemos que la *pena* es un tea recurrente y característico de toda la obra de Lorca, en su doble sentido: frustración e imposibilidad de huir del destino trágico

Recursos literarios:

onomatopeya: vv. 7, 8, 15, 16
anáfora: vv. 1-3, 7-8-15-16
anadiplosis: vv. 13-14
políptoton: vv. 1-2, 15-16
derivación: vv. 7-8
reduplicación: vv. 15, 16
paralelismo: vv. 1 - 2
hipérbaton: v. 14
personificación: vv. 1, 2, 9, 4, 11…
metáfora: vv. 4, 6, 10, 11, 12…

2. CANCIÓN DEL JINETE. 1860

- **Localización:** *Canciones* – 1.ª etapa.

- **Título:** El término *canción* está relacionado con la musicalidad propia de la poesía de base tradicional y popular. Y *jinete* hace referencia al andalucismo y a la libertad.

  El **subtítulo** (*1860*) sitúa el poema en el tiempo mítico de los bandoleros (v. 2) en Andalucía.

- **Tema:** La muerte violenta de un bandolero como destino trágico ineludible.

- **Resumen:** De noche un bandolero en Sierra Morena ha recibido un navajazo que le ha causado la muerte. El cadáver va montado sobre su caballo sin rumbo fijo.

- **Características de la poesía de Lorca en este poema:**
  - El destino trágico que se impone a la libertad, simbolizada en el bandolero derrotado por la muerte
  - El andalucismo (como conjunto de rasgos que fácilmente se identifican con Andalucía), que encontramos en la referencia a Sierra Morena
  - La influencia de la lírica tradicional: en el título (*canción*) y en la métrica
  - Conceptismo expresivo y metáforas asombrosas.

- **Símbolos:**
  - *caballo* = pasión y muerte
  - *noche* = muerte
  - *luna* = muerte
  - *jinete* = andalucismo y libertad

Recursos literarios:

paralelismo: vv. 1-11-21, 4-9-14-19-24
hipérbaton: vv. 1-3, 11-13
elipsis: vv. 21-23
apóstrofe: vv. 4-5, 14-15, 24-25
personificación: vv. 3, 12
sinestesia: vv. 10, 20
metonimia: vv. 12-13
epíteto: v. 6
preguntas retóricas: vv. 5, 15, 25
metáfora: vv. 1-2, 3, 4, 8, 10, 11, 12, 16-18, 22-23

3. DESPEDIDA

- **Localización:** *Canciones* – 1.ª etapa.

- **Título:** Hace referencia a la posible/hipotética muerte del autor (que coincide con el sujeto lírico).

- **Tema:** Elegía de la vida a través de una alabanza de la naturaleza.

- **Resumen:** El poeta pide que, en caso de morir dentro de su habitación, le dejen el balcón abierto para que pueda contemplar la naturaleza que se ve a través de él.

- **Características de la poesía de Lorca en este poema:**
  - La frustración, en este caso, en forma de muerte probable o imaginada. Se puede deducir que el motivo es una vida no plena, rutinaria. Por contraposición, la naturaleza simboliza esa vida plena de la que carece el protagonista
  - La imposibilidad de huida de un destino trágico
  - El mundo infantil (v. 3) opuesto al mundo adulto (v. 5): nos da idea de toda una vida
  - Influencia de la literatura de origen popular (la canción tradicional): se detecta en la métrica
  - Concentración semántica.

- **Símbolos:**
  - el *balcón* = da acceso a la naturaleza y, por extensión, a la vida
  - las *naranjas* y el *trigo* = elementos nutritivos (positivos) de la naturaleza
  - el *niño* = mundo infantil
  - el *segador* = mundo adulto (naturaleza y trabajo)

Recursos literarios:

paralelismo: vv. 1-2, 7-8, 3-5, 4-6
hipérbaton: vv. 4, 6
elipsis: vv. 1, 4, 6
metáfora: vv. 2, 3, 5

4. SUICIDIO

- **Localización:** *Canciones* – 1.ª etapa.

- **Título:** Hace referencia a la muerte del protagonista (que, en este caso, no es Lorca). Esa muerte se produce como consecuencia de la frustración (siempre presente en la lírica lorquiana).

  No obstante, el **subtítulo** sí que hace referencia posiblemente a una experiencia personal en la escuela cuando era niño. Así y todo, esta referencia no es la causa de la frustración y del suicidio del joven, sino que debe interpretarse como una referencia más general a la sociedad que con sus normas limita la libertad del individuo.

- **Tema:** El suicidio como consecuencia de la frustración. Tema de impronta romántica y decadente.

- **Resumen:** Un joven está solo en su habitación cada vez más triste y abatido hasta que se suicida (aunque no se especifica cómo).

- **Características de la poesía de Lorca en este poema:**

En cuanto a los temas propios de su poesía aparecen:

- La frustración del individuo frente a la sociedad
- La imposibilidad de huida de un destino trágico: la muerte
- La naturaleza, en este caso, sin vida
- La importancia de las metáforas que aportan densidad semántica e intensidad dramática

Símbolos:

- *alas rotas* = falta de libertad
- *flores de trapo* = ausencia de naturaleza
- *guantes* = la vida en sociedad
- *balcón* y *torre* = la vida exterior
- *espejo* = reflejo del agua (mito de Narciso)
- *chorro* = agua como símbolo de muerte

Recursos literarios:

anáfora: vv. 11-13
epífora: vv. 9-10
derivación: vv. 16-17
hipérbaton: vv. 7-8, 9, 17-18
personificación: v. 18
sinonimia: v. 13, 15
metáfora: vv. 5, 8, 11, 13, 17, 18

5. BALADILLA DE LOS TRES RÍOS

- **Localización:** Este poema pertenece a la obra *Poema del cante jondo,* correspondiente a la 2.ª etapa de la producción poética de Federico García Lorca, junto con *Romancero gitano. Poema de cante jondo* está caracterizado por:
  - la temática angustiada a través del concepto de la *pena*, en el que Lorca condensa el choque trágico entre individuo y sociedad, simbolizado en la marginación del pueblo gitano
  - el andalucismo (como entorno y territorio mítico)
  - la combinación de lo popular con lo vanguardista
  - la densidad semántica y la intensidad dramática

- **Título:** La *baladilla* es una composición de tono sentimental. Los tres ríos son los dos de Granada (el Genil y su afluente el Darro) y el de Sevilla, el Guadalquivir.

- **Tema:** Elegía de los tres ríos andaluces (o elegía del paisaje andaluz) con la frustración como telón de fondo.

- **Resumen:** Se compara el río Guadalquivir –que pasa por Sevilla– con los dos ríos de Granada –el Genil y el Darro (que aparece como *Dauro*)–. El objetivo es comparar las dos ciudades andaluzas, a lo que hay que sumar la frustración que se refleja en el estribillo, una frustración por aquello que se va y ya no vuelve (como referencia a la muerte).

- **Características de la poesía de Lorca en este poema:**
  - Influencia de la literatura de origen popular (la canción tradicional), que se observa en la métrica
  - Evocación nostálgica de la infancia (en los estribillos, como reminiscencia de las nanas)
  - Elegía de la naturaleza
  - Andalucismo
  - El símbolo del agua, aquí con el significado de vida

Recursos literarios:

aliteración: v. 26
políptoton: vv. 19-21
paralelismo: vv. 1-7, 3-9, estribillos
apóstrofe: v. 30
personificación: v. 8, 16
sinécdoque: v. 4
metáfora: vv. 2, 8, 10, 14, 16, 26, 29

6. SORPRESA

- **Localización:** *Poema del cante jondo* – 2.ª etapa.

- **Título:** Hace referencia al hecho inesperado de encontrar a un hombre muerto en la calle.

- **Tema**: Llanto por el trágico asesinato de un hombre en la soledad de la calle, con la alevosía de la nocturnidad.

- **Resumen:** De noche apuñalan a un hombre en el pecho (posiblemente Antoñito *el Camborio*, aunque no se dice), que queda muerto en la calle. A la narración de los hechos se suma la pena por esta muerte representada en la *madre*, no solo por la muerte en sí, sino también por las circunstancias (por haber sido de noche y por la soledad del cuerpo tirado en la calle).

- **Características de la poesía de Lorca en este poema:**
  - Referencia al mundo gitano, como elemento mítico y personificación del oprimido
  - Referencia a la *pena*, como símbolo del destino trágico del pueblo gitano (mitificado)
  - Imposibilidad de huida de un destino trágico
  - Uso de la métrica de influencia tradicional y popular, pero renovada con inclusión de elementos de la literatura culta
  - Conceptismo y densidad expresiva

- **Símbolos:**
  - noche = muerte
  - *puñal* = gitano
  - *aire* = transición entre el mundo de los vivos y el de los muertos

Recursos literarios:

aliteración: vv. 4, 6, 7
epífora: vv. 3, 8, 13
derivación: vv. 4-6
paralelismo: vv . 4-6, 1-3, 11-13
apóstrofe: v. 5
personificación: v. 4
sinestesia: v. 10
metáfora: vv. 4, 6, 9-10

7. ROMANCE DE LA LUNA, LUNA

- **Localización:** Este poema pertenece al *Romancero gitano*, correspondiente a la 2.ª etapa de la producción poética de F. García Lorca. Esta obra se caracteriza por:
  - la combinación de lo popular con lo vanguardista
  - el andalucismo
  - el conflicto entre el individuo y la sociedad

- **Título:** *Romance*, por la estrofa utilizada, y *luna*, por ser el símbolo lorquiano de la muerte (que es la verdadera protagonista del poema).

- **Tema:** La muerte de un niño gitano y el desconsuelo de sus padres al descubrirlo.

- **Resumen:** De noche la muerte (la luna) va a una herrería gitana y se lleva a un niño que está solo. El sujeto lírico increpa a la muerte a que se marche antes de que lleguen sus padres porque, de lo contrario, la matarán. Cuando estos llegan, descubren al niño muerto y lloran desesperados.

- **Estructura:**
  1) vv. 1-8: se introduce la escena y los personajes principales
  2) vv. 9-20: diálogo entre el niño y la luna
  3) vv. 21-final: desolación y tristeza de los gitanos por la muerte del niño

- **Características de la poesía de Lorca en este poema:**
  - Aparición de temas recurrentes como la muerte trágica, la infancia, el mundo de los gitanos o el andalucismo
  - Temática relacionada con la *pena*
  - Dramatismo y densidad expresiva
  - Influencia de la literatura tradicional
  - Gran importancia de las metáforas

- **Símbolos:**
  - la *luna* = muerte
  - los *gitanos* = pueblo marginado
  - los *caballos* = presagio de muerte
  - el *jinete* = presagio de muerte (y mundo gitano)
  - el *aire* = anuncia la tragedia

Recursos literarios:

anáfora: vv. 3-4, 35-36
políptoton: vv. 3-4, 35-36
reduplicación: vv. 3, 9, 17, 35
paralelismo: vv. 3-4, 9-17, 35-36
elipsis: vv. 27-28
personificación: vv. 1-2, 6-8, 11, 12
antítesis: v. 7
sinestesia: v. 20
metáfora: vv. 1, 2, 8, 20, 26

8. ROMANCE SONÁMBULO

- **Localización:** *Romancero gitano* – 2.ª etapa.

- **Título:** *Sonámbulo* hace referencia al sueño, a lo onírico y, por tanto, se puede observar desde el título la influencia del surrealismo.

- **Tema:** El suicidio de una gitana enamorada como consecuencia de su frustración.

- **Resumen:** Una gitana enamorada se suicida de madrugada en el pozo de su casa cansada de esperar a su amado. Se inserta un diálogo entre el joven que por fin regresa y el padre de la joven. El gitano amante llega herido y expresa su deseo de dejar de ser bandolero y volver a su casa para crear un hogar, una familia. Pero el padre le dice que su amada ha muerto. El poema termina cuando la Guardia Civil captura al joven: se cierra la tragedia de su destino.

- **Características de la poesía de Lorca en este poema:**
  - Aparición de temas recurrentes como la muerte, la frustración, la imposibilidad de huida del destino trágico y el conflicto entre la libertad del individuo (el gitano) y la autoridad (la Guardia Civil)
  - Esta temática está relacionada con la *pena*, concepto en el que Lorca condensa el choque trágico entre individuo y sociedad, simbolizado en la marginación del pueblo gitano y en su imposibilidad de huida de su destino
  - Uso de la métrica de base tradicional (el romance)
  - Gran importancia de las metáforas
  - Dramatismo y densidad expresiva

- **Símbolos:**
  - caballo = muerte
  - cuchillo = gitano
  - luna = muerte
  - pozo = muerte
  - verde = gitana, pasión, amor; pero también frustración y muerte

Recursos literarios:

aliteración: vv. 1, 33, 45
anáfora: vv. 1-2, 7-9, 26-27-28, 25-29-35, 47-49
epanadiplosis: vv. 1, 9, 13, 61,
políptoton: vv. 11-12
paralelismo: vv. 1-13-61-83, 2-62, 7-23-75
elipsis: vv. 3-4
personificación: vv. 11, 57-58
animalización: vv. 19-20
antítesis: vv. 3-4
metáfora: vv. 5, 8, 14-15, 16, 19-20, 41-42, 59-60…

9. ROMANCE DE LA PENA NEGRA

- **Localización:** *Romancero gitano* – 2.ª etapa.

- **Título:** *Romance*, por el tipo de estrofa (de base tradicional), y *pena*, por ser la base temática de todo el libro.

- **Tema:** La frustración sexual relacionada con la marginación del pueblo gitano.

- **Resumen:** Una gitana joven está apenada porque no consigue saciar su deseo sexual. Alguien le pregunta qué le ocurre y ella le contesta; a su respuesta, la persona interrogante le recomienda que intente serenarse. Esta pena de la protagonista se generaliza al final del poema a todos los gitanos como símbolo de pueblo oprimido y atormentado porque no puede huir de su destino trágico, un destino siempre *oculto*.

- **Características de la poesía de Lorca en este poema:**
  - Aparición de temas recurrentes como el amor frustrado (que provoca la pena y la muerte), la imposibilidad de huida del destino trágico (que en este caso se generaliza a todo el pueblo gitano) y la solidaridad con los sectores sociales marginados. El poeta empatiza debido a la marginación que él mismo sufre por ser homosexual
  - Referencia explícita a la *pena*
  - Intensidad dramática
  - Gran importancia de las metáforas
  - Uso de la métrica de base tradicional

- **Símbolos:**
  - la *sombra* y la *noche* = pena y muerte
  - *mar* = muerte
  - la *gitana* y los *gitanos* = pueblo oprimido
  - *caballo* = pasión sexual
  - *agua de las alondras* = naturaleza, vida

Recursos literarios:

anáfora: vv. 27-31, 33-34, 9-15-23-35
epífora: vv. 17-19, 22-40
epanadiplosis: v. 11
políptoton: v. 13
derivación: vv. 16-26
paralelismo: vv. 24-27
hipérbaton: vv. 3-4, 41-42
elipsis: v. 14
personificación: vv. 7-8, 18, 39
sinestesia: v. 6
metonimia: v. 21
metáfora: vv. 1-2, 5, 6, 7, 16, 17-18, 22…

10. PRENDIMIENTO DE ANTOÑITO EL CAMBORIO EN EL CAMINO DE SEVILLA

- **Localización:** *Romancero gitano* – 2.ª etapa.
- **Título:** Es totalmente descriptivo del asunto del poema.
- **Tema:** La fatal detención de un gitano por robar limones.
- **Resumen:** Un gitano –Antonio Torres Heredia, del clan de los Camborios– va a los toros orgulloso de su raza. Por el camino roba unos limones y la Guardia Civil lo detiene. Alguien (posiblemente el autor en representación de su pueblo) le recrimina no ser valiente y no ser un auténtico Camborio pues no se ha defendido o ha matado a los cinco guardiaciviles que lo han detenido. El poema concluye con el protagonista encerrado, con una crítica a la Guardia Civil (que está bebiendo limonada de sus limones robados) y con una referencia a la libertad que el protagonista no tiene.
- **Características de la poesía de Lorca en este poema:**
  - Aparición de temas recurrentes como el enfrentamiento entre la libertad del individuo y la autoridad, la imposibilidad de huir del destino y la solidaridad con los sectores sociales marginados
  - Uso de la métrica de base tradicional
  - Sublimación de la naturaleza asociada a la libertad
  - Andalucismo
- **Símbolos:**
  - la *luna* = muerte
  - el *agua* = muerte
  - el *cuchillo* = gitano
  - *ecuestre, potro* = libertad

Recursos literarios:

aliteración: v. 16
paralelismo: vv. 9-13, 2-26, 1-25, 2-26
personificación: vv. 18-19, 21, 37-38
hipérbole: vv. 31-32
metonimia: v. 24, 28
metáfora: vv. 5, 12-13, 23

11. ROMANCE DE LA GUARDIA CIVIL ESPAÑOLA

- **Localización:** *Romancero gitano* – 2.ª etapa.
- **Título:** *Romance* hace referencia a la estrofa utilizada y la *Guardia Civil* es la protagonista del poema.
- **Tema:** Abuso de la Guardia Civil al aniquilar un poblado gitano mientras los éstos están celebrando la Nochebuena.
- **Resumen:** La Guardia Civil ataca, destroza y quema un poblado de gitanos en Nochebuena mientras éstos están de fiesta.
- **Características de la poesía de Lorca en este poema:**
  - Aparición de temas recurrentes como el enfrentamiento entre la libertad del individuo y la autoridad, la imposibilidad de huir del destino trágico y la solidaridad con los sectores sociales marginados
  - Combinación de la métrica de base tradicional con el uso de imágenes de enorme fuerza expresiva
  - Andalucismo
  - Intensidad dramática
  - Gran importancia de las metáforas.
- **Símbolos:**
  - *caballo negro* = muerte
  - *noche* = muerte
  - *fragua* = muerte
  - el agua (*mar*) = muerte
  - el *aire* = paso del mundo de los vivos al de los muertos

Recursos literarios:

anadiplosis: vv. 25-26, 35-36
paralelismo: vv. 17-21-57, 22-62-121, 65-69…
quiasmo: v. 55
hipérbaton: vv. 1, 6
personificación: vv. 29-30, 31, 33, 49, 67, 114
antítesis: vv. 11-12
pregunta retórica: vv. 22 – 62 - 121
metonimia: v. 60
metáfora: vv. 2, 6, 7, 11, 12, 14-16, 19-20…

12. LA AURORA

- **Localización:** Este poema pertenece a la obra *Poeta en Nueva York* correspondiente a la 3.ª etapa de la producción poética de García Lorca. El libro en general es una crítica al capitalismo agresivo y deshumanizador. En la forma se observa una gran influencia del surrealismo.

- **Título:** Es engañoso porque nos da expectativas de algo positivo (luminosidad, nuevo día, esperanza) y, sin embargo, el poema refleja el pesimismo y el sentimiento trágico de todo lo contemplado y vivido en Nueva York por Lorca.

- **Tema:** La imposibilidad de realización personal en Nueva York como consecuencia del capitalismo deshumanizado y cruel.

- **Resumen:** A partir de la descripción de un amanecer en Nueva York, se detallan las sensaciones negativas del poeta en esta ciudad, que queda retratada como una ciudad en la que el capitalismo salvaje ha aniquilado tanto la vida humana como la naturaleza: por ello es contemplada como negra y sucia, violenta, podrida, sin futuro ni esperanza, despiadada y sin naturaleza; clara crítica al sistema capitalista norteamericano deshumanizador e injusto. Además, encontramos la continua frustración lorquiana expresada, en este caso, como soledad, desolación.

- **Características de la poesía de Lorca en este poema:**
  - En este poema nos encontramos varios temas propios de la poética lorquiana como: la lucha del individuo con la sociedad; la imposibilidad de realización personal, lo cual provoca frustración; la angustia, la soledad, la destrucción (relacionada con la *pena*) y la naturaleza (en este caso, aniquilada)
  - Clara influencia de las vanguardias, sobre todo, del surrealismo
  - Gran importancia de las metáforas
  - Conceptismo y densidad expresiva

Símbolos:

- *negras palomas* = naturaleza muerta
- *aguas podridas* = muerte
- *sangre* = tragedia, muerte

Recursos literarios:

anáfora: vv. 1-5-9
hipérbaton: vv. 7-8, 11-12
paralelismo: vv. 1-5, 16
elipsis: v. 16
personificación: vv. 5, 9
animalización: vv. 11-12
símil: v. 20
metonimia: vv. 16, 17
metáfora: vv. 2-4, 8, 9, 11-12, 14

13. NUEVA YORK. OFICINA Y DENUNCIA

- **Localización:** *Poeta en Nueva York* – 3.ª etapa.

- **Título:** Expresa claramente la intención del poema: denunciar esa vida *de oficina*, es decir, burocrática, deshumanizada, donde ni las leyes ni el dinero (el capitalismo) tienen piedad de las personas.

- **Tema:** Crítica al capitalismo norteamericano deshumanizador e injusto.

- **Resumen:** El poema comienza criticando esa sociedad para la que lo único importante son los números, esto es, el dinero, aunque debajo de él haya el sufrimiento de las personas que no tienen suficientes recursos para poder sobrevivir. Se trata, por tanto, de una sociedad deshumanizada que no respeta ni la vida humana ni la naturaleza.

  La tragedia de esta vida se manifiesta con la identificación que hace el poeta entre las personas y los animales sacrificados que metafóricamente son devorados por la ciudad. Pero también critica a sus habitantes por su falta de solidaridad unos con otros. En definitiva, se trata de la descripción de una ciudad que el autor equipara con el infierno y la muerte.

- **Características de la poesía de Lorca en este poema:**
  - Uso recurrente de temas como: la lucha del individuo con la sociedad; la imposibilidad de realización personal (lo cual provoca frustración); la angustia, la soledad, la destrucción (relacionada con la *pena*) y la naturaleza (en este caso aniquilada)
  - Influencia de las vanguardias, sobre todo, del surrealismo
  - Importancia de las metáforas y de las imágenes
  - Conceptismo y densidad expresiva

Recursos literarios:

aliteración: vv. 39 a 45
anáfora: vv. 1-3-5, 38-60, 53-54
epanadiplosis: vv. 13-14
reduplicación: v. 67
paralelismo: vv. 1-3-5-34, 16 a 22…
enumeración: v. 48
personificación: vv. 6, 29, 37
antítesis: vv. 1-2, 3-4, 8-10
metonimia: vv. 1-3-5, 13
metáfora: vv. 1, 2, 3, 4, 5, 7, 8, 14…

14. GRITO HACIA ROMA

- **Localización:** *Poeta en Nueva York* – 3.ª etapa.

- **Título:** Se refiere a la denuncia y crítica del poeta respecto a la alianza que existía entre el Vaticano y la dictadura italiana de Benito Mussolini.

  El **subtítulo** nos indica que esa crítica se realiza desde el edificio más alto de esa época –el Chrysler Building–, como si fuera un gran altavoz que permitiera que el mensaje llegara a todo el mundo.

- **Tema:** Crítica a la Iglesia Católica.

- **Resumen:** En este poema el autor realiza una clara crítica a la Iglesia Católica porque en esos momentos apoyaba firmemente la dictadura de Benito Mussolini.

- **Estructura:**
  1) vv. 1-15: se maldice a la Iglesia
  2) vv. 16-48: se explica las razones de esa maldición: básicamente porque la Iglesia ha dejado de cumplir su misión, que es ayudar a quien lo necesita, a los pobres
  3) vv. 49-75: incitación a la rebelión de los más desfavorecidos para que exijan lo que por justicia les corresponde

- **Características de la poesía de Lorca en este poema:**
  - Uso recurrente de temas como la solidaridad con los sectores sociales marginados y la opresión del individuo por la sociedad, en especial de las clases marginadas (en este caso por la sociedad capitalista junto con la Iglesia Católica).
  - Influencia de las vanguardias (sobre todo del surrealismo).
  - Importancia de las metáforas.
  - Conceptismo y densidad expresiva.

- **Símbolos:**

  Prácticamente todos los símbolos que aparecen están relacionados con la Iglesia Católica.

Recursos literarios:

anáfora: vv. 17-18-19, 32 a 35, 37-41...
anadiplosis: vv. 6-7, 42-43
onomatopeya: v. 58
polisíndeton: vv. 28-29-30
reduplicación: v. 11, 58
paralelismo: vv. 20-22-24, 32-33, 44-46...
símil: vv. 6, 7
metáfora: vv. 2, 3, 4, 5, 6, 9...

15. CASIDA DE LA MUJER TENDIDA

- **Localización:** Este poema pertenece al poemario *Diván del Tamarit*, correspondiente a la 4.ª etapa de la producción poética de García Lorca (junto con el poema *Llanto por Ignacio Sánchez Mejías* y *Sonetos del amor oscuro*). En esta obra Lorca utiliza dos tipos de estrofas de origen árabe (las gacelas y las casidas) para tratar temas como el amor y la muerte, con un tono generalizado de nostalgia, frustración o temor.

- **Título:** *Casida* es el tipo de estrofa y *la mujer tendida* hace referencia a una mujer desnuda, que es la protagonista del poema.

- **Tema:** Evocaciones eróticas a partir de la visión de una mujer desnuda, relacionadas con la fecundidad.

- **Resumen:** Con un tono claramente erótico, el poeta relaciona el hermoso cuerpo desnudo de una mujer con la fertilidad (simbolizada por la Tierra). Ese cuerpo genera los deseos sexuales masculinos que, sin embargo, no obtienen respuesta; ello provoca la agresividad del hombre. Finalmente, la mujer se queda embarazada siguiendo el ciclo de la vida que acabará con su muerte.

- **Estructura:**
  1) vv. 1-4: comienza el poema refiriéndose a una mujer virgen desnuda
  2) vv. 5-8: su desnudez genera deseos sexuales que no son satisfechos, y por lo tanto, frustrados
  3) vv. 9-12: la joven pierde su virginidad de forma violenta; se mezclan y confunden amor y brutalidad sexual
  4 vv. 13-16: la mujer está embarazada, ha perdido la atracción erótica que provocaba y su única misión ahora es engendrar más hijos

- **Características de la poesía de Lorca en este poema:**
  - El erotismo, pero aquí –de forma inusual– está relacionado con el cuerpo de una mujer.
  - La frustración y la naturaleza.

- **Símbolos:**
  - *caballos* = pasión sexual
  - el agua (*lluvia*) = fecundidad
  - las *espadas* = claro símbolo fálico

Recursos literarios:

anáfora: vv. 2-3
anadiplosis: vv. 1-2
paralelismo: vv. 1-5, 13-14
personificación: vv. 5-6, 7
antítesis: v. 12
sinestesia: vv. 9, 15
metonimia: v. 6
metáfora: vv. 1, 2, 3, 4, 5-6...

16. CASIDA DE LAS PALOMAS OSCURAS

- **Localización:** *Diván del Tamarit* – 4.ª etapa.
- **Título:** *Casida* es el tipo de estrofa y *palomas oscuras* hace referencia a un amor frustrado.
- **Tema:** Dolor por un amor frustrado.
- **Resumen:** El poema habla del lamento del poeta (o del sujeto lírico) por el amor frustrado a través de un diálogo con aves (*palomas* y *águilas*).
- **Estructura:**
  1) vv. 1-8: el poeta habla con dos *palomas oscuras* que representan las relaciones sexuales frustradas entre hombre y mujer
  2) vv. 9-18: el poeta ve dos *águilas de nieve* y a una *muchacha*, y conversa con las aves que siguen representando esas relaciones sexuales frustradas
  3) vv. 19-22: ahora las protagonistas son dos *palomas desnudas*, que siguen simbolizando la ausencia de sexo
- **Características de la poesía de Lorca en este poema:**
  - La frustración amorosa/sexual
  - Influencia de la lírica tradicional de base popular (de hecho nace inspirada en una canción y tiene una métrica similar a la de un romance)
  - Progresión temática y concentración lírica
- **Símbolos:**
  - *laurel* = frustración amorosa/sexual (a partir del mito de Apolo y Dafne)
  - *palomas* = mansedumbre (*vs.* pasión sexual)
  - *sol* – *luna* = vida y muerte
  - *tierra* = pasión sexual
  - *águilas* = pasión sexual
  - *cola* – *garganta* = órganos genitales masculino y femenino respectivamente

Recursos literarios:

paranomasia: vv. 3-4
paralelismo: vv. 7-8, 17-18
elipsis: vv. 4, 12
antítesis: vv. 2-11,3-4, 17-18
metonimia: v.16
metáfora: vv. 1, 2, 6, 10, 11

17. LA COGIDA Y LA MUERTE

- **Localización:** Pertenece al poema *Llanto por Ignacio Sánchez Mejías* (en concreto a la 1.ª parte), correspondiente a la 4.ª etapa de la producción poética de García Lorca. Se trata de una elegía escrita en cuatro partes por la muerte del torero y amigo de Lorca (y de los demás poetas de la Generación del 27). Es una de las grandes elegías de la literatura española.

- **Título:** El título de esta parte es totalmente descriptivo del contenido: la *muerte* del torero como consecuencia de su *cogida* por el toro.

- **Tema:** Lamento íntimo del poeta por la muerte de su amigo torero.

- **Resumen:** El poema describe con un tono de lamento la cogida mortal del torero Ignacio Sánchez Mejías por un toro en la hora taurina por antonomasia: ¡a las 5 de la tarde!

- **Características de la poesía de Lorca en este poema:**
  - Uso recurrente de la muerte, la pena y la tragedia
  - Combinación de la tradición literarias popular y culta (en la métrica) con el vanguardismo (en las imágenes)

- **Símbolos:** aquí el *toro* (que aparece también como *leopardo*) no es un símbolo, sino que es el agente real causante de la muerte del torero.

Recursos literarios:

anáfora: vv. 25-27
epífora: vv. 1-2
reduplicación: v. 7
paralelismo: vv. 1-4-6-8…, 51-52
elipsis: vv. 15, 19, 21
personificación: vv. 11, 29, 41
antítesis: vv. 13, 25
sinestesia: vv. 39
metonimia: v. 15
símil: v. 45
metáfora: vv. 3, 9, 17, 25, 27, 29…

18. LA SANGRE DERRAMADA

- **Localización:** *Llanto por Ignacio Sánchez Mejías* (2.ª parte) – 4.ª etapa.
- **Título:** Hace referencia al momento posterior a la cogida, cuando se puede ver en el albero *la sangre derramada* del torero.
- **Tema:** En este caso, el tema es doble: la fuerte impresión que le produce al poeta ver la sangre de su amigo y elogio del torero.
- **Resumen:** Al poeta le produce una impresión tan grande ver la sangre de su amigo en la arena que se niega a verla para evitar así el dolor que le produce. A continuación se describe al torero en la plaza (antes de la cogida). Después de un elogio del protagonista, el poema acaba con una reflexión sobre la muerte.
- **Estructura:**
  1) 1-24: en esta 1.ª parte Lorca nos transmite la impresión que le produjo ver la sangre de su amigo en la arena (que no quiere ver por el dolor que le produce)
  2) 25-50: descripción del torero por la plaza (antes de la cogida)
  3) 51-70: elogio del torero
  4) 71–94: la muerte del torero (romancillo del sueño eterno)
- **Características de la poesía de Lorca en este poema:**
  - Uso recurrente de la muerte, la pena y la tragedia
  - Combinación de la tradición literaria popular y culta con el vanguardismo
- **Símbolos:**
  - la muerte está simbolizada a través de la *luna*, la *noche*, el *caballo* y la *sangre*.
  - *luna* = también simboliza la protección frente a la muerte (v. 2)
  - *vaca* = relacionada con el toro, lo hispano
  - *espada* = valentía
  - *espuelas* = referencia sexual
  - *muro* = represión

Recursos literarios:

anáfora: vv. 10-11, 53-54, 82 a 85
anadiplosis: vv. 27-28, 34-36, 75-76
políptoton: vv. 27-29-31
paralelismo: vv. 1-5-10,33-41...
elipsis: vv. 3, 63 a 70
enumeración: v. 79
apóstrofe: vv. 2, 12, 33...
personificación: vv. 12, 75
antítesis: v. 90
metonimia: v. 92
sinestesia: v. 13
símil: vv. 21, 55, 57, 79
metáfora: vv. 7, 8, 9, 15-18, 65, 66...

19. CUERPO PRESENTE

- **Localización:** *Llanto por Ignacio Sánchez Mejías* (3.ª parte) – 4.ª etapa.
- **Título:** Se refiere evidentemente al cuerpo sin vida del torero.
- **Tema:** Amarga reflexión del poeta ante el cuerpo de su amigo muerto.
- **Resumen:** En esta parte, el poeta reflexiona ante el cuerpo sin vida de su amigo que acaba de ser mortalmente cogido por el toro en la plaza durante la corrida. Y, transcurrido el momento inicial de la fuerte impresión al ver la sangre en la arena (2.ª parte), ahora asimila su muerte, la afronta directamente y reflexiona sobre ella, especialmente, sobre el olvido como consecuencia de esta.
- **Características de la poesía de Lorca en este poema:**
  - Uso recurrente de la muerte, la pena y la tragedia
  - Combinación de la tradición literaria culta (versos alejandrinos) y las nuevas formas líricas (verso blanco)
- **Símbolos:**
  - agua = en su doble significado lorquiano de vida (*ríos*) y muerte (*mar*)
  - *toro* = fuerza vital
  - *luna* = muerte
  - *caballos, riendas* = pasión sexual

Recursos literarios:

anáfora: vv. 1-3, 13-14-17, 26-27-34...
reduplicación: v. 12
polisíndeton: vv. 12, 26-27
enumeración: vv. 11, 49
apóstrofe: vv. 14, 18
personificación: vv. 5-6, 7-8, 9-10...
sinestesia: vv. 5, 30, 45
metonimia: vv. 3, 7
símil: v. 38
metáfora: vv. 1, 2, 3, 4, 5, 6, 7...

20. ALMA AUSENTE

- **Localización:** *Llanto por Ignacio Sánchez Mejías* (4.ª parte) – 4.ª etapa.

- **Título:** Hace referencia a la negación del enfoque espiritual o religioso ante la muerte de su amigo. Al poeta no le interesa si su alma seguirá «viva» en otra vida, sino su ausencia en la Tierra.

- **Tema:** La aceptación o resignación de la ausencia física del amigo torero muerto.

- **Resumen:** La muerte conlleva, en general, el olvido. Sin embargo, el poeta expresará (*cantará*) siempre sus virtudes para que nadie lo olvide.

- **Estructura:**
  1) vv. 1-16: la muerte siempre supone el olvido
  2) v. 17-25: sin embargo el poeta no olvidará a su amigo y expresará siempre sus virtudes para que nadie lo olvide

- **Características de la poesía de Lorca en este poema:**
  - Uso recurrente de la muerte, la pena y la tragedia
  - Combinación de la tradición literaria culta (versos endecasílabos) y las nuevas formas líricas (verso blanco)

Recursos literarios:

anáfora: vv. 18-24
anadiplosis: vv.18-24
políptoton: vv. 22, 13-14
paralelismo: vv. 1-3-5-7, 4-8-12-13...
polisíndeton: vv. 1-2-2
enumeración: vv. 7 a 10
personificación: vv. 9, 25
antítesis: v. 21
metáfora: vv. 1, 2, 3, 5, 6...

21. SONETO DE LA DULCE QUEJA

- **Localización:** Pertenece al poemario *Sonetos del amor oscuro* correspondiente a la 4.ª etapa de la obra de García Lorca, en el que trata el amor homosexual del autor frustrado y necesariamente *oculto*.

- **Título:** Se titula *soneto* porque esta es la estrofa que emplea el poeta, que nos remite a la tradición literaria española. *La dulce queja* es una antítesis con referencias también a la poesía de la literatura española, en concreto a Garcilaso (*el dulce lamentar*) y a San Juan de la Cruz (*la dulce llaga*).

- **Tema:** El temor a perder a su amante.

- **Resumen:** El poeta plantea su temor a perder a su amante y el goce que este le proporciona, y confiesa la pena que le produciría quedarse solo. A continuación expresa cómo se siente en la relación que ha de ser *oculta* por tratarse de una relación homosexual.

- **Estructura:**
  1) vv. 1-4: el poeta plantea el temor a perder a su amante y el goce que este le proporciona
  2) vv. 5-8: confiesa la pena que le produciría quedarse solo
  3) vv. 9- 11: expresa cómo se siente en esta relación que es *oculta* (por homosexual)
  4) vv. 12-14: manifiesta su deseo de seguir viviendo con su amante durante toda la vida

Características de la poesía de Lorca en este poema:

- La temática de la relación amorosa homosexual y el temor a la frustración amorosa
- También aparece la naturaleza para representar la vida asociada al amor
- Influencia de la tradición literaria culta

Recursos literarios:

paralelismo: vv. 1-5, 9-10-11
elipsis: vv. 10-11
enumeración: v. 7
antítesis: v. 12
metáfora: vv. 2, 4, 6, 8, 10,11…

22. EL POETA PIDE A SU AMOR QUE LE ESCRIBA

- **Localización**: *Sonetos de la dulce queja* – 4.ª etapa.

- **Título**: Describe explícitamente la intención del poema.

- **Tema:** Súplica para no sentirse olvidado por su amado.

- **Resumen:** El poeta se dirige a su amado y le manifiesta su desesperanza porque este no le escribe, y esto le causa tal angustia que preferiría perderlo a padecer esta espera. A continuación se compara con el aire y la piedra para expresar que, mientras estos elementos no sienten, él sí; y lo que siente es algo *helado*, como referencia a la frialdad de esta relación. Como contraposición, recuerda las apasionadas relaciones sexuales que han mantenido. Y, para concluir, vuelve a reiterar que le escriba o, de la contrario, que le abandone para dejar así de sufrir.

- **Estructura:**
  1) vv. 1-4: desesperanza y angustia porque su amado no le escribe
  2) vv. 5-8: comparación con elementos de la naturaleza para expresar que, a diferencia de estos, él sí siente la frialdad de su relación
  3) vv. 9-11: referencia a las relaciones sexuales que han mantenido
  4) vv. 12-14: nueva petición de que le escriba o, de lo contrario, que le abandone para dejar así de sufrir

- **Características de la poesía de Lorca en este poema:**
  - La temática de la relación amorosa frustrada
  - Referencias a la naturaleza
  - Influencia de la tradición literaria culta

Recursos literarios:

hipérbaton: vv. 7-8, 11
personificación: vv. 6, 8
epíteto: v. 5
antítesis: vv. 1, 4, 8, 10, 11, 12-13-14
metáfora: vv. 1, 3, 9, 10, 11

23. EL POETA DICE LA VERDAD

- **Localización:** *Sonetos de la dulce queja* – 4.ª etapa.

- **Título:** Refleja la intención del autor (que coincide con el sujeto lírico): mostrarse totalmente sincero, en este caso, con su amado.

- **Tema: Deseo de que la relación amorosa no acabe.**

- **Resumen:** El poeta expresa a su amado el dolor que siente con el objetivo de que le consuele y le proporcione afecto. Asimismo desea que este sufrimiento desaparezca, que se sustituya por un amor sin dolor que no acabe nunca. Finalmente, hace una reflexión al amante advirtiéndole de que todo lo que no hagan se perderá en la nada, como una invitación a vivir plenamente.

- **Estructura:**
  1) vv. 1-4: se expresa el dolor del protagonista con el objetivo de conseguir consuelo y afecto
  2) vv. 5-11: deseo de que este sufrimiento se sustituya por un amor eterno
  3) vv. 12-14: invitación a vivir plenamente

Características de la poesía de Lorca en este poema:

- La temática de la relación amorosa frustrada
- Referencias a la naturaleza
- Influencia de la tradición literaria culta

Recursos literarios:

anáfora: vv. 1-5, 9-12
políptoton: vv. 1-2, 10
hipérbaton: vv. 1 a 4
enumeración: v. 4
personificación: v. 13
antítesis: vv. 2, 11, 12
metáfora: vv. 3, 6, 8, 9, 11, 14

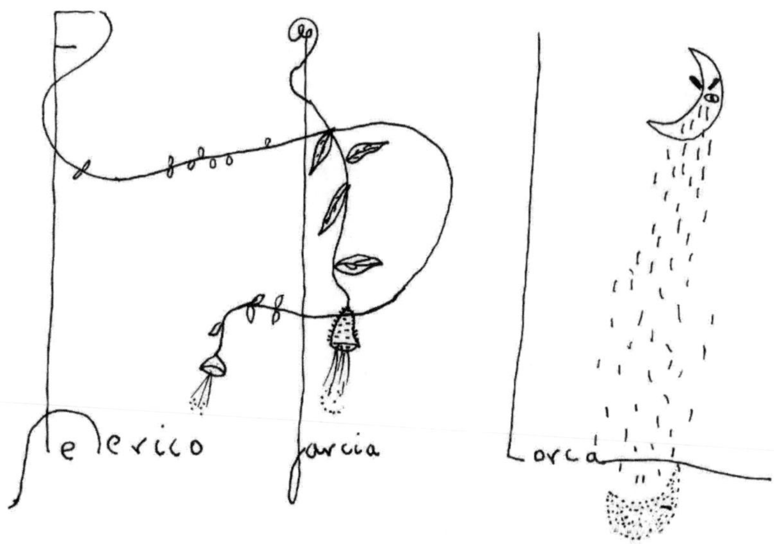
Federico Garcia Lorca